석류의 씨

휴머니스트 세계문학 003

석류의 씨
POMEGRANATE SEED

이디스 워튼 | 송은주 옮김

차례

편지 007

빗장 지른 문 073

석류의 씨 147

하녀의 종 201

해설 | 말할 수 없는 것을 말하기 239

편지

1

리지 웨스트는 봄 햇살을 받으며 생클루역에서부터 긴 언덕을 걸어 올라갔다. 비탈길을 올라가다보니 담쟁이덩굴이 덮인 벽을 배경으로 밝게 빛나는 새로 돋은 이파리들과 정원의 울타리 위로 갓 뻗어 나온 등나무 가지들이 보였다. 전에도 수백 번은 떠올린 생각이지만 새삼스럽게 이토록 아름다운 봄은 처음이라고 생각했다.

그녀는 언덕 꼭대기 근처에 있는 디어링가에 가는 길이었다. 한 걸음 한 걸음이 소중하고 익숙했다. 일주일에 다섯 번 그 집에 가서 유명한 미국 화가인 빈센트 디어링 씨의 딸 줄리엣 디어링을 가르쳤다. 줄리엣을 가르친 지는 2년째였다. 2년 동안 리지 웨스트는 눈이 오나 비가 오나 매일같이 언덕을 올랐다. 때로는 몰아치는 비를 우산으로 막아내고, 때로는 작열하는 햇빛 아래 얇은 면 양산을 펼치기도 했으며, 기운 장화 속으로 스미는 눈에 발이 젖는 날도 있었다. 얇은 재킷 속으로 매서운 찬바람이 파고들기도 했다. 다음 해 여름까지 '그녀를 버티게 해주어야 할' 볼품없고 작은 꽃무늬 모자가 휘몰아친 먼지바람에 하얗게 바랬다.

처음에는 그 언덕길이 다른 수업을 하러 걸어가는 고된 길과 똑같이 지루하기만 했다. 리지는 대단한 재능을 가진 선생은 아니었고, 자신의 소명에 대한 타고난 열정도 없었다. 친절하고 충실하게 학생들을 대했으나 날개 달린 발로 그들에게 가지는 않았다. 그러나 어느 날 무언가가 삶의 얼굴을 바꾸어놓는 일이 벌어졌고, 그 이후로 디어링가로 올라가는 길은 천국의 계단을 오르는 꿈의 비행과도 같았다.

기억을 더듬자니 그녀의 심장이 더 빨리 뛰었다. 두려움과 비난으로 정신없이 뛰는 것이 아니라 아무도 그녀한테서 빼앗아 가지 못할 소유물에 대해 곰곰이 생각할 때처럼 부드럽고 평화롭게 뛰었다.

작년 10월의 어느 날이었다. 수업이 끝나고 줄리엣의 아버지와 잠시 이야기를 나눌 일이 있었다. 수업에 관한 얘기는 언제나 디어링 씨에게 해야 했다. 디어링 부인은 위층 휴게실에 누워 귀퉁이가 잔뜩 접히고 기름때에 전 책들만 연달아 읽었다. 요리사와 보모가 책을 선택하게 했고, 그들이 독서 클럽에서 항상 책을 가져왔다. 부인이 '귀찮게' 줄리엣의 일에 신경 쓰지 않는다는 것은 집안사람 모두가 아는 사실이었다. 딸에 대한 디어링 씨의 관심은 꾸준하다기보다는 반짝하다 마는 정도였지만, 적어도 얘기해볼 수는 있었다. 리지가 어려운 점을 이야기하거나 지도나 글씨 연습용 책이 필요하다고 부탁하면 길고 멋진 콧수염을 매만지면서 약간 건성 같기는 해도 귀 기울여 들어주었다.

"네, 네, 당연하죠. 선생님 말씀이 다 옳습니다." 그는 항상 그녀의 말에 동의했다. 호주머니에서 5프랑짜리 지폐를 꺼내 무심하게 테이블 위에 올려놓을 때도 있었지만, 그보다는 매력적인 미소를 지으며 "필요한 대로 다 사시고 장부에 적어두시면 됩니다"라고 말하곤 했다.

그러나 리지는 지도나 글씨 연습용 책을 부탁하러 온 것이 아니었고, 생각하기도 싫지만 두어 달쯤 전에 그랬듯이 디어링 씨의 어질러진 필기용 책상 구석에 그녀가 남겨둔 작은 장부를 미처 보지 못한 듯하다고 넌지시 알려주러 온 것도 아니었다. 그때 그는 최선을 다해 정중하면서도 친절하게 처리해주었지만, 그래도 리지는 무척 괴로웠다. 이번에는 비교할 수도 없을 만큼 더 나빴다. 학생에 대한 불만을 토로하러 왔기 때문이다. 리지는 어린 줄리엣을 사랑했지만, 디어링 씨가 수업을 계속할 수 있도록 '뭔가 해줄' 수 없다면 다 소용없었다.

"정직하지 못한 짓이에요. 제가 아버님한테서 도둑질을 하는 거예요. 벌써 했는지도 모르겠네요." 그녀는 차오르는 눈물을 간신히 참으며 억지로 웃었다. 어린 줄리엣은 공부에는 전혀 관심이 없고 말을 듣지도 않았다. 이 딱하고 무기력한 어린것은 정처 없이 주방과 세탁실 사이를 떠돌았다. 아이는 집구석에서 벌어지는 일에만 호기심의 촉수를 세웠다.

디어링 부인이 약 냄새 풍기는 방에서 귀퉁이가 잔뜩 접힌 소설과 조간신문의 사교란을 통해 즐기는 것과 같은 부류였지만, 줄리엣의 지평은 아직 이런 더 고상한 대상들까지 포용할 만큼 넓지는 않았다. 그렇기에 그 애의 관심사는 셀레스트와 수잔이 시장과 도서관에서 가져오는 일화들 위주였다. 이런 것들이 어린아이의 꾸밈없는 수다거리로 맞지 않는다는 사실은 너무 자주 드러났다. 그러나 불행히도 이것들이 아이의 마음을 온통 사로잡아서 연대나 왕조, 유럽 주요 강들의 수원지 같은 유익한 사실은 들어설 틈이 없었다.

결국 더 두고 볼 수 없는 지경이 되자 불쌍한 리지는 가르치는 일을 그만두든가 디어링 씨에게 개입해달라고 부탁해야겠노라 결심했다. 줄리엣을 위해 그녀는 더 힘든 쪽을 선택했다. 이런 속된 이유를 대는 것이 싫을 뿐 아니라 더 고상한 일로 바쁜 이에게 이런 사정을 알리기가 부끄러워서 말을 꺼내기 쉽지 않았다. 그때 디어링 씨는 새로운 그림을 작업하느라 무척 바빴다. 리지는 두근거리는 가슴을 안고 화실로 들어가 불경스럽게도 신성한 의식을 침범했다. 다가갈 때 바스락거리며 접히는 날갯소리가 들리는 듯했다.

그리고 그때, 얼마나 완전히 상황이 달라져버렸는가! 그녀가 그렇게 바보 같지 않았더라면 그런 일은 없었을 텐데. 웬만해서는 우는 법이 없고, '감정'의 미세한 속삭임까지도 다스릴 수 있다는 자부심을 가진 그녀였다. 그러나 그녀가 울었다면 그가 그녀를 너무나 다정하게, 너무나 부드럽게 바라보았기 때문이었고, 그가 그녀의 말에 얼마나 고통과 수치를 느끼는지 알았기 때문이었다. 물론 그 고통은 그녀의 말 뒤에 숨겨진 암시, 그들이 입 밖에 내지 않은 한 단어 속에서 두 사람 모두 느끼고 있었다. 어린 줄리엣이 지금과 같은 모습이 된 것은 위층의 어머니 때문이었다. 자기 아이에게 무익한 충격만 주고, 그런 충격을 다독일 적절한 돌봄을 베풀어주는 것조차 아까워한 어머니. 이 끔찍한 사례가 너무나 명백해서 디어링 씨가 "물론 제 처가 병자가 아니라면"이라고 힘겹게 말을 꺼내기 무섭게 두 사람은 셀레스트와 수잔의 노골적으로 '나쁜 모범'으로 화살을 돌렸다. 그들의 대화는 오로지 거기에만 집중되어 이어졌다. 결국 그가 외쳤다. "하물며 이런 상황에서 어떻게 줄리엣을 그런 사람들한테 맡겨두실 수 있습니까?"

"하지만 제가 줄리엣에게 아무런 도움도 안 된다면요?" 리지가 반박했다. 바로 그때, 그가 리지의 손을 잡고 부드럽게 안심시켰다. "선생님은 도움이 되십니다. 되고말고요!" 바로 그 순간 흔히 하는 말로 그녀는 '무너졌다'. 그녀는 아니라고 항의하다가 끝내 몸을 떨며 눈물을 쏟았다.

"어쨌든 선생님은 저에게 도움을 주고 계세요. 선생님 덕분에 이 집이 덜 사막 같답니다." 그의 말이 귀에 들린 다음 순간 그녀는 그가 자신을 끌어당기는 것을 느꼈다. 그녀는 흐느끼며 그와 입을 맞추었다.

그들은 서로 입맞춤을 했다. 새로운 사실이었다. 파시에 있는 마담 클로팽의 스위스 호텔에 사는 가난한 선생이라면, 그리고 예쁜 갈색 머리에 신뢰를 담아 상대방을 바라보는 눈을 가졌다면 이렇게 평범하고 무방비한 조건에서 스물다섯이 되기까지 키스를 받아보지 않기란 어렵다. 두 개의 문 사이에서 시끄러운 학생에게 갑자기 받은 적도 있고, 허리를 구부린 채 작문 과제의 틀린 부분을 고쳐주던 회색 턱수염을 기른 교수 때문에 놀란 적도 있다. 하지만 이런 일화들은 표면을 살짝 건드릴 뿐 심장까지 가닿지는 않는다. 살아 있는 것은 받는 키스가 아니라 응하는 키스다. 리지 웨스트의 첫 키스 상대는 빈센트 디어링이었다.

몸을 뒤로 뺄 때 그녀의 안에서 무언가 새로운 것이 깨어났다. 두려움과 수치, 디어링 부인에 대한 죄책감보다 더 깊은 것이었다. 잠들어 있던 삶의 싹이 전율하며 트여 맹목적으로 태양을 찾기 시작했다.

리지는 어쩌면 다른 감정을 느꼈을 수도 있었다. 수치심과 죄책감이 우세했을 수도 있었다. 그가 그렇게 친절하고 다정하다는 것을 몰랐더라면, 그를 가난하고, 속을 알 수 없고, 실망스러운 사람으로 여겼더라면. 그녀는 그의 결혼 생활이 실패임을 알고 있었고, 화가로서의 경력 또한 실패일 거라고 짐작했다. 똑같은 월계관을 비틀거리며 잡으려 해본 리지는 자신의 좌절된 능력으로 그의 그림에 관해 깊이 생각해보았다. 그녀는 그의 그림이 대단히 훌륭하다고 생각했지만, 그는 대중에게 인정받는 데 실패한 듯했다. 초기에는 그림에 대한 호평이나 상패 등 공식적이고 구체적인 대상으로 성공의 순간을 맛보았음을 알고 있었다. 그러다가 대중의 관심이 방향을 틀어 그를 고상한 고립 속에 묶은 채로 남겨두었다. 그토록 선천적으로 뛰어나고 특별했던 인물이 그녀의 삶을 지배하는 것과 똑같은 저급한 필요에 종속되어야 했다니, 가난과 무명과 무관심을 알게 되어야만 했다니 기이하고 믿을 수 없는 일이었다. 그러나 그녀는 이것이 사실이라는 것을 깨달았고, 그것이 그들 사이에 기적과 같은 연결 고리를 만들었다고 느꼈다. 같은 불행을 공유하고 있는 게 아니라면 어떻게 그가 리지처럼 남의 눈에 띄지 않는 존재를 인식했겠는가? 이제야 그녀는 자신을 향하는 그의 눈길이 처음부터 얼마나 부드러웠던가를 떠올렸다. 그렇게 부드럽지 않았다면 회색 눈이 조롱하는 듯이 보였을지도 모른다.

그녀는 피할 수 없는 두통 탓에 새 선생을 맞을 수 없는 디어링 부인을 대신해 그가 자신을 맞아주었던 첫날을 기억해 냈다. 그가 던진 두어 가지 질문만으로도 고향에서 이렇게나 멀리 떠나와 불안한 생계를 이어갈 수밖에 없는 운명을 지닌 오갈 데 없는 초라한 동족에 대한 관심을 느낄 수 있었다. 짐을 내려놓는 순간은 달콤했지만, 훗날 그녀는 어쩌다가 일이 그렇게 되었던 것일까 의아했다. 그토록 수줍음 많고 고립됐던 그녀가 어떻게 가난에 시달려온 자신의 이야기를 전부 다, 심지어 헛된 '예술적' 성향 때문에 파리까지 왔으나 무미건조한 교습을 하는 신세로 전락했는지까지 털어놓았는지 알 수 없었다. 하지만 이제는 알 수 있었다. 그의 키스를 받고 난 후 모든 것을 깨달았다. 그가 훌륭한 만큼 다정했기 때문이었다.

그녀는 봄 햇살을 받으며 언덕을 오르다가 그 일을 생각했다. 그 이후로 일어났던 모든 일을 생각했다. 돌아보니 그사이의 시간이 찬란한 황금빛 안개 속에서 뒤섞이고, 드문드문 빛나는 섬의 윤곽이 드러났다. 안개는 그의 사랑을 전체적으로 감싸주는 듯한 느낌이었고, 빛나는 섬들은 그들이 함께 보낸 나날이었다. 그 후로 그들은 디어링 씨의 지붕 밑에서는 한 번도 키스하지 않았다. 선생으로서의 리지의 명예를 생각해서기도 했지만, 그녀가 그런 사실을 애써 일깨워주지 않아도 그가 알아서 주의했다. 그가 자제하는 데 실패했다면 그녀의 애정을 잃었을지도 모르지만, 그가 항상 상황을 '이해했기' 때문에 그녀는 이것이야말로 숙명이라고 생각했다.

리지는 목요일과 일요일은 한가한 편이라 그에게 할애하곤
했다. 리지는 마음의 평화를 위해서라기에는 그림에 대해 너
무 많이 알고 있었고, 화랑과 교회는 잿빛 분위기에서 벗어나
는 하나의 밝은 출구였다. 시와 다른 형식의 문학에 대해서도
많은 감정을 느꼈지만 내보일 기회가 별로 없었다. 이제 접어
두었던 이 모든 공감이 빛을 향해 덩굴이 자라듯 뻗어나갔다.
디어링 씨는 비할 데 없이 명료하고 능숙하게 그녀의 마음속
에서 떨리는 생각들을 표현하는 법을 알고 있었다. 그와 함께
이야기하면, 그의 지성의 넓은 날개를 타고 창공으로 솟아오
르는 듯했다. 내려다보면 세상의 모든 경이와 영광이 현기증
나지만 또렷하게 보였다. 그녀는 가끔 이런 비행에서 기억하
는 정확한 인상이 너무 적은 데 약간 부끄러움을 느꼈다. 하
지만 틀림없이 그것은 그가 옆에 있으면 그녀의 심장이 너무
빨리 뛰기 때문이었다. 그의 미소는 자신이 한 말을 긴 빛의
떨림처럼 만들었다. 그 후 조용한 시간이 찾아오면 기억 속에
서 그들이 나눈 대화의 조각들이 함께 자주 찾던 박물관에서
그가 가리켰던 수정이나 상아에 새겨진 정교한 대상들처럼
음절 하나하나까지 놀랄 만큼 명료하게 떠올랐다. 그들이 보
낸 시간 중에서 왜 어떤 부분은 그렇게 흐릿하고 어떤 부분
은 너무나 선명한지 리지에게는 늘 풀 수 없는 수수께끼였다.

문제의 날 아침, 리지는 이례적으로 이 모든 기억을 또렷이

되살려내고 있었다. 친구를 만난 후로 이 주가 지났다. 디어링 부인은 육 주 전 생라파엘에 친척을 방문하러 갔다. 부인이 떠난 지 한 달이 지나 남편과 어린 딸도 합류했다. 리지는 트로카데로의 수족관의 축축한 복도에서 비 오는 날 오후 디어링 씨와 작별 인사를 했다. 그를 자기가 묵는 호텔에 데려올 수는 없었다. 선생이 학생의 아버지로부터 방문을 받는다는 것은, 특히 아버지가 마담 클로팽의 말마따나 잘생겼다면 클로팽의 엄격한 스위스식 규범에 어긋나는 일이었다. 디어링 씨가 처음 다른 해결책을 넌지시 암시했을 때 리지는 미친 듯 거칠게 날뛰는 양심의 요동에 움찔했다. 그는 리지의 모든 양심의 몸부림을 받아들였듯이 반은 부드럽고 반은 놀리는 듯한 눈길로 그녀의 '안 돼, 안 돼, 안 돼!'를 받아들였다. 리지는 그가 자신을 '숙녀'로 보고 존중해주고 있으며, 즉각적인 묵인은 '숙녀'에게 바치는 최고의 경의라고 느꼈다.

그래서 그들은 박물관과 화랑에서 만남을 이어갔고, 날씨가 좋으면 교외로 나가 가끔은 인적 드문 관목 숲이나 정원에서 키스했다. 짧게 한 번으로 끝나기도 하고 손을 꼭 잡고 길게 이어지기도 했다. 그가 떠나는 날에는 비가 그들을 숨겨주었다. 수족관 지하의 구불구불한 길을 따라가면서, 리지는 유리벽 너머로 그녀를 노려보는 괴물 같은 얼굴들을 멍하니 바라보았다. 깊은 바닷속에 가라앉은 채 수면에 이는 파도처럼 햇빛을 받으며 물결치는 기억들을 올려다보는 비참한 신세가 된 기분이었다.

'다시는 그를 만나서는 안 돼. 절대로 안 돼.' 파도가 그의 마지막 말을 뚫고 그녀의 귀에 쿵쿵 울렸다. 그녀가 다리 끄트머리에서 그에게 작별 인사를 하고 비에 젖은 몸을 떨면서 승합차로 걸어왔을 때, 차의 거대한 바퀴들이 조롱하듯 후렴구처럼 반복했다. '다시는 그를 만나서는 안 돼. 절대로 안 돼.'

모든 것이 불과 이 주 전의 일이었는데, 그녀는 종달새처럼 그저 행복하게 봄 햇살을 받으며 그의 집으로 이어진 언덕을 올라가고 있었다. 심장이 너무 약해져서 이렇게 빛나는 운명을 감당할 수 없었다. 리지는 다시는 자신의 별을 의심하지 않겠노라고 다짐했다.

2

금 간 종이 리지의 심장을 뚫고 달콤하게 울렸다. 그녀는 굼뜬 수잔을 제치고 날쌔게 달려오는 줄리엣의 발소리를 기다렸다. 줄리엣은 한시라도 빨리 공부를 시작하고 싶다는 부자연스러운 열정이 아니라 거리에서 무슨 일이 벌어지는지 보고 싶은 억누를 수 없는 욕망 때문에 거의 항상 먼저 문을 열어주었다. 그러나 이번에는 발소리가 들리지 않았다. 결국 한 번 더 종을 울렸다. 뭔가 특별한 일이 아이를 아래층에 붙잡아두고 있는 것이 분명했다. 그렇지 않고서는 아이가 나오지 않는 것이 설명되지 않았다.

세 번째로 종을 울려도 아무 응답이 없자 리지는 서서히 올라오는 두려움에 뒤로 물러나 낡고 칠이 벗겨진 집을 올려다보았다. 화실 덧문이 활짝 열려 있었다. 디어링 부인이 있는 휴게실의 덧문은 여전히 닫혀 있었다. 디어링 부인이 여독 때문에 쉬고 있는 것이 분명했다. 다시 본능적으로 리지의 눈이 화실 쪽을 향했다. 창가에 디어링 씨의 모습이 보였다. 그는 리지를 보고는 곧 나왔다. 그는 평소보다 안색이 나빠 보였고, 검은색 외투를 입고 있었다.

"종을 몇 번이나 울렸는지 몰라요. 줄리엣은 어디 있어요?"

그는 진지하고 거의 엄숙하게 그녀를 바라보았다. 그러더니 대답하지 않고 그녀를 화실로 데려가 문을 닫았다.

"아내가 죽었어요. 열흘 전 갑자기 숨을 거뒀어요. 신문에서 못 봤어요?"

리지는 조그맣게 비명을 지르며 낡아빠진 긴 의자에 주저앉았다. 그녀는 구독료를 낼 형편이 안 돼서 신문을 거의 보지 않았다. 마담 클로팽의 호텔에 배달되는 신문은 보통 그녀가 아침 일과를 시작하고 한참이 지나서까지 여유를 즐기는 투숙객의 손에 있었다.

"네, 못 봤어요." 그녀가 더듬거리며 말했다.

디어링 씨는 말이 없었다. 그는 조금 떨어진 곳에 서서 손에 쥔 불붙이지 않은 담배를 비틀며 절박하면서도 자제하는 듯한 시선으로 그녀를 내려다보았다.

그녀 또한 특수한 상황임을 느꼈다. 두 사람 사이에 있었던 일을 생각하면 어떤 말을 해도 거짓이거나 진심이 아닌 것 같았다. 마침내 그녀가 벌떡 일어서며 외쳤다. "불쌍한 줄리엣! 그 애한테 가볼 수 있을까요?"

"줄리엣은 여기 없어요. 아내와 함께 머물던 생라파엘의 친척들에게 맡겨두었죠."

"아." 리지는 공연한 말을 해서 힘든 순간을 더 곤란하게 만들었다고 느꼈다. 그녀가 그리던 만남과는 얼마나 판이하게 다른가!

"줄리엣이 너무…… 너무 안됐어요." 그녀가 힘없이 말했다.

디어링 씨는 아무 대답도 하지 않았지만, 반대쪽으로 걸어가더니 이젤에 놓인 그림 앞에서 멈추었다. 그해 봄, 살롱전에 출품할 생각으로 지난가을부터 그리기 시작한 풍경화였다. 그러나 여전히 미완성이었다. 리지가 처음 그 앞에 서서 자신의 능력으로는 도저히 줄리엣을 감당할 수 없다고 털어놓던 10월의 어느 운명적인 날에서 거의 진전이 없어 보였다. 어쩌면 창작자 본인에게도 같은 생각이 떠올랐는지 모르겠다. 그가 갑자기 마른 웃음을 터뜨리며 어깨를 으쓱하더니 이젤에서 몸을 돌렸다.

길어지는 그의 침묵 앞에서 리지는 제자가 없으니 더는 머물러 있을 이유가 없다는 사실을 떠올렸다. 디어링 씨가 다시 그녀 쪽으로 다가오자 그녀가 간신히 말했다. "그럼 저는 가 볼게요. 줄리엣이 돌아오면 알려주시겠어요?"

디어링 씨는 손가락 사이에 쥔 담배를 비틀며 여전히 망설이고 있었다.

"줄리엣은 돌아오지 않을 거예요. 당분간은."

리지는 그의 말에 심장이 쿵 하고 떨어지는 듯했다. 그들의 삶에서 모든 것이 바뀌는 것일까? 하지만 당연한 일이었다. 그녀가 어떻게 다른 꿈을 꿀 수 있었겠는가? 그녀는 멍하니 되풀이할 따름이었다. "돌아오지 않는다고요? 올봄에는?"

"아마 그럴 거예요. 좋은 친구들이라서 그 애를 잘 돌봐줄 테니까요. 사실 미국에 가야 해요. 아내가 얼마 안 되는 푼돈이지만 남겨둔 재산이 있어서 좀 찾아봐야 해요. 아이를 위해서요."

리지는 차가운 칼에 심장을 찔린 듯한 기분으로 그의 앞에 서 있었다. "알겠어요. 알겠어요." 그녀는 칠흑 같은 어둠 속을 꿰뚫어 보려 애쓰는 기분으로 되풀이했다.

"먼 길을 떠나야 한다니 성가신 일이지." 그는 짜증스러운 시선으로 화실을 힐끔 돌아보면서 말을 이었다.

그녀는 천천히 시선을 들어 그의 얼굴을 보았다. "얼마나가 계실 건가요?" 간신히 용기를 내 물었다.

"그것도 모르겠어요. 일이 다 끔찍하게 꼬여버려서." 그는 믿을 수 없을 만큼 길고 낯설게 그녀의 시선을 마주했다. "나도 가고 싶지 않아요." 그가 혼잣말처럼 중얼거렸다.

리지는 속눈썹에 물기가 확 올라오면서 오래되고 익숙한 나약함이 파도처럼 심장으로 밀려듦을 느꼈다. 본능적인 몸짓으로 손을 들어 얼굴을 가렸다. 그러자 그가 팔을 뻗었다.

"이리 와요, 리지!" 그가 말했다.

그래서 그녀는 그에게 갔다. 드디어 이 집이 그의 것이 되었다는, 그가 그녀를 원한다면 그녀가 그의 것이라는, 방에서 말없이 책망하던 존재가 결코 다시는 그녀의 환희를 제약하고 그녀에게 굴욕을 주지 않을 거라는 느낌과 달콤하고 격한 해방의 두근거림을 안고 그에게 갔다.

그는 그녀의 베일을 젖히고 얼굴에 키스를 퍼부었다. "울지 말아요, 내 작은 거위!"

3

그가 출발하기 전에 다시 만날 장소는 그들이 평소 자주 찾던 곳보다 눈에 덜 띄는 곳이어야 했다. 그와 같은 계층의 남자라면 형식적으로나마 홀아비가 된 직후 몇 주 동안은 가벼운 모험도 삼가야 하는 법이라서 그가 그런 뜻을 표한 것은 그의 감정이 얼마나 진지한가를 보여주는 가장 달콤한 증언이었다. 이런 때에 그가 그녀와 함께 조용한 시간을 보내기를 간절히 원한다면, 콕 집어 말할 수는 없지만 가슴에 신성한 전율을 일으키는 이유 때문일 수밖에 없었다. 이렇게 위태로운 때에는 남의 눈을 피해야 그들의 소중한 관계를 더럽히지 않을 수 있다며 관습적인 반대를 밀어붙였다면 너무나 헛되고 천박한 짓일 것 같았다.

이런 분위기에서 그녀는 소녀 같은 신부의 환상 속에서 제단을 향해 나아가듯이 엄숙하리만치 헌신적인 심정으로 콩코르드 다리 끄트머리에서 승합차를 세웠다(그녀는 그에게 택시로 자기를 데리러 오라고 한 적이 없었다). 그러고는 택시를 타고 온 우울하지만 우아한 신사의 모습을 한 자신의 운명을 마주하러 나아갔다.

센강변의 조용한 방으로 그들을 안내한 노련한 웨이터조차 그들이 감상적인 동기에서 인적 드문 곳을 찾아왔음은 짐작하지 못했을 것이다. 그래서 디어링 씨가 차분하게 주문할 동안 그의 동반자는 옆에서 조용히 움츠리고 앉아 있었다. 그녀는 그들이 함께 보내는 시간을 내밀한 마음의 고통으로 흐리게 하고 싶지 않았다. 디어링 씨가 슬픈 분위기를 좋아하지 않는다는 것을 알고 있었다. 그에게 눈앞에 닥친 이별과 용감하고 쾌활하게 대면하면서도 이렇게 더 가까이 있게 된 기회에 충실하다는 것을 보여주어야 했다. 그러나 언제나처럼 그가 먼저 시작하기를 기다렸다.

나중에 그때를 돌이켜보니 얼마나 부드럽고 편안한 시간이었는지 새삼 놀라웠다. 리지의 마음은 행복에 익숙지 않았지만, 디어링 씨는 그녀의 근심을 달래고 운명을 믿게 만들어주었다. 무엇보다도 그는 자신의 다정함이 눈에 보이는 증거가 필요 없는 타고난 성정인 것처럼 아무런 말 없이도 그들 사이가 확고부동하다는 느낌을 리지에게 주었다.

　그가 주는 이러한 느낌은 더할 나위 없는 호사이자 깊이 뿌리내린 감정의 꽃과도 같았다. 다시 여기에서 본능적으로 움츠러들고 방어한다면, 그의 신뢰 덕분에 고결해진 것을 속되게 끌어내리는 짓일 듯싶었다. 그러나 그녀의 마음이 부드러운 궤변으로 그의 편을 든다 해도 그는 전혀 이를 이용하지 않았다. 저녁 식사 후 낮은 창 너머로 떨리는 강의 불빛을 받으며 침묵의 한가운데에 있는 두 사람을 파리의 무성한 소문이 에워쌀 때조차 그는 그녀와 마찬가지로 신성한 감화력의 주문 아래 있는 듯했다. 그녀는 특히 그가 내민 팔에 안겨 입술과 눈에 퍼붓는 긴 애무를 받을 때 그런 느낌을 받았다. 말 한마디, 몸짓 하나도 조용한 결합의 분위기에서 벗어나지 않았고, 돌이켜 생각해보아도 그들이 마지막 눈빛으로 맺은 서약에 한 점 의혹도 없었다.

　잠 못 이루는 밤에 곰곰이 생각해보면 그 서약은 그의 쪽에서는 그녀에게 자주 소식을 전해달라는 간청이었고, 그녀 편에서는 바란 만큼 자주 소식을 전하겠다는 그의 확언이었던 셈이다. 그녀는 그에 대한 자신의 영향력을 인정하고 정의하려는 절제되지 않은 욕망, 과도한 열성을 절대 드러내고 싶지 않았다. 그녀의 삶은 방어의 기술을 꽤 잘 익히게 해주었다. 그녀와 같은 상황에 있는 여자들은 보통 그런 것들을 잘 이해하고, 상황에 따라 잘 써먹을 줄 알아야 했다. 그러나 리지는 그런 기술이 필요한 만큼 그것을 경멸했다. 항상 물질적으로 너무나 가난했기에, 잔돈까지 세어가며 여윳돈을 계산해야 했기 때문에 그녀는 적어도 감정을 아낌없이 쓰는 즐거움은 알았다. 부자가 물 쓰듯 돈을 쓰듯이 자신의 마음을 아낌없이 주었다. 그녀는 이제 디어링 씨가 자신을 사랑한다고 확신했다. 그가 그들의 작별을, 자신의 감정을 정확한 말로 표현할 기회를 잡았다면, 더 간단히 말해서 그녀에게 청혼했다면, 그러한 행동은 진심의 증거라기보다는 그녀가 말로 보증해주기를 원할 거라는 의심에서 나온 행동이었을 테다. 그가 자제했다는 사실은 그녀가 그를 믿듯이 그 역시 그녀를 신뢰하고, 그들이 이 깊고 안정된 이해 속에서 하나임을 보여주는 것이었다.

그녀는 편지를 쓰겠다는 조심스러운 약속으로 이 모든 것을 그가 짐작해내기를 바랐다. 그녀는 편지를 쓸 것이다. 당연히 그렇게 할 것이다. 그러나 그는 이리저리 돌아다니느라 분주할 것이다. 그녀가 엉뚱한 때에 불쑥 방해하며 당황하게 만드는 일이 없도록 그는 한마디 하고 싶을 때 그녀에게 알려주기만 하면 된다.

"방해라고요?" 그는 그 말에 미소를 지었다. "당신이 이미 다른 이는 아무도 발 들일 수 없도록 다져놓은 마음에 방해가 될 리 없잖아요." 그러고는 그녀의 손을 잡고 행복감에 아찔해진 눈으로 시선을 옮겼다. "당신은 사랑받는다는 것에 대해 잘 모르는군요. 그렇죠, 리지?" 그는 웃음 섞인 말로 끝맺었다.

이런 비난은 키스로 쉽게 물리칠 수 있을 것 같았다. 그러나 나중에 리지는 그런 비난이 당치 않은 것인지 의심스러워졌다. 자신이 정말로 차갑고 보수적이었을까? 다른 여자들은 과감하고 거침없이 더 많은 것을 줄까? 그녀는 자신이 겸양과 사려 깊음이라고 생각했던 행동 하나하나가 뒤집어보면 이기적인 양심의 가책과 하찮은 내숭으로 보일 수도 있겠다는 사실을 깨달았다. 이 게임에서 그녀는 과도한 궤변의 자원을 전부 써버리고 말았다.

디어링 씨가 떠나고 처음 며칠은 석양처럼 부드럽고 굴절된 빛을 띠었다. 어쨌든 그는 어떤 겸양도, 어떤 계산도 요구하지 않았다. 기차와 증기선에서 보낸 그의 작별 편지는 그라는 존재가 남긴 긴 웅얼거림과 메아리로 그녀를 만족시켰다. 그가 그녀를 얼마나 사랑했는지, 그녀를 얼마나 사랑했는지……. 그리고 그녀에게 그렇게 말하는 법을 얼마나 잘 알고 있었는지!

그녀는 자기에게도 그만큼 소질이 있는지 확신할 수 없었다. 개인적인 감정을 표현하는 데 익숙하지 않아서 자신이 느끼는 것을 전부 다 쏟아놓고 싶은 충동과 과도한 표현으로 그에게 웃음거리가 되거나 그를 지겹게 만들지도 모른다는 두려움 사이를 오갔다. 자신에게는 중요한 위기였던 경험이 그와 같이 낭만적인 사건들에 익숙한 사람에게는 단순한 일화에 불과할지 모른다는 느낌을 지울 수 없었다. 그녀가 느끼고 말하는 모든 것을 다른 사람들이 이미 그에게 주었던 것과 비교당하는 시련을 겪을 것 같았다. 그녀는 온 세상에서 디어링 씨를 향해 날아가는 열정적인 편지들을 보았다. 그녀의 불쌍한 작은 제비가 아무리 열심히 날아간들 그에게 여름을 가져다주지는 못할 것 같았다. 그러나 이러한 순간들이 지나고 나면 그녀는 고개를 들고 다른 어떤 여자도 자기만큼 그를 사랑한 적은 결코 없을 것이며, 그러니 아무도 그에게 전할 이런 말들을 찾아내지는 못했으리라고 확신했다. 그리고 이 확신은 디어링 씨 또한 같은 이유에서 자신의 애정을 표현할 새로운 어조를 찾아냈다는 믿음, 그리고 그녀가 낮에는 온종일 낡은 블라우스 속에 넣어 다니고 밤에는 베개 밑에 숨겨두는 세 통의 편지가 지금까지 다른 이를 위해 쓴 그 어떤 편지보다도 아름답고 훌륭할 것이라는 믿음에 힘입어 의구심을 눌렀다.

어쨌든 그녀가 가슴에 편지들을 품고 다닌 몇 주 동안, 그 편지들은 디어링이란 존재가 준 것보다 훨씬 더 복잡하고 미묘한 감정들을 주었다. 그와 함께 있으면 언제나 그녀를 띄워 주면서도 눈멀게 하는 거칠고 눈부신 바다를 헤치고 나아가는 것 같았다. 그러나 그의 편지들은 잔잔한 사색의 웅덩이를 만들었고, 그녀는 그 위로 몸을 구부린 채 거기 비친 하늘과 수면 아래를 스치며 어슴푸레 빛나는 삶의 무수한 움직임들을 보았다. 그의 숨겨진 삶의 풍요로움, 그것이야말로 그녀를 가장 놀라게 했다! 안개 속에서 길을 올라가다 갑자기 드넓은 푸른 하늘과 아찔하게 깊은 계곡 사이로 햇빛에 빛나는 큰 바위 위에 있는 자신의 모습을 마주한 여행자처럼 이를 전혀 눈치채지 못한 채 좁은 습관의 길을 따라 계속 더듬어 올라가기만 했다니 믿을 수 없었다. 그리고 그녀 주변의 모든 사람(파시에 있는 호텔의 세계 전부)이 안개 너머 영광은 의식하지도 못하고 발밑의 조약돌에만 온통 정신이 팔린 채 똑같이 재미없는 길을 따라 터벅터벅 걷고 있다니 참으로 이상한 일이었다!

그들에게 정상에서 본 것을 소리쳐 말해주고 싶어 못 견딜 때가 있었다. 왜 다른 훌륭한 사람들은 어둠 속에서 더듬거리고 비틀거리는데 자기처럼 보잘것없는 사람이 운 좋게 거기로 향했는지 이해되지 않을 때도 있었다. 특히 마담 클로팽의 호텔에 사는 다른 처녀들 두셋에게 불현듯 동정심이 느껴졌다. 그녀보다 더 나이가 많고, 더 둔하며, 더 칙칙한 처녀들이었다. 바로 그 때문에 그녀는 한껏 동정심을 가졌다. 그들이 과연 이런 행복을 알까? 한 번이라도 알았던 적이 있을까? 계단에서 친구들을 지나칠 때마다, 저녁 식탁에서 그들과 마주할 때마다, 어두침침한 응접실에서 그들이 나누는 불평투성이의 빈약한 대화를 들을 때마다 그 질문들이 머릿속을 떠나지 않았다. 처녀들 중 한 명은 스위스인이고, 또 한 명은 영국인이었다. 다른 한 명인 앤도라 메이시는 남부 출신의 아가씨로, 프랑스어를 공부해 조지아주 메이컨의 여학교에서 학생들을 가르치는 것이 목표였다.

앤도라 메이시는 창백하고, 생기 없고, 미성숙했다. 늘어지는 남부 억양을 썼고, 교활한 뻔뻔함 속에서 한 번씩 오만한 태도가 튀어나오곤 했다. 그녀는 감탄의 대상이 되고 싶어 했고 망신당하는 것을 두려워했다. 그러나 이런 양극단의 감정 모두 자신의 몫이 아니며 더 운 좋은 친구들의 경험에서 간접적으로만 즐길 수 있는 팔자를 타고났다는 사실을, 슬프지만 잘 알고 있는 듯했다.

어쩌면 바로 그 이유 때문에 그녀가 리지에게 동경 어린 관심을 품게 되었는지 모른다. 리지도 처음에는 앤도라가 우울한 미래의 자신의 모습 같아서 피했으나 이제는 앤도라를 감상적인 동정의 대상으로 여겼다.

4

　메이시의 방은 웨스트의 옆방이었다. 마담 클로팽이 이른 시간에 응접실에서 하숙인들을 몰아내면, 이 남부 처녀는 종종 리지의 환대를 찾아 방문을 두드리곤 했다. 어느 날 저녁, 유난히도 길었던 교습에 지친 리지가 옷을 벗고 있는데 문 두드리는 소리가 들렸다. 그녀는 너그럽게 마음 쓰기로 하고 문을 열었다. 메이시가 들어왔을 때 리지는 빈센트 디어링의 첫 번째 편지(기차에서 쓴 편지)가 느슨해진 보디스에서 바닥으로 떨어지는 것을 느꼈다.

　이를 잽싸게 알아차린 메이시가 편지를 집으려 했다. 리지도 그녀의 손이 닿을세라 불타는 질투심에 휩싸여 허리를 구부렸다. 그러나 상대의 손이 그 귀중한 종이에 먼저 닿았다. 그녀가 편지를 집는 순간, 리지는 편지를 감췄던 것으로 미루어 그녀가 이미 상황을 눈치챘고, 그걸 중심으로 순식간에 로맨스의 그물을 짜내고 있음을 알았다.

　리지는 짜증이 나서 얼굴이 벌게졌다. "호주머니가 없다니, 말도 안 되죠! 아침에 나가는 길에 편지를 받으면, 온종일 블라우스 속에 넣고 다니는 수밖에 없잖아요."

　메이시가 그녀의 눈치를 보았다. "가슴에 품고 있어서 따뜻해요!" 메이시는 마지못해 편지를 내주었다.

　리지는 그녀가 딱하다는 생각이 들어 웃음을 터뜨렸다. 가슴에 품어서 편지가 따뜻해진 것이 아니라 편지가 자신의 가슴을 따뜻하게 데워준 것이다. 불쌍한 앤도라 메이시! 그녀는 절대 모를 것이다. 그녀의 황량한 가슴은 절대 이런 맞닿음으로 더워질 일이 없을 것이다. 리지는 운명의 부당함에 남몰래 안타까움을 느끼면서 다정한 눈으로 그녀를 바라보았다.

다음 날 저녁 호텔에 돌아와보니 앤도라가 현관에서 서성이고 있었다.

"이걸 당신 손에 전해주면 기뻐할 것 같아서요." 메이시가 의미심장하게 소곤대며 리지에게 편지를 내밀었다. "다른 편지들이랑 같이 테이블 위에 놓여 있는 걸 보니 참을 수 없더라고요."

증기선에서 쓴 디어링 씨의 편지였다. 리지는 이마까지 새빨갛게 물들었지만 앤도라의 짐작에 화가 나지는 않았다. 벅찬 행복감을 말로 내뱉을 수는 없었지만, 그런 속내를 들킨 게 유감스럽지도 않았다. 메이시의 초라한 처지에 동정심을 가지는 대신 메이시를 자신의 풍요로움을 되비추는 거울 역할로 쓰는 쾌감을 느꼈다. 디어링 씨는 뉴욕에 도착하자마자 길고 재미있으면서도 불만스러운 편지를 다시 보내왔다. 자신의 일에 대해서는 애매하게 얼버무렸지만 애정 표현은 분명히 했다. 리지는 편지를 한 자 한 자 곱씹다못해 깨어 있을 때는 무슨 생각을 하건 편지 내용이 그 밑바닥에 깔려 있었고, 한밤의 꿈속에서도 그걸 웅얼거렸다. 그러나 그것들이 미래에 어떤 분명한 빛을 던져주었다면 더 행복했을 것이다.

틀림없이 시간이 조금 지나면 그에게 주위를 둘러보고 현실을 파악할 여유가 생길 것이다. 그녀는 다음 편지를 받기 전까지 얼마나 남았는지 날짜를 세고, 아침 일찍 신문을 슬쩍 훑어 미국에서의 다음 편지가 도착하는 날이 언제인지 알아두었다. 드디어 그 행복한 날짜가 되자 그녀는 애정을 담은 말로 조급한 심정을 애써 학생들에게 감추면서 일과를 서둘러 해치웠다. 지금의 기분이라면 아이들의 문법을 고쳐주느니 키스해주는 편이 더 쉬웠다.

그날 저녁, 마담 클로팽의 호텔에 들어서면서 미친 듯이 심장이 뛰어 잠시 문설주에 기대야 했다. 그러나 편지를 놓아두는 홀의 테이블 위에 그녀에게 온 편지는 없었다.

열기 오른 손으로 편지들을 뒤지며 끝없는 계단에서 굴러 떨어지는 꿈을 꿀 때처럼 심장이 한없이 아래로 떨어졌다. 디어링가로 가는 긴 언덕을 오를 때에는 날아갈 것만 같았던 바로 그 계단이었다. 그때 앤도라가 그녀의 편지를 찾아서 보관해두었을지 모른다는 생각이 퍼뜩 떠올랐다. 한달음에 진짜 계단을 올라가 메이시의 방문 손잡이를 흔들었다.

"내 편지 가지고 있어요?" 그녀가 숨을 헐떡이며 말했다.

메이시는 화장대에서 몸을 돌려 가느다란 팔로 그녀를 감쌌다. "아, 오늘 편지를 기다리고 있었어요?"

"이리 줘요!" 리지가 이글이글 불타는 눈으로 애원했다.

"하지만 나한테 없어요! 당신한테 온 편지는 없었어요."

"온 거 다 알아요. 안 왔을 리 없어요." 리지는 발을 구르며 우겼다.

"하지만 리지, 내가 당신 대신 찾아봤는데 없었어요. 아무것도 없었다니까요."

다음 날도, 그다음 날도, 그 후로 몇 주 동안 똑같은 장면이 세목만 다를 뿐 반복되었다. 리지는 실망감으로 격한 반응을 한번 보인 후로는 메이시에게 자신의 걱정을 숨기려 하지 않았다. 다정한 앤도라는 우체부가 오면 날카로운 눈으로 주시하고, 혹시나 하녀가 편지를 잊거나 빼돌리지 않을까 감시하는 일을 맡아주었다. 그러나 이렇게 공들여 경계해도 다 헛일이었다. 디어링 씨에게서 편지는 오지 않았다.

편지가 끊기고 첫 이 주 동안 리지는 온갖 변명을 생각할 수 있는 데까지 다 떠올려보았다. 나중에 디어링 씨의 침묵에 대해 그녀가 찾아낸 이유들을 되돌아보니 경이로울 지경이었다. 급기야는 그가 계속해서 편지를 쓰지 않는 것이 더 당연하다는 생각마저 들었다. 그녀의 머리가 끈질기게 거부하는 이유는 단 하나뿐이었다. 그가 그녀를 잊었을 가능성이었다. 거울에 서린 숨결처럼 그의 마음에서 모든 기억이 희미해졌을 가능성. 그녀는 깊이 따져보느라 스스로를 괴롭힌다면 삶의 원동력이 사라져버릴 거라는, 아침에 일어나고 밤에 누울 이유를 더는 찾지 못하게 되리라는 사실을 깨닫곤 단호히 생각을 접었다.

자신의 고뇌에 마음껏 빠져들 여유가 있었다면 이런 사념을 막을 수 없었을 것이다. 그러나 그녀는 일어나서 일을 해야 했다. 세탁부에게 요금을 치르고 마담 클로팽의 청구서대로 매주 돈을 지불해야 했고, 검소한 습관에도 감당해야 할 온갖 소소한 '잡비'들이 남아 있었다. 그리고 마음속 깊은 곳에 자리 잡은, 언젠가 병들고 일할 능력이 없어질 날이 온다는 두려움이 일할 수 있는 동안 일하도록 그녀를 몰아댔다. 그런 두려움 없이 지내본 날이 언제였는지 기억나지 않았다. 이제는 또 다른 천성이 되어 다른 동력들이 다 듣지 않을 때조차 그녀를 버티게 해주었다. 단조로운 불행 속에서 죽음의 두려움을 느끼지는 않았다. 그러나 병들고 '자기 한 몸 거둘 수 없게' 되는 데 대한 공포는 사라지지 않았다.

편지가 끊기고 처음 몇 주 동안 그녀는 디어링 씨에게 제발 한 자라도, 그저 살아 있다는 표시만이라도 보내달라고 애원하는 편지를 쓰고 또 썼다. 처음에는 그의 미래에 조금이라도 끼어들려는 듯 보이지 않으려 했으나 이제는 당혹스러울 정도로 소유욕으로 가득하고 요구하는 듯한 어조였다. 그녀는 그가 워낙 세심한 탓에 '가벼운 연락'밖에는 받을 수 없는데, 그녀의 연락은 그 정도로 가볍지 않았던 거라고 스스로를 타일렀다. 고통받는 천재가 복잡한 일에서 출구를 찾길 바라는 '부담 없는 친구', 소박한 존재 정도로 머물러야 했는데, 그러지 못하고 관계를 극적으로 만들고, 자신의 역할을 과장하고, 배경이나 코러스 역할에 만족하지 못한 채 그와 함께 무대 앞쪽을 차지하려 했던 것이다.

경험이란 원래 부정확하기 마련이고 디어링 씨에게는 우연한 사건 정도였으리라는 사실을 스스로 인정하다못해 우기기까지 했다. 하지만 그녀는 여전히 자신에 대한 그의 감정만큼은 아무리 덧없을지언정 진심이었다고 굳게 믿었다.

그의 감정은 속된 '이득'을 노리는 양심 없는 남자의 태도는 아니었다. 잠시일지라도 그는 정말로 그녀를 필요로 했다. 그가 지금 침묵하고 있다면, 아마도 그녀가 그 필요성을 오해하고 그것이 지속될지도 모른다는 헛된 희망을 품을까 두려워서일 것이다.

대상에게 본능적으로 더 큰 자유를 주려는 것이 리지의 헌신의 본질이었다. 그녀는 구속이나 강요의 형태로는 사랑을 상상할 수 없었다. 반드시 디어링 씨에게 이 점을 분명히 해두어야만 했다. 마지막으로 보낸 짧은 편지에서, 그녀는 그전의 편지들이 그에게 어떠한 감정적 의무를 부과했건 다 벗겨주겠노라고 분명히 밝혔다. 이렇게 고심해서 쓴 편지에서 그녀는 자기도 모르게 그들의 관계를 감상적으로 다루었다며 장난스럽게 자신을 탓했다. 변명하듯 과거를 꼼꼼히 되짚어보고, 다정한 감정들의 덧없음을 생각해보면 교태를 진짜 마음을 준 것으로 디어링 씨가 착각하도록 만들었다고 말했다.

그리고 그들의 공감의 바탕이라고 '항상 이해해온' 친구로서의 애정은 유지해달라는 부탁으로 우아하게 마무리했다. 편지를 다 쓰고 나니 이 정도면 스스로도 디어링 씨가 생각하는 세상 물정에 밝은 여자라 해도 될 것 같았다. 그에게 마지막으로 기품 있는 모습을 보여주었다는 공허한 만족감을 느꼈다. 그러나 그런 모습이 어떤 효과를 낳았는지는 결코 알지 못했다. 그 편지는 그것이 용서하고자 했던 이전 편지들과 마찬가지로 끝내 답을 받지 못했다.

5

리지 웨스트가 생클루의 언덕을 오를 때 그토록 자주 함께했던 신선한 봄 햇살이 2년이 지나 의미가 달라진 상황과 장소에서 그녀를 비추었다.

도랑 레스토랑 주변의 자갈 깔린 공터를 에워싼 채 대칭으로 늘어선 샹젤리제의 마로니에 나뭇잎들 사이로 햇빛이 비쳤다. 리지는 둥그런 그늘 안에 놓은 테이블 앞에 앉아 줄리엣 디어링의 교사였던 시절 이마를 가려주었던 모자보다 햇빛을 더 잘 막을 수 있는 모자를 빛 쪽으로 틀었다.

그녀의 드레스는 모자와 잘 어울렸고, 둘 다 살롱전이 개막하는 주에 도랑 레스토랑에서 한가로이 점심을 먹을 수 있을 만큼 풍족한 처지임을 보여주었다. 남녀가 섞인 동행들의 세련된 옷차림과 한가로운 여가를 어떻게 보낼지 마음껏 고를 수 있음을 암시하는 파리지앵의 편안한 태도는 이러한 인상을 더욱 굳혀주었다. 맞은편에 앉은 앤도라 메이시조차 공동 여주인 혹은 친구의 자리에 있는 것처럼 그 장소의 유쾌한 분위기를 회색과 연보라색으로 드러냈다.

이런 분위기는 정원의 제일 구석진 곳에 박혀 있는 테이블에서 홀로 그들을 힐끔거리던 한 신사에게까지 닿았다. 그러나 리지에게는 그날의 분위기가 평소보다 더 고조된 것은 아니었다. 근 1년 가까이 그녀는 이런 자리를 습관처럼 가졌고, 사촌들, 프로비던스 출신의 하비 미어스 부부, 그들의 친구인 잭슨 벤 씨에게 점심을 사곤 했다. 잭슨 벤 씨의 존재는 이런 자리에 전하기 시작한 미약한 불빛 이상으로는 그녀에게 어떤 감정도 불러일으키지 못했다.

"그렇게 익숙해지다니 무서운 일이에요." 리지 웨스트가 어느 날 갑자기 늙은 구두쇠 사촌의 상속인 중 한 명이 되었을 때, 앤도라 메이시가 친구의 팔자가 바뀐 데 대해 처음 며칠간 외친 말이었다. 앞일에 대한 계획이 없는 리지의 가족은 그녀가 아주 어릴 때부터 그의 유언의 향방을 농담과 추측의 화제로 삼았다. 늙은 헤즈런 미어스는 불운한 웨스트 가족에게는 일절 긍정적인 신호를 준 적이 없었다. 어쩌면 신중하게 작성한 유언장에 그들을 포함했다는 것조차 거의 잊고 있었을지도 몰랐다. 그는 유언장에서 자신이 축적한 큰 재산을 옛 미국식 관습을 따라 세심하게 친족들에게 분배했다. 리지가 그 행운의 무리에 끼여 마담 클로팽의 호텔에서 보낼 길고 칙칙한 미래에서 놓여날 재산을 얻게 된 것은 순전히 족보상의 우연 덕분이었다.

처음에는 근사하게만 보였지만, 곧 그녀는 행운이 자신의 이전 세계를 파괴하고 새로운 것은 주지 않았음을 깨달았다. 과거의 호텔 생활의 잔해 위에는 그녀의 길을 달래주었던 꽃만이 만발했다. 현재가 편안해지고 미래의 불안이 사라졌지만, 새롭게 바뀐 그녀에게 보상이 될 만한 기쁨이 따르지는 않았다. 그녀는 휴식을 취하고, 여행을 하고, 무엇보다도 다양하고 세련되고 여성스러운 방식으로 자신을 살필 기회로부터 멋진 것들을 얻게 되기를 바랐다. 자신보다 덜 운 좋은 친구들에게도 '친절하게' 대해주고 싶었다. 그러나 이렇게 삶의 범위가 확장되었음에도 결국은 그 너머 개인적 삶의 공허한 여백만을 더 절실히 의식하게 되었다. 새로운 생활이 준 여유를 갖고 나서야 비로소 무엇이 사라져버렸는지 깊이 깨닫게 된 것이다.

이런 공허함 때문에 그녀는 이를 순간적인 감정들로 채우려 애썼다. 그녀는 되는대로 넣은 가구가 있고, '일단 보고 마음에 들면' 사기로 한 장식품들이 끝없이 들어오는 정리가 덜 끝난 집의 소유자 같았다. 잭슨 벤 씨에게 관심을 돌린 것도 일단 한번 보자는 마음에서였다. 그녀는 앤도라가 다정하게 이끌고 사촌들은 웃으며 찬동하는 분위기에 떠밀려 미약하게나마 그를 자신의 요구 조건에 맞추기 위한 상상력을 발휘해보려 애썼다. 리지는 주위의 이런 부추김을 무시하지는 않았다. 앤도라가 벤 씨의 열정을 넌지시 돌려 암시하거나 미어스 부인이 무심코 그의 사업을 자랑하는 말도 조용히 듣기만 했다. 차라리 그들이 어깨가 좁고 각진 그의 체형이나 희미한 감정의 흔적에도 전혀 변치 않는 둥그런 얼굴을 꾸며줄 수 있다면 더 나았을 것이다. 리지는 그래도 기적에 대한 희망을 버리지 못하고 눈과 귀를 집중했다.

"저 프랑스인들이 쳐다보는 것 좀 봐요! 거슬리지 않아요, 리지?" 갑자기 격분한 미어스 부인이 가슴 주위로 깃털 목도리를 나풀거리면서 외쳤다. 미국 출신의 여자들은 음탕한 프랑스인들의 시선에 노출되는 위험을 충분히 즐겼지만, 미어스 부인은 아직 그 단계까지는 이르지 못했다.

리지는 벤 씨의 아기 같은 뺨과 직각의 칼라 위로 드러난 푸른 사각턱에 대해 생각하다가 정신을 차렸다. "누가 저를 쳐다보기라도 하나요?" 그녀가 미소 지으며 물었다.

"돌아보지 마요! 저기 진달래 덤불 사이로, 저 테이블에 혼자 앉은 키 크고 잘생긴 남자 말이에요. 정말로 하비, 웨이터를 불러서 한마디 해야 돼요. 이런 곳에서는 당신을 비웃기만 하겠지만요." 미어스 부인은 어깨를 으쓱하며 말을 끝맺었다.

그녀의 남편은 이런 개연성에 동의하듯 닭 날개를 계속해서 거침없이 뜯었다. 그러나 벤 씨는 좀 더 깐깐한 태도를 취할 필요가 있다는 생각이 들었는지 미어스 부인의 시선을 따라 높은 칼라 끝을 돌렸다.

"아, 저기 혼자 있는 사람 말입니까? 프랑스인이 아닌데요. 미국인이에요." 그가 안면 근육을 눈에 띌 만큼 풀면서 단정했다.

"오!" 미어스 부인은 실망한 기색을 숨기지 않았다. 벤 씨가 이를 무시하고 계속해서 말했다. "저랑 함께 증기선을 타고 왔답니다. 예술가라던가……. 이름은 디어링이에요. 아마 저를 보고 있었을 겁니다. 자기를 기억하고 있을까 싶어서요. 아, 안녕하십니까? 잘 지내셨나요? 아, 네, 물론이죠. 그럼요. 제 친구인 하비 미어스 부인, 미어스 씨입니다. 제 친구 메이시 양과 웨스트 양이에요."

"웨스트 양과는 아는 사이입니다." 빈센트 디어링이 미소를 지었다.

6

그의 미소에서조차 리지는 단번에 그가 얼마나 변했는지 알 수 있었다. 변한 인상에 괴로워하며 며칠을 보낸 후, 그녀는 그의 짧은 편지를 받고 그와 만나보기로 했다.

3년이란 긴 시간이 지나고 처음 보는 그의 글, 그녀의 편지들에 대한 첫 번째 답장이 이렇게 무미건조한 내용이라니 예의를 차린 거라기에도 너무 딱딱했지만, 단어를 신중하게 가려 쓴 것을 보면 과거를 의식하고 있다는 뜻이었다! 편지를 읽으면서 그녀의 마음은 자신이 꿈꾸었던 편지의 내용을, 그의 이름 위에 구상했던 아름다운 답장들을 회상했다. 그녀 앞의 뻔한 글줄에는 아름다움이라고는 전혀 없었다. 하지만 그가 만졌던 종이에 손을 대기만 해도 잠들었던 신경이 다시 요동쳤다. 그녀는 답장을 하기 전에 그 짧은 편지를 불 속에 던져버렸다.

디어링 씨가 그녀 앞에 다시 나타나자 그는 평소처럼 그녀의 의식에서 하나의 살아 있는 점이 되었다. 다시 한번 그녀의 고통스럽게 요동치는 자아는 움츠러들고 멍해졌지만, 이제 그녀의 벽난로 맞은편 모퉁이에 있는, 너무나 잘 알면서도 여전히 모르는 것이 너무 많은 존재에게 고통을 줄 수 있는 모든 힘을 넘겼다. 그녀는 여전히 리지 웨스트이고, 그는 여전히 빈센트 디어링이었다. 그들 사이에는 스틱스강이 흘렀고, 그녀는 안개 사이로 그의 얼굴을 보았다. 그녀가 몰래 살펴보았듯이, 그녀에게 잘생긴 얼굴선을 그토록 흐려놓은 실패와 느린 체념의 이야기를 전해준 것은 그의 말보다는 얼굴이었다. 그녀는 나중에 그의 이야기에서 세세한 부분은 정확히 기억하지 못했다. 혼란 속에서 그녀가 짐작한 점은 그가 미국에 도착하고 보니 아내의 보잘것없는 자산이 심각하게 손상된 상태였다는 것이다. 남은 것이나마 거두려 머물면서 그림도 어찌어찌 한두 점 팔았다. 짧은 순간 성공을 누리면서 그림 주문도 받고 화실도 차렸다. 그러나 불가해하게도 운의 흐름이 이내 바뀌고 그림은 그의 손에 그대로 남았다. 지긋지긋한 병 때문에 잇따라 빚을 지면서 곧 그가 누리던 것들도 사라져갔다. 그 이후로 이어진 몰락의 시간은 훨씬 더 희미하게 묘사되었지만, 그동안 잘나가는 인테리어업자에게 고용되어 벽지를 디자인하고, 잡지 기사에 삽화를 그리고, 한동안은 식당을 광고하려는 새 호텔의 호객꾼 노릇도 하는 등 다양한 생계 수단에 손댔으리라 추측할 수 있었다. 이러한 연결이 잘 안 되는 사실들을 개인적인 암시들, 그에게 잘해주었던 친구들(질투나지만 여자들일 거라 짐작했다)과 해를 입힌 적들에 대해 언급한 가느다란 실에 꿰어 이었다. 그러나 그는 '정확성'을 추구하는 오랜 습관에 따라 이름을 입에 올리는 것은 삼갔고, 그녀라는 작고 수줍은 존재가 차지할 자리가 거의 없어 보이는 낯설고 붐비는 세계를 이리저리 더듬으며 추측하도록 놔두었다.

이야기를 들으면서 참을 수 없는 그의 불행에 그녀의 은밀한 고통이 뒤섞였다. 그가 한 말 중 어떤 것도 그녀에게 한 행동을 설명하거나 변명하지는 못했다. 그러나 그는 고생했고,

외로웠으며, 굴욕을 겪었다. 그녀는 갑자기 격렬한 모성적 분노가 솟구쳐 그런 일들이 아무리 생각해도 부당하다고 느꼈다. 왜 그런지는 자신도 말할 수 없었다. 그저 그가 상처받은 모습을 보는 게 너무나 고통스러웠다.

자신의 미래를 이미 확실히 결정했으니 그녀 쪽에서 불만을 가질 이유가 없다는 생각이 들었다. 지금 빈센트 디어링의 경우를 보면서 초연함을 느낄 수 있다는 사실 하나만으로도 잭슨 벤 씨와 결혼하기로 결심한 것이 잘한 일 같았다. 그녀에게 꼭 필요한 공평무사한 태도는 안전한 위치에 있어야 지킬 수 있고, 그녀는 자신의 행동이 의도적으로 결말지었던 마지막 장에 내키는 만큼 오래 머무를 수 있었다. 결혼을 놓고 마지막 결정을 망설였지만, 디어링 씨에게 당장 알려줘야 한다고 생각하니 망설임도 사라졌다. 그녀의 방문객이 추억담을 이야기하다가 잠깐 멈추곤 한숨을 쉬면서 "하지만 당신에게도 많은 일이 있었지요"라고 말했을 때, 그의 말은 그녀의 달라진 운명에 대한 감상이라기보다는 그녀가 자기 운명을 맡기려 하는 보호자의 이미지를 떠올리게 했다.

"맞아요. 많은 일이 있었죠. 3년이에요." 그녀가 대답했다.

디어링 씨는 추방자의 슬픈 우아함이 담긴 태도로 몸을 앞으로 숙여 그녀와 부드럽게 눈 맞추었다. 리지는 그의 옆에서 잭슨 벤 씨의 견고한 형체를 보았다. 그는 몸에 꼭 맞는 검은 외투 때문에 부자연스러울 정도로 어깨가 각져 보였고, 반들

거리는 높은 칼라가 아기 같은 뺨과 단단한 푸른 턱을 받치고 있었다. 디어링 씨가 입을 열자 그 환영은 희미해졌다.

"3년이라." 그가 그녀의 말을 생각해보듯 되풀이했다. "3년 동안 당신이 어떻게 변했을까 궁금해하곤 했어요."

그녀는 금세 얼굴에 퍼지는 홍조를 느끼며 고개를 들었다. 제발 그가 정확성에 대한 집착을 버리고 속내를 드러내는 실수만큼은 저지르지 말아주기를 간절히 바랐다.

"궁금했다고요?" 그녀는 용기를 내어 미소 지었다.

"아니었을 것 같아요?" 그의 눈길이 그녀에게 오래 머물렀다. "그래요. 나를 그렇게 생각하고 있었군요."

그녀는 톡 치듯 대답을 던졌다. "아, 솔직히 말하자면요. 아시겠지만 당신 생각은 하지 않았어요." 그러나 굴욕스러운 기억들이 파도처럼 몰아쳐 그 말을 쓸어가버렸다. 그는 정확성을 위해 언급하고 싶지 않은 것은 무시할 수 있었지만, 그녀는 자기감정을 부인할 수 있는 성격이 아니었다.

"나를 그렇게 생각하고 있었다는 겁니까?" 그녀는 슬프고 끈덕진 어조로 되풀이해 말하는 그의 목소리를 들었다. 그녀는 재빨리 고개를 들고 단호하게 대답했다. "제가 달리 무슨 생각을 하겠어요? 당신한테서는 소식 한 자 없었는데."

이 대답이 그를 난처하게 만들기를 기대했다면, 어쩌면 거의 그러기를 바랐다면, 그가 조용히 용기 있는 시선으로 그 대답과 마주하는 모습은 그녀가 그의 지략을 과소평가했음을 드러내는 것이었다.

"그래요. 당신은 소식을 받지 못했지요. 난 약속을 지켰어
요." 그가 말했다.

"약속이라고요?"

"소식을 보내지 말라고 했잖아요. 단 한 자도. 아, 난 그 말
을 철저히 따랐을 뿐입니다!"

리지의 심장은 그녀의 귀를 통해 삶의 바다에서 들려오는
오래되고 혼란스러운 소문을 들었다. 그러나 그 속에서 그녀
는 여전히 필사적으로 조그만 이성의 목소리를 식별해내려
애썼다.

"당신의 약속이 뭐였는데요? 왜 내가 당신한테서 소식 한
자 받지 말아야 했다는 건가요?"

그는 여전히 꼼짝 않고, 너무나 부드러워서 거의 용서하는
듯한 시선으로 그녀를 바라볼 뿐이었다.

그러더니 벌떡 일어나 그들 사이의 거리를 가로질러 다가
와 그녀 옆의 의자에 앉았다. 그의 의도적인 행동으로 보아
상황이 바뀌었음을 잊었을지도 몰랐다. 리지는 몸을 살짝 뒤
로 뺐다. 그러나 그는 그녀가 물러선 것을 알아채지 못한 것
같았다. 마침내 그녀의 얼굴에서 눈을 돌려 작고 환한 응접실
을 천천히, 만족스러운 듯이 한 바퀴 훑어보았다. "근사하군
요. 그래요. 당신에게는 많은 것이 바뀌었지요." 그가 말했다.

조금 전까지만 해도 리지는 헛되이 과거를 되살린 그의 실

수를 용서해주고 싶었다. 이런 불리한 상황에 처한 그를 보는 것이 두려워서 과거의 애정이 일제히 솟아나 그를 보호해주는 듯했다. 그러나 그가 회피하는 모습에 격분했다. 그를 꽉 붙잡고 그의 입으로 직접 진실을 듣고 싶다는 변덕스러운 욕망을 느꼈다.

그러나 그녀가 질문을 되풀이하기 전에 그가 다른 질문을 던졌다.

"당신은 내 생각을 했군요? 왜 그 말을 하기를 꺼리나요?"

예상치 못한 도전에 분개한 그녀가 외쳤다.

"내 편지가 충분히 말하지 않았나요?"

"아, 당신의 편지!" 그녀는 절대 그에게서 눈을 떼지 않겠다는 듯 시선을 고정했지만, 그에게서 당황한 기색은커녕 미세한 신경의 떨림조차 찾아내지 못했다. 그는 더 슬픈 눈길로 그녀의 시선을 받았다.

"어디를 가나 늘 가지고 다녔지요. 당신의 편지들 말입니다." 그가 말했다.

"하지만 답장은 한 적이 없잖아요." 드디어 질책의 말이 그녀의 떨리는 입술에서 쏟아져 나왔다.

"하지만 답장은 하지 않았죠."

"읽기는 했는지 모르겠군요."

이제 스스로를 괴롭히던 고통이 모두 치밀어 올라왔고, 그녀는 그것들에 대한 분노를 피하려는 듯이 그를 향해 그것들을 풀어놓았다.

디어링 씨는 그녀의 질문을 듣지 못한 것 같았다. 그는 단지 자세를 바꾸어 그녀 쪽으로 약간 더 몸을 기울일 뿐이었다. 그러나 그런 최소한의 몸짓으로 그녀에게 이러한 친밀함이 한때 암시했던 특권을 상기시키려 하지는 않았다.

"그 편지들에는 아름다운 것, 멋진 것 들이 있었어요." 그가 미소 지으며 말했다.

그녀는 그의 미소에 몸이 빳빳하게 굳는 것을 느꼈다.

"그 말을 하려고 3년을 기다린 건가요!"

그는 정말로 놀란 얼굴로 그녀를 바라보았다. "지금 와서도 내 말에 화를 내는 거예요?"

그가 이런 식으로 둘러댄다니 믿을 수 없었다. 그녀는 머리가 멍해져 숨을 쉴 수 없을 정도였고, 절망하다못해 거의 앙심에 북받쳐 그를 벽으로 밀어붙인 채 꼼짝 못 하게 누르고 싶었다.

"아뇨, 단지 전 왜 굳이 당신이 지금 와서야 저에게 말하려고……."

그때 그가 갑자기 몸을 돌려 그녀를 똑바로 마주 보며 놀라게 했다.

"내가 말하지 않았던 때 말이에요? 하지만 그때 어떻게 말할 수 있었겠어요?"

"왜 할 수 없었단 말이에요? 아직 그 얘기는 저에게 안 했잖아요?"

그가 다시 그녀를 참을성 있는 표정으로 바라보았다. "꼭 그래야 하나요? 내 비참한 이야기를 당신에게 다 하지 않았나요?"

"왜 내 편지에 답장하지 않았는지는 말 안 했잖아요?"

"했어요. 답을 하려면 한 가지 방법뿐이었으니까. 내 사랑과 열망을 거슬러야만 했으니까."

그는 체념한 기대감 탓에, 그녀는 산산조각 난 과거를 혼란스럽게 재구성하느라 긴 침묵이 이어졌다. "그러니까 당신 말은, 당신이 편지를 하지 않은 이유는……."

"미국에 도착해보니 나는 거지가 되어 있었습니다. 아내의 돈은 바닥나고, 내가 벌 수 있는 돈이라곤, 그쪽으로는 도무지 재능이 없으니 줄리엣을 입히고 가르치는 정도가 고작이었어요. 우리 사이에 갑자기 철문이 나타나 빗장이 질러진 듯했습니다."

리지는 뒤로 물러서서 자신의 의심을 마지막으로 방어하려 했다. "적어도 저한테 말은 해줄 수 있었잖아요. 설명 정도는 했어야지요. 제가 이해 못 할 거라 생각하셨나요?"

그는 망설이지 않고 대답했다. "당신이라면 이해했을 거예요. 그게 문제가 아니었어요."

"그럼 뭐가 문제였나요?" 그녀의 목소리가 떨렸다.

"당신은 모르는 편이 좋았어요! 바로 그 때문에 당신에게 편지를 쓸 수 없었던 거예요. 다른 어떤 이유도 아니고 그래 서였어요!"

"제가 괴로워하도록 내버려두는 편이 더 좋았단 말인가요?"

그의 눈빛에 비난의 기색이 서렸다. "나도 괴로웠어요."

그가 처음으로 그녀의 동정심에 직접 호소한 말이었다. 공감의 미세한 균형이 거의 흐트러져서 경멸과 아이러니 쪽으로 넘어갈 뻔했다. 그러나 그런 충동이 일어날 때조차도 또 다른 감정이 함께했다. 과거에 자주 그랬듯이 다시 한번 그녀는 그가 없을 때는 항상 고려하지 못했던 사실, 그녀 마음속의 그의 이미지와 실제 모습 사이에는 좁힐 수 없는 깊은 골이 있으며, 그의 목소리의 억양, 눈빛, 인격 전체의 복잡한 압박으로 인해 그녀의 판단에 알 수 없는 변화가 일어난다는 사실을 새삼 깨달았다. 그녀의 환상이 영원한 불가사의들을 엮어 짠 모조품이 그의 모습을 대신해버려서 '아무리 해도 그를 기억해낼 수 없다'는 말로 자책하듯 이런 사실을 표현한 적도 있었다. 여느 모조품처럼 또렷하고 생생했지만, 그의 진짜 모습 앞에서는 마음이 꾸며낸 잿빛 허구에 불과했다. 지금은 그녀의 상처가 희미해질 만큼 그의 불행을 강렬하게 느끼도록 만드는 결과를 곧장 가져왔다.

그가 되풀이했다. "나도 끔찍하게 괴로웠어요. 게다가 티를 낼 수도 없었어요. 내 불행을 소리쳐 말할 수는 없었어요. 벗어날 길은 단 하나였지요. 입을 꾹 다물고, 당신이 나를 미워하기를 바라는 것뿐이었죠."

리지의 머리로 피가 쏠렸다. "당신을 미워한다고요? 내가 당신을 미워하기를 바랐단 말이에요?"

자리에서 일어난 그가 더 가까이 다가와 부드럽게 그녀의 손을 잡았다. "그래요. 당신의 편지들이 나에게 그 사실을 보여주었으니까요. 그렇지 않으면 당신이 훨씬 더 불행해질 거라고."

그녀는 그의 손의 온기를 느끼며 가만히 있었다. 그녀의 생각(불쌍하게도 폭풍처럼 휘몰아치는 생각들) 또한 갑자기 부드러운 교감의 흐름이 뚫고 지나가는 것 같았다.

그는 천천히 손을 풀며 말을 이었다. "그리고 내 결심을 지킬 생각이었어요. 뜻하지 않게 제멋대로 흘러간 상황이 나를 이렇게 당신 앞으로 데려다놓은 후에도 그럴 생각이었고. 하지만 일전에 당신을 보았을 때, 멀리 있을 때는 가능했어도 이제 서로 가까이 있게 되니 그게 불가능하다는 것을 알았어요. 당신을 보고도 어떻게 나를 미워해주기를 바랄 수 있겠습니까?"

그는 걸어갔지만 다시 의자에 앉지는 않았다. 그저 약간 떨어진 곳에 서서 막 떠나려는 듯이 의자 등판에 손을 얹었다.

리지의 가슴이 쪼그라들었다. 이제 그가 가버리면 영영 이별이었다. 그가 떠나려 하는데, 그녀는 의미 없이 중얼거릴 뿐 그를 붙잡아둘 말을 찾을 수 없었다. "맹세코 당신을 미워한 적은 없어요."

그는 희미하고 엄숙한 미소를 띤 채 그녀를 바라보았다. "어쨌든 이제 당신이 그래야 할 필요는 없지요. 시간이 흐르고 상황도 바뀌어 나는 무해한 존재가 되었으니. 그래서 되돌아올 마음을 먹은 겁니다. 그리고 당신의 행운에 정말 기쁘다고 말해주고 싶었어요. 그것이야말로 사라져버리기를 바랄 수 없는 우리 사이의 유일한 장애물이니까요."

리지는 마법에 걸린 듯 조용히 앉아 듣고만 있다가 갑자기 잭슨 벤 씨를 떠올렸다. 다시 그가 각진 모습으로 비난하듯이 그녀와 디어링 씨 사이에 서 있었지만, 그의 형체는 전보다 흐릿하고 불분명했으며, 그의 작고 매서운 눈에는 필사적으로 본모습으로 돌아가고 싶다는 갈망이 드러났다.

디어링 씨가 작별의 말을 이어갔다. "당신은 이제 부자예요. 자유롭고. 결혼도 하겠지요." 그녀는 손을 내미는 그의 모습을 멍하니 바라보았다.

"제가 약혼했다는 얘기는 사실이 아니에요!" 그녀가 소리쳤다. 그 말만큼은 죽어도 입 밖에 내지 않으려 했다. 의식의 표면으로 떠오르지도 않았다. 그러나 그녀는 갑자기 잭슨 벤 씨의 고집스러운 환영을 영원히 물리치고 싶다는 억누를 수 없는 충동으로 모든 의지가 모이는 것을 느꼈다.

앤도라 메이시는 뇌이에 있는 빈센트 디어링의 작고 예쁜 집에 있는 것은 전부 다 디어링 씨의 아들이 갖고 놀아도 괜찮다고 굳게 믿었다.

그 집에는 예쁜 것이 가득했고, 그중에는 아무리 보아도 아기의 놀이용으로는 맞지 않는 것도 있었다. 하지만 메이시의 궤변은 아기의 식욕과 맞먹었고, 아기 엄마는 자신의 소유물을 지키는 기술 면에서는 그들의 상대가 되지 않았다. 사실 리지는 자신의 물건들을 아기가 빨아도 되는 것과 안 되는 것으로 간단하게 나누어버리는 앤도라의 의견을 거의 받아들였고, 아들이 원하지만 깨지기 쉬운 물건을 덜 값나가거나 덜 깨지기 쉬운 것으로 바꾸어주기도 했다. 그리고 아기의 두 번째 생일에 광채를 더해주는 날씨 좋은 봄날 아침, 입에 곱슬머리를 물고 위험스럽게 첼시 도자기를 한 손에 꽉 쥔 아기에게 이렇게 말한 것도 그런 뜻에서였다. "그 예쁘고 반짝이는 것을 저기 앤도라 이모 손에 좀 넘겨주지 않을래?"

두 친구는 리지가 오전 시간을 보내는 작은 거실에 함께 있었다. 이 집을 구입하면서 리지가 고른 방이었다. 거기 앉아 있으면 디어링 씨가 화실의 이젤 앞에서 왔다 갔다 하는 발걸음 소리를 들을 수 있기 때문이었다. 그의 발소리는 그녀가 기대했던 것보다는 덜 규칙적으로 들렸다. 결혼식을 올리고 3년이 지났지만, 그는 영광스러운 지위를 가져다줄 걸작의 작업에 착수하지 못했다. 그러나 아무런 소리가 들리지 않을 때에도 리지는 그가 자기 머리 위, 바로 그 자리에서 파시로부터 가져온 오래된 긴 의자에 몸을 쭉 펴고 누워 조간신문을 훑어보며 줄담배를 피우고 있다는 것을 알고 있었다. 그가 가까이 있다는 느낌은 아직도 처음처럼 깊은 행복감을 가져다주었다.

리지 자신은 문제의 그날, 아침 뉴스를 살펴보는 것보다 더 고된 일을 하고 있었다. 규칙적으로 일하는 습관이 깊이 몸에 밴 그녀는 매사 되는대로 내버려두는 남편의 성격을 가장 이해하기 어려웠다. 처음에는 그의 첫 번째 결혼이 늘 뒤죽박죽이었던 탓이라 여겼지만, 이제는 그가 자신의 자애로운 규율 아래 들어와 있어도 결코 그 이상 적극적으로 개선할 마음은 없다는 것을 알았다. 그는 마법의 지팡이를 휘두르듯 그녀가 주위 물건들을 깔끔히 정리하는 것은 좋아했지만, 마법 같은 가사를 즐기며 미소만 짓는 무책임함은 줄이지 않았다. 그의 아내와 아내의 친구는 이제 그 무책임의 가장 정떨어지는 결과를 처리하는 중이었다.

그들 앞에는 낡은 여행용 트렁크 두 개와 대형 여행 가방 한 개가 펼쳐진 채 놓여 있었다. 리지의 장미색 카펫 위로 그 안에 있던 각양각색의 잡동사니들이 쏟아졌다. 뉴욕의 하숙집을 다급하게 떠나오던 그가 챙기지 못하고 남겨두었던 짐들이었다. 나중에 하숙집 여주인이 보낸 무뚝뚝한 편지를 읽고 사정을 알게 된 리지가 화가 난 채로 되찾아 왔다. 여주인은 그것들이 디어링 씨의 밀린 하숙비를 대신하지 못한다고 보았던 듯했다.

리지는 남편에게 미국에서 진 빚이 있었다는 사실을 알고도 놀라지 않았다. 경제적 곤궁을 알게 된 것이 슬플 따름이지 전혀 굴욕스럽다고 생각하지 않았다. 하지만 결혼한 지 3년이 지났는데도 그가 채무를 청산하지 않았다는 점은 그녀의 질서 의식에 거슬렸다. 그는 그녀의 불평을 평소처럼 사람을 무장해제시키는 우아함으로 받아들였고, 그녀가 사려 깊게 개인적으로 독립할 수 있는 은행 계좌를 주었음에도 그녀에게 빚 문제를 떠넘겼다. 리지는 그가 자신에게 그런 일을 맡긴 것이 아내의 재산에 딴마음이 있어서가 아니라 단지 사람 좋고 게으른 천성 탓임을 알고 있었기에 마음 상하지 않고 그 의무를 이행했다. 디어링 씨는 돈에 현혹되지 않았다. 돈이 생겼다고 사치하고 싶은 유혹에 넘어가지 않았다. 그는 너무 게을러서 빚을 갚는 것을 잊어버렸듯이 너무 게을러서 수표를 찾지도 않았다.

"안 돼, 안 돼!" 리지가 첼시 도자기를 더 높이 들어 올렸다. "저기 잡동사니 중에서 뭐 다른 것 좀 찾아줄래요, 앤도라? 방금 전까지 들고 있던 구슬 달린 가방 어디 있어요? 그거라면 아이가 빨아도 괜찮을 것 같은데."

메이시는 손에 가방을 들고 몸을 일으키다가 흩어진 옷더미와 낡은 화실 살림에 발이 걸려 비틀거렸다. 그녀는 엄마와 아이 앞에서 신이 난 채 외쳤다.

"저거 잡으려고 하는 것 좀 봐요. 요 폭군 같으니! 어린 나폴레옹 같지 않아요?"

리지는 웃음을 터뜨리며 아들을 허공에서 안아 흔들었다. "애 앞에서 그걸 흔들어줘요, 앤도라. 너무 빨리 잡게 하면 흥미를 잃어버릴 거예요. 애도 남자라니까."

앤도라는 반짝이는 가방을 디어링 씨의 상속인의 손에 잡힐 때까지 내려주었다. "자, 내 첼시도 이제 안전해졌네!" 리지는 미소 지으며 아들을 바닥에 내려놓고는 아이가 전리품을 들고 비틀거리며 걸어가는 모습을 지켜보았다.

앤도라도 그녀의 옆에 서서 보았다. "저 가방이 어디에서 온 건지 전혀 몰라요, 리지?"

디어링 부인은 칼라가 떨어진 셔츠 더미 위로 몸을 숙인 채 무심하게 고개를 저었다. "이렇게 더러운 빨랫감은 처음 보겠네! 수선해볼 만한 것도 없어요. 가방요? 전혀 모르겠어요."

앤도라는 그녀를 빤히 쳐다보았다. "어떤 여자가 그를 위해 만들어주었을지도 모른다고 생각하면 마음 상하지 않아요?"

리지는 허리를 숙이고 걱정스레 셔츠를 살펴보다가 태연함을 잃지 않고 깔깔 웃었다. "세상에, 앤도라, 세상에. 여섯, 일곱, 아홉, 아니 한 타(打)도 안 되네. 한 타가 되는 게 없어요.

남자들은 도대체 어떻게 혼자 사는지 모르겠네!"

앤도라는 여전히 자기 생각에 빠져 있었다. "다른 여자들이 주었을지도 모를 물건들을 만져도 질투나지 않는단 말인가요?"

리지는 다시 고개를 저으며 미소 지었고, 허리를 펴고 친구쪽으로 옷가지를 던졌다. "전혀 질투나지 않아요. 자, 나 대신이 양말 개수 좀 세어줘요."

앤도라는 자신의 품에 양말이 떨어지자 신음을 흘렸다. "정말로 아무 느낌도 없다고요?" 그러나 리지는 자기 할 일에만 집중하며 옷가지들을 펼치고 분류하느라 정신없었다. 만감이 교차했지만 그녀의 감정은 너무 깊고 미묘해서 말이라는 단순화하는 과정으로 풀어낼 수 없었다. 트렁크에서 끄집어낸 것 하나하나에서 디어링 씨의 손길이 주는 긴 떨림을 느낄 뿐이었다. 그에게 속한 모든 것이 그의 극히 작은 일부를 담고 있었다. 그것은 그녀에게도 새롭고 멋진 삶의 일부였다. 어떤 비밀스러운 요소들이 드물게 강렬한 온기로 모습을 드러내듯이 그 조각들은 그녀의 사랑의 온기로 눈앞에 모습을 드러냈다. 그것이야말로 그녀의 새롭고 멋진 삶의 일부였다. 그리고 그녀 앞에 놓인 물건들의 경우, 그가 실패한 세월의 안쓰럽고 추레한 목격자들로서 지금의 안락한 처지와 대조되어 더욱 날카로운 인상을 발산했다. 그의 셔츠는 이제는 어림잡아도 수십 벌이었고, 오래된 레이스처럼 세심하게 세탁되었다. 양말로 말하자면 그녀는 하나하나의 무늬까지 다 알고 있었고, 세탁부가 행여나 한 짝이라도 잘못 두거나 색깔을 잘못 맞추지 않나 신경 썼다. 이렇게 그가 편안히 잘 지내는 것으로 자신의 애정이 그에게 가져다준 것들의 징표를 확인했다. 그는 도덕적으로나 물질적으로 그녀의 애정에 둘러싸여 안전했다. 그녀는 자신의 사랑이란 갑옷을 뚫고 그를 공격하려는 악의적인 힘들에 맞섰다. 그러나 이런 감정들은 말로 전할 수도 없고, 표현조차 하고 싶지 않았다. 그 감정들은 라임꽃 속에서 웅웅대는 벌들을 꽃과 구분할 수 없듯이 삶 자체의 느낌과 구분되지 않았다.

"아, 저 애 좀 봐요, 리지! 가방 여는 법을 알아냈어요!"

리지는 고개를 들어 아들에게 미소 지었다. 아이는 화실의 잡동사니 위에 앉아 있고 앤도라가 그의 앞에 무릎을 꿇고 앉아 있었다. 잠시 이런 생각이 스쳐 지나갔다. '불쌍한 앤도라!' 그러고는 다시 단추가 사라진 흰색 조끼를 살펴보았다. 다음 순간 친구의 호들갑스러운 외침이 들렸다.

"아, 리지, 그가 가방을 어디에 썼는지 알아요? 당신의 편지를 보관해두었어요!"

리지는 재빨리 고개를 들었다. 그녀는 앤도라가 가리키는 대상이 바뀌었으며, 이제는 디어링 씨의 얘기를 하고 있다는 것을 알았다. 그리고 자신의 편지가 남편의 뉴욕 하숙집에 버려져 있던 잡동사니 속에서 발견되었다니 기이하고 뭔가 좀 유쾌하지 않은 느낌이 들었다.

"별일이네! 어디 이리 줘봐요."

"가방을 앤도라 이모한테 주렴! 여기 안쪽을 봐. 또 뭐가 있나 보자! 그렇지, 다른 게 있네! 옳지, 옳지."

리지는 조급한 기색으로 일어나 다른 트렁크 옆에서 장난치는 둘 곁으로 다가갔다.

"그게 뭐예요? 편지 좀 줘봐요." 갑자기 마담 클로팽의 호텔에서 앤도라 메이시에게 비슷한 애원을 하던 시절이 떠올랐다.

앤도라는 놀란 표정으로 고개를 들었다. "아, 이건 뜯어보지도 않았네요! 어떤 못된 여자가 보지 못하게 숨겨둔 건 아닐까요?"

리지가 웃음을 터뜨렸다. 앤도라의 상상은 정말로 유치했다. "못된 여자라니요? 그이 집주인? 바보 같은 소리 말아요, 앤도라. 편지를 찾아낸 곳이 그의 물건들 속인데 어떻게 누군가가 그이 몰래 숨겨둘 수 있었겠어요?"

"그건 그래요. 하지만 왜 뜯지도 않았을까요?"

앤도라가 편지를 내밀자 리지는 그것을 받아 들었다. 자신의 필체였다. 봉투에는 파시의 우편 소인이 찍혀 있었고, 뜯지 않은 상태였다. 갑자기 심장이 쿵 하고 내려앉는 기분이었다.

"아, 다른 것들도 그렇네요. 다 뜯지 않았어요!" 앤도라가 새된 목소리로 외쳤다. 그러나 리지는 허리를 숙여 손을 내밀었다.

"이리 줘봐요."

"아, 리지, 리지······." 앤도라는 여전히 무릎을 꿇은 채로 차마 꾸러미를 내주지 못했다. 분노와 동정심으로 혈색 없는 얼굴이 점점 더 창백해졌다. "리지, 내가 당신을 위해 부쳐주던 편지들이에요. 그가 한 번도 답장을 하지 않은 편지들요! 봐요!"

"이리 달라니까요."

앤도라는 무릎을 꿇고 앉아서, 리지는 손에 편지를 들고 꼼짝도 않고 서서 서로를 마주 보았다. 얼굴로 쏠린 피가 귓속에서 웅웅거리면서 뜨거운 납물처럼 관자놀이의 혈관으로 밀고 들어가는 듯했다. 그러더니 피가 썰물처럼 빠져나가고 몸이 차가워지면서 기운이 쭉 빠지는 것을 느꼈다.

"뭔가 음모가 있는 게 틀림없어요. 음모가!" 앤도라가 울부짖었다. 그녀는 지어낸 이야기의 희열에 취한 나머지 잠시 다른 것은 다 잊어버린 듯했다.

리지는 애써 시선을 돌려 아들을 바라보았다. 아이는 그녀의 발치에 차분히 앉아서 가방에 달린 술을 빨고 있었다. 아이 엄마는 몸을 굽혀 아이의 장밋빛 입에서 술을 끄집어냈다. 아이의 화난 고함이 울렸다. 그녀는 아이를 품에 안아 올렸으나 처음으로 아이의 몸에서 생명의 흐름이 그녀에게로 흘러드는 것을 느끼지 못했다. 남의 아이처럼 그저 무겁고 둔했다. 아이의 고함이 짜증을 북돋웠다.

"아이를 데려가줘요, 앤도라."

"리지, 리지!" 앤도라가 외쳤다.

리지가 아이를 내밀자 앤도라가 간신히 일어나 받았다.

"당신 기분 충분히 짐작해요." 그녀가 아이의 머리 위로 힘겹게 말을 내뱉었다.

리지는 자기 마음속 어딘가의 어두운 구멍 속에서 메아리처럼 울리는 웃음소리를 들었다. 앤도라는 늘 자기가 사람들의 기분을 아는 줄 안다!

"마르트한테 줄리엣을 학교에서 집으로 데려올 때 얘도 데려가라고 해줘요."

"네, 네." 앤도라는 그녀의 불행을 고소해하고 있다. "무너지면 안 돼요!"

아기는 울부짖으면서 가방을 잡으려고 앤도라의 어깨 위를 허우적거렸다.

"아, 얘 좀 데려가요!" 아이 엄마가 단호하게 말했다.

앤도라가 문가에서 소리쳤다. "금방 돌아올게요. 잊지 말아요. 당신은 혼자가 아니에요!"

그러나 리지는 굽히지 않았다. "그들과 함께 가요. 같이 가줘요." 앤도라는 뭐라 대답할 말이 없다는 투였다.

그녀의 성난 등 뒤로 문이 닫히고 리지는 홀로 남았다. 그녀는 어질러진 방을 둘러보았다. 엉망진창이 된 그녀의 삶의 음울한 이미지였다. 한두 시간 전만 해도 주변의 모든 것이 안팎으로 다 완벽하고 깔끔히 정리되어 있는 것 같았다. 그녀의 생각과 감정들은 수집가의 보관함 안에 대칭이 맞게 잘 놓인 정교한 보석들처럼 그녀 앞에 펼쳐져 있었다. 이제 그것들은 바닥의 쓰레기 사이에 엉망진창으로 뒤섞였고, 이내 쓰레기로 변했다. 그렇다. 그녀의 발치에, 그 모든 더러워진 쓰레기 속에 그녀의 삶이 놓였다.

그녀는 무릎을 꿇고 편지를 주웠다. 모두 열 통이었다. 겉봉투를 살펴보았다. 한 통도 뜯어져 있지 않았다. 단 한 통도. 바라보고 있노라니 그녀가 썼던 단어 하나하나가 파닥이며 되살아나고, 온갖 감정의 전율이 그녀의 몸을 훑고 지나갔다. 현기증 나게 빠른 속도로 자신의 삶 전체가 현미경으로 들여다보듯 세세히 되살아났다. 3년간의 행복한 세월이 덮고 있던 검은 붕괴의 전모가 그대로 드러났다.

그녀는 음모라는(누군가가 편지를 '숨겼다'는) 앤도라의 생각을 비웃었다. 비밀을 푸는 데엔 어떤 외부의 도움도 필요 없었다. 디어링 씨를 3년간 겪어본 바로 충분히 알 수 있었다. 그러나 조금 전까지만 해도 자신이 완벽하게 행복하다고 믿어 의심치 않았다! 지금 그녀를 괴롭게 하는 것 중 최악은 갑자기 드러난 진실에 그녀가 정말로 놀라지는 않았다는 사실이었다.

그녀는 어떻게 된 일인지 너무나 잘 알았다. 편지들은 그가 바쁠 때 도착했고, 그는 다른 일에 정신이 팔려 언젠가 나중에 읽어볼 생각으로 밀어두었던 것이다. 절대 오지 않을 나중의 어느 때로. 어쩌면 미국으로 가는 증기선 위에서 '다른 누군가'를 만났을지도 모른다. 모든 여자가 자신의 연인을 생각할 때마다 배경에 도사리고 있는, 베일을 쓴 불길한 '누군가'. 아니면 그냥 잊어버렸을지도 모른다. 그녀는 경험으로 그가 가장 강렬하게 느끼는 감정조차도 그의 마음속에 전혀 울림을 남기지 못한다는 것을 알았다. 그는 기쁨도 고통도 되새기는 법이 없었다. 딸을 대하는 태도가 얼마나 가벼운지만 보아도 다른 증거는 필요 없었다. 그는 줄리엣의 어머니가 세상을 떠난 후 딸을 친구들에게 기약도 없이 맡겨두고도 아무렇지 않은 것 같았다. 그 어린것을 집으로 데려와 그녀의 학교 근처인 뇌이에서 정착하자는 것도 리지의 제안이었다. 그러나 줄리엣이 그들과 함께 살게 되자 그는 그야말로 자애로운 아버지의 모범이 되었다. 리지는 그가 아이의 존재를 너무나 애정을 갖고 의식하는 듯 보여서 그동안 아이의 부재를 느끼지 못했다는 것이 의아할 정도였다.

리지는 줄리엣의 경우에서는 이 모든 것을 알아차렸지만, 자신의 경우는 당연히 다를 줄 알았다. 모든 여자가 사랑하는 남자의 경험에서 자신만큼은 예외일 거라 남몰래 기대하듯 디어링 씨에게 자신은 예외일 줄 알았다. 물론 그의 습관을 바꿀 수 없다는 것은 이제 알았지만, 그의 감수성을 더 깊게 해주고, 그에게 '이상'(천사 같은 아내)이 되어주었다고 생각했다. 그런데 이제 그녀의 편지들, 답을 받지 못한 편지들이 그가 장담했듯 그에게 '너무나 많은 의미가 있었다'는 믿음에 의지해 이 아름다운 천을 짜내왔음을 알았다.

이제 그 편지들은 그녀의 손을 떠났을 때 그대로의 모습으로 있었다. 그는 편지들을 읽어볼 시간이 없었다. 과거의 그녀가 그 사실을 발견했다면 심장에 상상할 수 없는 가장 날카로운 고통의 순간을 남겼을 수도 있었다. 그녀는 그 지점을 넘어 멀리 나아갔다. 이제 그녀를 잊은 것은 용서할 수 있었다. 그러나 그녀를 기만한 것만큼은 도저히 용서할 수 없었다.

그녀는 주저앉아 다시 멍하니 방을 둘러보았다. 갑자기 머리 위에서 그의 발걸음 소리가 들려오자 심장이 죄어들었다. 그가 그녀에게로 내려올까봐 두려웠다. 그녀는 벌떡 일어나 문을 걸어 잠갔다. 제일 가까이 있는 의자에 털썩 앉았다. 빗장을 지르는 데 엄청난 힘을 써버린 듯 몸이 떨리고 기력이 빠졌다. 잠시 후 그가 계단을 내려오는 소리가 들렸다. 그녀의 떨림이 발작하듯 격렬해졌다. "난 당신이 혐오스러워요. 당신을 혐오해요!" 그녀가 외쳤다.

그녀는 그가 걱정스러운 듯 문손잡이를 잡는 소리에 귀를 기울였다. 그는 방으로 들어와 노래를 흥얼거리며 한가한 질문을 던지고 머리카락을 어루만져줄 것이다. 하지만 안 된다. 문은 잠겨 있다. 그녀는 안전했다. 계속 귀를 기울였다. 발소리가 지나갔다. 그는 그녀에게 오려던 것이 아니었다. 아마 신문이라든가 뭔가 가져갈 것이 있어 내려왔을 테다. 다른 것은 거의 읽지 않는 것 같았다. 그녀는 가끔 그들의 인상적인 '문학적' 대화에 도움이 되었던 소재들을 그가 언제 찾았는지 궁금했다. 다시금 냉소와 함께 경악했다. 그 순간 그의 모든 행동과 그가 보여준 모든 것이 다 거짓처럼 느껴졌다.

현관문 닫히는 소리에 퍼뜩 놀랐다. 그가 나갔나? 그는 오전에는 좀처럼 외출하지 않았다.

그녀는 창가로 가서 싹이 트는 라일락 나무들 사이로 대문을 향해 단호한 발걸음을 옮기는 그의 모습을 보았다. 평소 같지 않게 이 시간에 무슨 일일까? 그녀에게 말도 없이 나가다니 이상한 일이었다. 그녀가 갑자기 이상하다고 생각했다는 사실만으로도 그들의 삶이 얼마나 끈끈하게 얽혀 있는지 알 수 있었다. 그녀는 그에게 습관이 되었고, 그는 자신의 습관을 좋아했다. 하지만 그녀는 마치 낯선 사람이 대문을 열고 나간 것 같았다. 그녀는 자신의 기분을 그가 알게 된다면 어떻게 느낄지 궁금했다.

"한 시간 후면 알게 될 테지." 그녀는 일종의 격한 통쾌함을 느끼며 혼잣말을 했다. 곧 그 장면을 그려보기 시작했다. 그가 들어오자마자 자신의 방으로 불러 말없이 편지들을 건네줄 것이다. 잠시 동안 그 상상에 흡족했다. 그러다가 그녀의 상상이 움찔하고 움츠러들었다. 그에게 굴욕을 준다고 생각하니 자신이 굴욕감을 느꼈다. 그의 이미지는 손대지 않고 지키고 싶었다. 그를 보지 않을 것이다.

그는 편지에 대해 거짓말을 했다. 그녀의 호의를 되찾는 것이 자신에게 이익이 된다는 사실을 알고 거짓말한 것이다. 그렇다. 그 점을 잊지 말아야 한다. 그는 리지가 부유해졌음을 알게 되자 그녀를 찾아낸 것이다. 어쩌면 그녀와 결혼할 목적으로 미국에서 돌아왔는지도 모른다. 틀림없이 일부러 돌아온 것이다. 그때는 까맣게 몰랐다니 믿을 수 없는 일이었다. 자기가 얼마나 아둔했는지, 그의 계교가 얼마나 철저했는지 생각만 해도 토할 것 같았다. 아, 하지만 그는 왜 이런 시간에 나간 것일까? 리지는 그가 드나드는 것에 여전히 마음을 쓰고 있다는 데 짜증이 났다.

창가에서 몸을 돌려 다시 앉았다. 다음에는 어떻게 해야 할지 알 수 없었다. 아니, 그에게 편지는 보여주지 말아야겠다. 그냥 그의 테이블 위에 편지를 놓아두고 떠날 것이다. 아들과 앤도라와 함께 집을 떠나겠다. 머릿속에 확실한 계획을 세우니 마음이 놓였다. 그녀의 뿌리 뽑힌 생각들을 매어놓을 무언가가. 당연히 떠날 것이다. 일단은 그를 보지 않도록 두통이 온다고 둘러댄 뒤 점심 식사 후에도 그녀의 방에 남아 있을 것이다. 그런 다음 앤도라와 함께 몇 가지 물건을 꾸려서 그가 위층 화실에서 꾸물대고 있을 동안 아이를 데리고 훌쩍 떠날 것이다. 집이 무너지면 폐허에서 도망친다. 이보다 더 단순할 수 없다.

그런데 그다음에 무슨 일이 일어날지 그려볼 수 없다는 데서 그녀의 생각이 턱 막혔다. 아무리 애를 써보아도 디어링 씨를 떠나는 자신과 아이의 모습을 그려볼 수 없었다. 그러나 물론 그것은 그녀의 신경이 약한 탓이었다. 그녀에게는 젊음과 돈과 기력이 있다. 모든 면에서 그녀가 우위에 있다. 디어링 씨가 어떻게 될지는 훨씬 더 상상이 안 되었다. 그는 그녀에게 완전히 의존하고 있었다. 그들은 함께 얼마나 행복했던가! 그 사실이 말도 안 되고 심지어 부도덕하게까지 느껴졌지만, 그가 자신과 함께 있어 행복했음을 알고 있었다. 소설에서는 그런 일은 결코 일어나지 않았다. '거짓말 위에 세워진' 행복은 언제나 무너졌고, 그 폐허 밑에 주제넘은 건축가를 묻어버렸다. 그녀가 여태껏 읽은 모든 소설의 법칙에 따르면, 그녀를 이미 한 번 속인 적이 있는 디어링 씨는 반드시 계속해서 그녀를 속일 것이다. 그러나 그녀는 그가 계속해서 자기를 속이지는 않았다는 것을 알고 있었다.

다시 새로운 삶을 그려보려 했다. 물론 친구들이 그녀 주위로 모여들 것이다. 그러나 그 생각에 그녀는 차갑게 굳었다. 친구들이 모이기를 원하지 않았다. 그녀가 원하는 것은 오직 하나, 아이에게 수놓은 가방을 가지고 놀라며 주기 이전까지 영위하던 삶이었다. 아, 왜 아이에게 가방을 주었던가? 그녀는 너무 행복했는데, 그들은 다 너무나 행복했는데! 그녀의 모든 신경이 성이 나서 이성을 잃고 아들이 가방을 되돌려달라고 소리쳤듯이 잃어버린 행복을 되돌려달라고 아우성을

쳤다. 너무 많은 것을 안다는 것은 끔찍한 일이다. 토대에는 항상 피가 섞여 있는 법이다. 부모들은 아이들에게 '어떤 것은 감춰둔다.' 고통과 악의 어두운 비밀로부터 아이들을 보호한다. 그리고 그런 보호가 없다면 어떻게 살아가겠는가? 어느 누가 메두사의 얼굴을 보고도 살아남을 수 있겠는가?

하지만 이 집은 그녀의 것인데 왜 그녀가 떠나야 한단 말인가? 여기에서 아들과 앤도라와 함께 살던 대로 계속 살 수 있을 것이다. 떠나야 할 사람은 디어링 씨다. 편지를 보면 바로 그도 이해할 것이다.

그가 떠나는 장면을 상상했다. 바로 조금 전 집을 나갔듯이 그가 떠나는 모습을. 마지막으로 그의 뒤로 대문이 닫히는 모습을 보았다. 이제 그녀의 상상은 충분히 또렷해졌다. 마치 방 안에 있는 것처럼 선명하게 그를 볼 수 있었다. 아, 그는 예전의 곤궁하고 두서없는 삶으로 되돌아가고 싶지 않을 것이다! 하지만 그녀에게 매달리지도 않을 것이다.

갑자기 새로운 생각이 마음속에 떠올랐다. 앤도라가 그에게 편지를 발견한 얘기를 해버렸다면 어떡하나? 로맨스 소설에서 나오듯이 '도망가요. 들통났어요!'라고 했다면? 그가 영원히 그녀를 떠난 것이라면 어떡하나? 어쨌든 그다운 일이기는 했다. 그는 정말로 다정했지만, 항상 자기 속을 드러내지 않았다. 그녀가 행동하기 전에 선수를 쳐서 방어 자세를 취해야겠다고 마음먹었을지도 모른다. 대문 밖으로 나서는 그의 모습이 마지막이었을 수도 있다.

그녀는 이런 생각에서 새로운 양상을 발견하기나 한 듯이 새삼스레 방을 둘러보았다. 그렇다. 남편이 나간 것은 그렇게 밖에는 설명되지 않는다. 평소 점심 식사 시간인 12시가 지났다. 그는 식사 시간은 칼같이 지켰고, 그녀가 기다리게 하면 부드럽게 책망했다. 이런 시간에, 그렇게 서둘러 집을 나섰다면 뭔가 뜻밖의 일일 것이다. 어쩌면 앤도라가 말해버렸다면 더 나을지도 모른다. 자신에게는 말할 용기가 없는 것 같았다. 차라리 자신을 위해 그렇게 해주었으면 할 지경이었다. 그러나 다음 순간 혼란스러운 분노가 일었다. 그녀는 혼잣말을 했다. "왜 앤도라가 끼어들었지?" 먹잇감을 놓친 것처럼 당황스럽고 화가 났다. 디어링 씨가 집에 있었다면 당장 그에게 달려가 멸시하며 꼼짝 못 하게 했을 것이다. 그러나 그는 나가버렸고, 어디로 갔는지도 몰랐다. 이상하게도 그에 대한 분노에 잠재해 있던 본능적인 경계심, 사랑하는 남자를 보살피는 데 익숙한 여자의 배려심이 뒤섞였다. 그런 배려심을 다시는 느끼지 못하게 된다고, 그가 그녀의 머리카락을 만지며 하는 말을 다시는 듣지 못하게 된다고 생각하면 기분이 이상해졌다. "아, 이 바보 같은 어린애 같으니라고. 걱정했어요? 내가 늦어서?"

그의 손길의 촉감이 너무나 실감나서, 몸이 빳빳이 굳어져서 그의 손을 떨쳐내려는 듯 고개를 뒤로 휙 젖혔다. 그의 손길을 생각만 해도 증오스러웠다. 하지만 그러면서도 마음과 달리 핏속에서 그 손길을 느꼈다. 그렇다. 그녀는 분명 느꼈다. 하지만 공포와 혐오였다. 벗어나고 싶은 감정이었다. 거기 맞서 싸우고 있으니 그 힘이 더 강하게 옥죄어왔다. 마치 그녀의 마음이 혹시 은밀한 반란의 기미라도 없는지 살펴보고 충성심을 확인하기 위해 그녀의 몸을 조사하는 것 같았다.

그런 감정을 떨치려고 일어나서 다시 창가로 갔다. 아무도 보이지 않았다. 그러나 곧 다시 문이 움직였고 가슴이 쿵쿵 뛰었다. 아래로 내려앉은 것인지 위로 뛰어오른 것인지도 알 수 없었다. 잠시 후 문이 천천히 열리면서 유모차를 미는 유모와 줄리엣, 앤도라가 들어왔다. 리지의 눈이 마치 생전 처음 보는 모습인 양 낯익은 이들에게 머물렀다. 그녀는 달려 나가 아이들을 맞아주는 대신 그대로 꼼짝도 않고 서 있었다.

갑자기 계단을 올라오는 소리에 이어 앤도라가 문을 두드리는 소리가 들렸다. 그녀는 문의 빗장을 풀고 친구의 야윈 가슴을 꼭 껴안았다.

앤도라가 외쳤다. "아이가 있다는 걸 잊으면 안 돼요. 나도 있고!"

리지는 부드럽게 몸의 긴장을 풀었다. 설명할 수 없는 서먹함을 느끼며 앤도라를 보았다.

"남편한테 말했나요?" 그녀가 뒤로 물러서면서 싸늘하게 물었다.

"말했냐고요? 아뇨." 앤도라는 정말로 어리둥절한 얼굴로 그녀를 빤히 쳐다보았다.

"그럼 그이가 나간 후로 보지 못했나요?"

"네, 나갔어요? 못 봤는데."

리지는 혼란스러운 안도감에 주저앉았다. 감정이 목구멍까지 차올라 말이 나오지 않았다.

갑자기 앤도라에게 뭔가 생각이 떠올랐다. "이제 알겠어요. 그를 직접 볼 마음이 나지 않는 거군요. 그러니까 당신 대신 내가 그에게 가달라는 거죠." 그녀는 리지를 이리저리 살피며 싸움의 냄새를 맡았다. "당신 말이 옳아요. 그가 들어오면 곧장 내가 가서 만날게요. 빨리 해치울수록 더 낫지요."

그녀는 리지의 뒤를 따라갔다. 리지는 기계적으로 창가로 돌아선 채 그녀의 말에 대답하지 않았다. 그들이 거기 서 있는데 문이 다시 열리고 디어링 씨가 정원으로 들어왔다.

"그가 왔네요!" 리지는 앤도라가 흥분해서 자기 팔을 꽉 잡는 것을 느꼈다. "편지 어딨어요? 당장 가봐야겠어요. 내가 대신 말해줘도 되지요? 우리 여자들 마음을 믿지요? 아, 날 믿어요." 앤도라가 숨을 헐떡였다. "그에게 무슨 말을 해야 할지 난 다 알아요!"

"그에게 무슨 말을 한다고?" 리지가 멍하니 되풀이했다.

남편이 길을 걸어 올라올 동안, 문득 그들이 함께 보낸 3년이 환영처럼 떠올랐다. 그 세월이 그녀의 전 생애였다. 그 이전의 세월은 다 식물이 지표면에 닿기 전까지 어둠 속에서 보낸 삶처럼 색채도 의식도 없었다. 그 세월은 그녀가 꿈꾸었던 그대로는 아니었지만, 어떤 환상들은 가져가버렸다 해도 그 대신 더 풍요로운 현실들을 남겨놓았다. 그녀는 이제 지금 모습 그대로, 앞으로도 변하지 않을 그 모습 그대로, 남편의 새로운 이미지에 서서히 적응했음을 깨달았다. 그는 그녀의 꿈의 주인공은 아니었지만, 어쨌든 그녀가 사랑했고 그녀를 사랑한 남자였다. 이제야 이 마지막으로 밀려드는 동정심과 깨달음 속에서, 모르타르와 유리, 자갈의 쓸모없는 조각들로 단단한 대리석의 형태를 만들 수 있듯이 뒤죽박죽 섞인 비루한 것들에서 삶의 압박을 견디게 해줄 사랑이 빚어질 수 있다는 사실을 알았다.

그녀는 다급하게 손을 잡는 앤도라의 악력을 느꼈다.

"내가 그냥 아무 말도 안 하고 편지만 그에게 건네줄게요. 품위 있게 할 테니 걱정 말아요. 지금 이 순간에 당신이 어떤 감정을 느끼고 있을지 다 알아요!"

디어링 씨가 문 앞 계단까지 왔다. 리지는 그가 창문 아래 현관 유리문 속으로 사라질 때까지 눈을 떼지 않고 말없이 지켜보았다. 그러고는 몸을 돌려 동정에 가까운 눈빛으로 친구를 바라보았다.

"아, 불쌍한 앤도라, 당신은 아무것도 몰라요. 전혀 모른다고요!"

빗장 지른 문

1

휴버트 그래니스는 램프를 밝힌 그의 아늑한 서재에서 걸음을 멈추고, 벽난로 선반 위의 시계와 자기 시계를 비교해보았다.

8시 삼 분 전이었다.

정확히 삼 분 후면 유명 법률사무소인 '애스첨과 페틸로'의 피터 애스첨이 어김없이 아파트 초인종을 누를 것이다. 애스첨이 시간을 칼같이 잘 지킨다는 사실은 위안이 되었다. 긴장감에 신경이 곤두섰다. 초인종 소리가 끝의 시작이 될 것이다. 그 후에는 결코 되돌릴 수 없다. 절대로!

그래니스는 다시 발걸음을 뗐다. 문 반대편 방의 끝까지 걸으며 디종에서 고른 오래되고 좋은 호두나무 가구 위, 피렌체

거울에 비친 자기 모습을 흘끗 보았다. 그는 여윈 몸에 동작이 빠르고 머리 모양과 옷매무새를 단정히 갖추었지만, 주름진 관자놀이 주위로 머리가 하얗게 세었고, 거울 앞에 설 때마다 굽은 어깨를 쫙 펴주어야 했다. 지치고 기죽은 중년 남성이 거울 속에 있었다.

서너 번쯤 그렇게 자기 모습을 살피고 나니 문이 열렸다. 그는 안도감을 느끼며 손님을 맞으려 몸을 돌렸다. 그러나 들어온 사람은 손님이 아니라 하인이었다. 하인은 오래된 터키 러그 위를 말없이 걸어왔다.

"애스첨 씨가 뜻하지 않은 일이 생겨 8시 반까지 도착한다고 전화하셨습니다."

그래니스는 짜증이 솟구쳐 퉁명스럽게 손짓했다. 이렇게 반사적으로 나오는 행동을 억제하는 게 점점 더 힘들어졌다. 그는 돌아서서 어깨 너머로 하인에게 말했다. "알겠네. 저녁 식사를 미루어주게."

그는 하인의 등 뒤로 마음 상한 시선을 느꼈다. 그래니스는 항상 아랫사람들에게 온화하게 말했다. 틀림없이 그의 태도에 일어난 기묘한 변화를 그들도 이미 눈치채고 뒷공론했을 것이다. 이유마저도 짐작했으리라. 그가 책상을 툭툭 치고 있노라니 드디어 하인이 나가는 소리가 들렸다. 그러자 그는 의자에 털썩 주저앉아 탁자에 팔꿈치를 짚고 맞잡은 두 손으로 턱을 괴었다.

삼십 분을 더 홀로 버텨야 한다니!

그는 손님이 무슨 일로 늦는 걸까 짜증스레 궁리해보았다. 틀림없이 일 때문일 것이다. 그게 아니라면 시간 약속을 잘 지키는 변호사가 저녁 약속을 미룰 리 없다. 게다가 그래니스가 편지에 "식사 후에 할 이야기가 좀 있습니다"라고까지 했으니.

그러나 업무 시간이 아닌데 일 문제가 있을까? 어쩌면 곤란에 처한 누군가가 변호사를 찾아왔는지도 모른다. 어쨌거나 그래니스의 편지는 무슨 일인지 전혀 암시를 주지 않았으니까. 틀림없이 애스첨은 그저 유언장을 좀 수정하려는 것이겠거니 생각했을 것이다. 그래니스는 10년 전 대단치 않은 재산을 얻게 된 후로 끊임없이 유언장을 손보아왔다.

갑자기 다른 생각이 불쑥 떠오르면서 그의 누르께한 관자놀이에 홍조가 떠올랐다. 한 달 반 전에 센추리 클럽에서 변호사에게 했던 말이 기억났다. "그렇소. 내 희곡은 어디 내놓아도 손색이 없소. 곧 계약을 논의하러 당신을 찾아가겠소. 그 극장 측 사람들은 어쩌나 약삭빠른지, 당신 말고는 나를 위해 일을 마무리해줄 믿음직한 사람이 없어요!" 당연히 애스첨은 그 일로 연락했다고 생각할 것이다. 그래니스는 소리 내 웃음을 터뜨렸다. 멜로드라마에서 당황한 악인이 킬킬 웃는 듯한 기묘한 웃음이었다. 그는 이상하고 부자연스러운 웃음소리에 당황해 성난 듯이 입술을 꾹 다물었다. 이러고 나서는 독백이라도 하려나?

그는 팔을 내려 책상의 위쪽 서랍을 열었다. 오른쪽 구석에 종이 서류철에 싼 뒤 끈으로 묶어 편지 한 장을 끼워둔 두꺼운 원고가 들었다. 원고 옆에는 작은 권총이 있었다. 그래니스는 잠시 이 묘한 조합을 바라보았다. 그러고는 끈 밑에서 편지를 꺼내 천천히 펼쳤다. 서랍에 손이 닿는 순간부터 그렇게 해야만 한다는 것을 알았다. 그 편지에 눈길이 닿을 때마다 뭔가 무자비한 힘에 떠밀려 편지를 다시 읽지 않을 수 없었다.

편지에 적힌 날짜는 사 주 전이었고, 날짜 위에 극장 이름이 인쇄되어 있었다.

"다이버시티 극장."

친애하는 그래니스 씨에게

지난달 그 문제를 잘 따져보았습니다. 소용없습니다. 이 희곡은 안 되겠습니다. 멜로즈 양과도 상의해보았습니다. 아시다시피 우리 극장에는 이런 희곡을 맡을 만한 배우가 없습니다. 그리고 유감스럽지만 멜로즈 양의 의견도 저와 같습니다. 그녀가 우려한 것은 시가 아닙니다. 저도 마찬가지입니다. 우리 둘 다 시극에 대해 도움될 만한 일이라면 뭐든 다 할 의향이 있습니다. 우리는 대중이 시극을 받아들일 준비가 되어 있다고 믿고, 대중이 원하는 것을 제일 먼저 제공하기 위해서라면 상당한 재정적 위험도 기꺼이 감수할 것입니다. 하지만 대중이 이 희곡을 원하도록 만들기는 어려울 것 같습니다. 사실 선생님의 희곡에는 시가 들어가도 좋을 만큼 극적인 요소가 없습니다. 처음부터 끝까지 내용이 늘어집니다. 선생님의 아이디어는 훌륭하지만, 아직 충분히 익지 않았습니다.

이것이 선생님의 첫 작품이라면 다시 시도해보시라고 말씀드릴 겁니다. 하지만 이 작품은 선생님이 저에게 보여주신 다른 모든 것들과 완전히 똑같았습니다. 〈곤경〉의 결과를 기억하시겠지요. 선생님께서 제작비를 전부 부담하셨지만, 일주일도 극장을 채우지 못했습니다. 그나마 〈곤경〉은 현대 문제극이었습니다. 무운시보다 훨씬 다루기 쉬웠지요. 선생님이 모든 종류를 다 시도해보셨다는 것은 아닙니다.

그래니스는 편지를 접어 조심스럽게 다시 봉투 속에 넣었다. 편지 내용을 전부 외우고 있었다. 지난 한 달 동안 밤마다 보아서 글자들이 잠을 잃은 눈꺼풀의 어둠을 배경으로 불꽃처럼 타오를 지경인데, 도대체 왜 또 이걸 읽고 있는 걸까?

"이 작품은 선생님이 저에게 보여주신 다른 모든 것들과 완전히 똑같았습니다."

10년간 쉬지 않고 열정을 다 바친 작품을 이런 식으로 무시하다니!

"〈곤경〉의 결과를 기억하시겠지요."

맙소사, 마치 그가 잊어버리기라도 할 것처럼! 그간의 모든 일이 고통스럽게 한꺼번에 다 떠올랐다. 거듭해서 퇴짜 맞은 희곡, 자기 돈으로 연극을 무대에 올리겠다는, 유산인 만 달러를 써서라도 성공의 기회를 시험해보겠다는 갑작스러운 결심, '개막일 밤'의 바짝바짝 입을 말리는 괴로움, 대실패, 멍청한 언론, 친구들의 위로를 피해 황급히 유럽으로 떠났던 일까지!

"선생님이 모든 종류를 다 시도해보셨다는 것은 아닙니다."

아니다. 그는 모든 종류를 다 시도해봤다. 희극, 비극, 산문과 시, 가벼운 개막 공연, 짧고 신랄한 드라마, 부르주아 사실극과 서정적 낭만극까지. 결국 그는 더는 인기를 위해 '재능을 팔지' 않고 5막으로 된 무운시 형식으로 자신의 예술 이론을 대중이 받아들이게 만들겠다고 마음먹었다. 그렇다. 그는 대중에게 모든 것을 내놓았다. 그리고 결과는 매번 똑같았다. 그 10년, 끈질긴 작업과 변함없이 계속되는 실패로 얼룩진 10년. 마흔에서 쉰까지의 10년, 그의 생애 최고의 10년! 그 이전의 세월, 말없는 꿈과 축적, 준비로 보낸 세월까지 따져보면 한 사람의 반생인 셈이다. 한 사람의 반생을 허비한 것이다!

그러면 남은 반으로는 무엇을 해야 할까? 그는 신께 감사하게도 그 문제를 해결했다! 고개를 돌려 걱정스럽게 시계를 보았다. 8시 10분. 그의 모든 과거를 몰아치듯 돌아보는 데 불과 십 분밖에 걸리지 않다니! 그런데도 애스첨이 오려면 이십 분을 더 기다려야 한다. 그에게 나타난 증후들 가운데에서도 최악은 사람들과의 교제를 점점 피하게 되는 만큼 혼자 있는 것도 점점 더 두려워하게 되었다는 점이다……. 하지만 왜 애스첨을 기다리고 있을까? 왜 스스로 매듭을 잘라버리지 않았을까? 모든 것에 질릴 만큼 질려버렸는데, 왜 이 삶의 악몽을 제거하기 위해 외부인을 불러들여야만 하는가?

그는 다시 서랍을 열어 권총 위에 손을 올려놓았다. 권총은 작고 얇은 상아색 장난감이었다(지친 환자가 '피하주사'를 스스로 놓을 수 있게 해주는 도구일 뿐이었다). 그래니스는 한 손으로 천천히 권총을 들면서 다른 손으로는 귀와 목덜미 사이, 가느다란 뒷머리의 아래쪽을 더듬었다. 그는 총부리를 어디에 대야 할지 알았다. 젊은 외과의가 보여준 적이 있었다. 그 자리를 찾아내 권총을 대자 피할 수 없는 현상이 일어났다. 무기를 든 손이 덜덜 떨리기 시작하고 전율이 팔을 타고 전해졌다. 심장이 미친 듯이 뛰어 목에서 지독한 구역질이 치밀어 올랐다. 그는 화약 냄새를 맡았다. 자신의 두개골을 뚫는 총알의 굉음에 토할 것만 같고 이마엔 공포로 진땀이 배어나 떨리는 얼굴을 타고 흘러내렸다……

그는 욕설을 뱉으며 권총을 치우고 향수 냄새 나는 손수건을 꺼내 덜덜 떨면서 이마와 관자놀이 위로 가져갔다. 소용없는 일이었다. 도저히 그런 식으로는 할 수 없었다. 자기 파괴의 시도는 명성을 얻으려는 시도만큼이나 헛수고였다! 그는 자신을 진짜로 살게 할 수도 없고, 자기 생명을 제거해버릴 수도 없었다. 바로 그 때문에 자기를 도와달라고 애스첨을 부른 것이었다…….

변호사는 카망베르 치즈와 부르고뉴산 포도주를 앞에 놓고 늦은 데 대한 변명을 늘어놓기 시작했다.

"하인이 곁에 있는 동안에는 아무 얘기도 하고 싶지 않았습니다. 하지만 실은 제가 좀 이상한 문제로 불려 가서."

"아, 그렇군요." 그래니스가 활기차게 말했다. 음식과 친구를 앞에 두니 평소처럼 행동할 수 있었다. 하지만 그는 삶에서 되찾은 즐거움을 느끼기보다는 자신 속으로 더 깊이 침잠했다. 자기 안의 심연을 다른 인간의 눈에 드러내기보다는 기계적이라도 사회적인 제스처를 계속하는 편이 더 쉬웠다.

"저녁 식사를 기다리시게 하다니 말도 안 되지요. 더군다나 선생님 같은 예술가가 대접해주시는 건데요." 애스첨이 여유롭게 포도주를 홀짝였다. "실은 애슈그로브 부인이 저를 찾으셔서 말입니다."

그래니스는 깜짝 놀라 고개를 획 쳐들었다. 한순간 혼자만의 생각에서 빠져나왔다.

"애슈그로브 부인이라고요?"

애스첨이 미소를 지었다. "흥미로워하실 줄 알았습니다. 논란이 되는 이슈들에 관심이 많으시니까요. 이것도 기대에 어긋나지 않을 겁니다. 물론 우리 취향에 딱 맞는 것은 아닙니다만. 우리는 형사사건은 절대 건드리지 않으니까요. 하지만 부인이 친구로서 저에게 상의하고 싶어 하셨습니다. 게다가 정말로 기묘한 사건이라니까요!" 하인이 다시 들어오자 애스첨은 입을 꾹 다물었다.

"식당에서 커피를 드시겠습니까?"

"아니, 서재로 가져다주게." 그래니스가 몸을 일으키며 대답했다. 그는 커튼을 친 내실로 다시 들어갔다. 애스첨이 하려는 얘기를 듣고 싶어 몸이 달았다. 커피와 시가가 나올 동안 그는 서재에서 안절부절못하면서 편지들을 쳐다보았다. 별 의미 없는 편지와 청구서 들이었다. 석간신문을 집어 들어 펼치자 헤드라인이 그의 시선을 사로잡았다.

"로즈 멜로즈가 시극을 공연할 예정."

"자신의 시인을 찾아내다."

그는 두근대는 가슴을 안고 계속 읽었다. 그가 잘 들어보지도 못한 젊은 작가의 이름이 적혔고, 그의 눈앞에서 '시적 드라마'라는 희곡의 제목이 춤을 추었다. 그는 역겨움을 느끼며 신문을 떨어뜨렸다. 그렇다면 진짜였다. 그녀는 '시극을 무대에 올릴 수 있는 사람'이었다. 그녀가 신뢰하지 않았던 것은 양식이 아니라 내용이었다!

그래니스는 하인에게로 몸을 돌렸다. 하인은 일부러 얼쩡

거리고 있었다. "오늘 저녁에는 그만 가봐도 되네, 플린트. 문단속은 내가 하지."

그는 하인이 말없이 따르면서도 놀랐으리라 생각했다. 플린트는 의아해하는 것 같았다. 대체 무슨 일이지? 그래니스 씨가 내가 비켜주기를 바라시다니? 어쩌면 하인은 엿보러 되돌아올 구실을 찾아낼지도 모른다. 그래니스는 갑자기 감시망에 둘러싸인 듯한 기분이 들었다. 문이 닫히자 그는 안락의자에 앉아 몸을 앞으로 내밀어 애스첨의 시가에 불을 붙여주었다.

"애슈그로브 부인 이야기를 좀 해주시죠." 입술이 갈라진 것처럼 목소리가 딱딱하게 느껴졌다.

"애슈그로브 부인이요? 아, 별 얘기는 아닙니다."

"일부러 숨기시는 건 아니고요?"

"그건 아닙니다. 실은 부인이 변호인단을 어떻게 고르면 좋을지 조언을 구하셨습니다. 딱히 비밀이라고 할 만한 얘기는 없었어요."

"그러면 이제 부인을 보셨으니까, 인상이 어떻던가요?"

"아무것도 밝혀지지 않을 거라는 인상을 아주 분명하게 받았습니다."

"그래요?" 그래니스가 시가를 빨면서 웅얼거렸다.

"애슈그로브를 독살한 인물이 누구건 간에 전문가가 틀림없고, 결국 아무것도 밝혀지지 않을 거라는 확신이 점점 더 강하게 듭니다. 지금 주신 거, 최고급 시가로군요."

"마음에 드십니까? 쿠바에서 들여온 겁니다." 그래니스는 자기 시가를 찬찬히 살펴보았다. "그럼 영리한 범인들은 절대 잡히지 않는다는 이론을 믿으시는 겁니까?"

"당연히 믿다마다요, 선생님. 주변을 한번 보세요. 지난 수십 년을 돌아보시라고요. 큰 살인 사건 중에 해결된 것이 하나라도 있는지." 변호사는 푸른 담배 연기 뒤로 생각에 잠겼다. "선생님 집안을 예로 들어봅시다. 멀리 갈 것도 없어요! 조지프 렌먼 씨의 살인 사건을 보세요. 그 비밀이 풀릴 거라고 보십니까?"

애스첨의 입에서 그 말이 떨어지자 주인은 천천히 서재 안을 둘러보았다. 서재의 물건 하나하나가 피할 수 없는 해묵은 친밀함을 띠고 그의 시선을 되쏘았다. 이 방을 보는 게 얼마나 신물 나는지! 싫증 나버린 아내의 얼굴만큼이나 지루하기 짝이 없었다. 그는 천천히 목청을 가다듬고 변호사 쪽으로 고개를 돌려 이렇게 말했다. "제가 그 렌먼 살인 사건을 밝힐 수 있습니다."

애스첨이 눈을 휘둥그레 떴다. 그는 범죄 사건이라면 그래니스 못지않게 관심이 많았다.

"세상에! 지금껏 내내 거기에 대한 이론을 갖고 계셨단 말입니까? 그런데 한마디도 안 하셨다니 희한한 일이군요. 어서 말씀해보십시오. 이 애슈그로브 사건과 달리 렌먼 사건에는 어떤 특징들이 있어요. 선생님의 아이디어가 도움이 될지도 모르지요."

그래니스는 말을 멈추었다. 그의 시선이 본능적으로 권총과 원고가 나란히 들어 있는 책상 서랍으로 되돌아갔다. 로즈 멜로즈에게 한 번 더 매달려봐야 할까? 그는 테이블 위의 편지와 청구서 들을 보았다. 생기 없는 일상을 반복해야 한다는 (기계적인 몸짓을 또 하루 수행해야 한다는) 공포가 다시 그를 사로잡았다.

"이론 같은 것은 없습니다. 조지프 렌먼을 누가 죽였는지 압니다."

애스첨이 의자에 몸을 편안히 고쳐 앉고 흥미로운 이야기를 들을 준비를 했다.

"아신다고요? 흠, 누구 짓입니까?" 그가 껄껄 웃었다.

"접니다." 그래니스가 몸을 일으키며 말했다.

그는 애스첨 앞에 섰다. 변호사가 그를 올려다보았다. 그러더니 다시 한번 웃음을 터뜨렸다.

"아, 이거 근사하군요! 선생님이 그를 죽였다고요? 아마 유산을 상속받기 위해서였겠지요? 점입가경이군요! 어디 계속 해보세요! 속에 든 것을 다 털어놔보시라고요! 다 얘기해주세요! 고백은 영혼에 이롭지요."

그래니스는 변호사의 웃음이 잦아들 때까지 기다렸다가 고집스럽게 되풀이했다. "내가 그를 죽였습니다."

두 사람은 한참이나 서로를 마주 보았다. 이번에 애스첨은 웃지 않았다.

"그래니스!"

"내가 죽였소. 당신 말대로 그의 유산을 노리고."

다시 침묵이 흘렀다. 그래니스는 왠지 마음속 깊은 곳에서 재미있어하며 손님의 유쾌하던 표정이 우려 섞인 얼굴로 바뀌어가는 것을 지켜보았다.

"이건 무슨 농담입니까? 못 알아듣겠군요."

"농담이 아닙니다. 진실입니다. 내가 그를 죽였어요." 그는 처음에는 목에 뭔가 걸린 듯이 힘겹게 말했지만, 같은 말을 되풀이할 때마다 말하기가 한결 쉬워졌다.

애스첨이 불 꺼진 시가를 내려놓았다.

"왜 그러는 겁니까? 몸이 좋지 않아요? 대체 무슨 의도로 하는 말입니까?"

"저는 아주 말짱합니다. 제가 사촌인 조지프 렌먼을 죽였어요. 내가 그를 죽였다는 것을 알리고 싶습니다."

"알리고 싶다고요?"

"네, 그래서 선생님을 오시라 청한 겁니다. 저는 사는 게 지겨워졌어요. 자살하려고도 해보지만 잘 안 됩니다." 그는 이제 목구멍에 걸린 매듭이 풀린 듯 자연스럽고 조용하게 말했다.

"맙소사……. 맙소사." 변호사가 숨을 헐떡였다.

그래니스는 말을 계속했다. "하지만 틀림없이 일급 살인죄가 되겠지요? 자백하면 틀림없이 사형에 처해지겠지요?"

애스첨은 길게 한숨을 내쉬었다. 그러더니 천천히 말했다. "앉아요, 그래니스. 얘기를 해봅시다."

2

그래니스는 자신의 이야기를 간단히 해주었다.

그는 자신의 젊은 시절을 짧게 요약해서 들려주었다. 고된 노동과 궁핍으로 점철된 세월이었다. 거절이라고는 통 할 줄 몰랐던, 매력적인 인물이었던 그의 아버지는 결정적인 순간에도 그 말을 결국 하지 못한 탓에 혼외 가족과 저당 잡힌 재산만 남겨놓고 죽었다. 그의 법적인 친족은 빚더미에 올라앉았고, 어린 그래니스는 어머니와 여동생 케이트를 부양하기 위해 하버드를 떠나 열여덟의 나이에 중개인 사무소에서 일하는 신세가 되었다. 그는 자기 일이 죽도록 싫었다. 늘 가난했고, 근심 걱정에 찌들어 있었고, 건강도 좋지 않았다. 몇 년 후 어머니가 세상을 떠났지만, 신경쇠약을 앓는 여동생이 여전히 그의 차지였다. 그 자신의 건강도 나빠져서 반년을 쉬어야 했다. 다시 돌아오니 일은 더욱 힘들었다. 그는 사업에는 도무지 요령이 없었고, 숫자에 약했으며, 수수께끼 같은 상업에는 깜깜했다. 그는 여행을 다니며 글을 쓰고 싶었다. 그것이 가슴 깊이 품은 소망이었다. 세월이 지날수록, 돈을 모으지도 못하고 건강도 나아지지 않고 중년에 가까워질수록 그는 지독한 절망에 사로잡혔다. 글을 쓰려고 해보았지만 퇴근하고 집에 돌아오면 항상 너무 지쳐서 머리가 돌아가지 않았다. 1년 중 절반은 어두워진 후에야 변두리의 침침한 아파트로 돌아왔고, 저녁을 급하게 대강 먹어치운 다음에는 여동생이 석간신문을 중얼중얼 읽을 동안 거실에서 담배를 문채 누워 있었다. 가끔은 저녁 시간을 극장에서 보내기도 했다. 외식을 하거나, 드물게는 소위 '쾌락'이라는 것을 찾아 지인 한둘과 일탈을 하기도 했다. 케이트와 함께 바닷가에서 여름 한 달을 보낼 때는 완전히 녹초가 되어 내내 꾸벅꾸벅 졸며 지냈다. 한번은 매력적인 아가씨와 사랑에 빠진 적도 있었다. 하지만 대체 그가 그녀에게 무엇을 주어야 할까? 그녀도 그에게 호감이 있는 듯했지만, 그는 중도에 포기해야 했다. 아무도 그를 대신하지 못한 것은 분명했다. 그녀는 계속 처녀 신세로 남아 있으면서 점점 더 통통해지고, 우중충해지고, 오지랖이 넓어졌다. 그러나 그가 첫 키스를 했을 때는 얼마나 사랑스러웠던가! 허비해버린 삶을 한 번만 더 살아볼 수 있다면⋯⋯. 그는 생각에 잠겼다⋯⋯.

그러나 그의 가장 큰 열정은 언제나 무대에 있었다. 희곡을 쓸 시간과 자유를 얻을 수만 있다면 영혼이라도 팔았을 것이다! 늘 그의 안엔 그런 열정이 있었다. 무대에 대한 열정이 가습 속 깊은 곳에 본능처럼 자리하지 않았던 때가 언제였는지 기억할 수도 없었다. 세월이 갈수록 그 열정은 무자비할 정도의 병적인 집착으로 변해갔다. 그러나 해가 갈수록 물질적인 조건은 점점 더 어려워지기만 했다. 그는 중년이 되어가고 있음을 느꼈고, 동생의 쇠약한 얼굴에서 역시 늙어가는 흔적을 보았다. 열여덟 살의 동생은 예뻤고, 그 못지않게 열정으로 가득했다. 이제는 부루퉁하고, 초라하고, 평범했다. 그녀는 삶에서 기회를 다 잃었다. 불쌍하게도 가진 게 아무것도 없었다. 여자로서 구실할 기회조차 갖지 못했다. 그 생각을 하면 분노가 치솟았다. 조금만 여행할 수 있다면, 조금만 건강하다면, 조금만 돈이 있다면 동생을 딴사람처럼 바꾸어 젊고 매력 있게 만들 수 있을 거라는 생각을 하면…… 그는 경험을 통해 늙음과 젊음처럼 바꾸지 못할 것은 없다는 교훈을 얻었다. 제비뽑기의 결과로 병 아니면 건강, 가난 아니면 부유함, 늙음 아니면 젊음이 있을 뿐이었다.

이 대목에서 일어난 그래니스는 벽난로 선반으로 가서 몸을 기댄 채 애스첨을 내려다보았다. 애스첨은 의자에서 몸을 움직이지도 않고 이야기에 푹 빠져 있었다.

"그러던 중 어느 여름에 렌먼의 집 근처인 렌필드에 가게 되었습니다. 렌먼은 아시다시피 제 외사촌이지요. 가족들이 항상 그를 돌보아주었는데, 대개는 조카딸이 도맡았습니다. 하지만 그해에는 다들 뿔뿔이 흩어진 상태였고, 조카딸 한 명이 우리에게 두 달간 자기 의무를 대신해준다면 오두막을 빌려주겠노라고 제안했습니다. 물론 저한테는 성가신 일이었지요. 렌필드는 시내에서 두 시간 거리니까요. 하지만 가족의 의무에 충실했던 어머니는 항상 그 노인에게 잘해주셨어요. 그러니 우리가 그런 요청을 받은 것도 자연스러운 일이었지요. 또 집세도 아끼고 맑은 공기를 쐬면 케이트에게도 좋을 테니까요. 그래서 갔습니다.

조지프 렌먼을 전혀 모르신다고요? 아메바나 뭐 그 비슷한 타이탄의 현미경 아래 놓인 원시적인 유기체를 떠올려보십시오. 그는 덩치가 크고 무기력했어요. 체온을 재고 성공회 소식지를 읽는 것 외에는 아무 일도 안 했습니다. 아, 멜론도 키웠지요. 그게 사촌의 취미였습니다. 야외에서 막 키우는 멜론이 아니라 온실에서 키우는 것이었지요. 그는 렌필드에 땅이 많았습니다. 커다란 텃밭을 수십 개의 온실이 둘러싸고 있었어요. 그리고 거의 모든 온실에서 멜론을 키웠어요. 조생 멜론, 만생 멜론, 프랑스산, 영국산, 토종……. 작은 것도 있고 엄청 큰 것도 있었어요. 모양과 색깔이 다양했습니다. 사촌은 멜론을 아이 다루듯 애지중지했지요. 훈련된 일꾼들이 돌보았습니다. 멜론의 온도를 재는 의사가 있었는지는 확실치 않습니다. 어쨌든 그곳에는 온도계가 널려 있었어요. 그리고 그 멜론들은 보통 멜론처럼 땅 위로 덩굴을 뻗고 자라는 게 아니라 복숭아처럼 유리를 타고 올라가게 했습니다. 햇볕과 공기를 골고

루 받을 수 있도록 멜론 하나하나를 무게를 지탱해주는 그물에 넣어 매달아놓았지요.

가끔은 늙은 렌먼이 자신의 멜론들 중 하나랑 똑같다고 느꼈습니다. 옅은 색 영국산 말입니다. 심드렁하고 움직임 없이, 그의 삶은 금으로 짠 그물에 싸여, 늘 똑같이 따뜻한 공기 속에서 지저분한 속세의 근심으로부터 높이 매달려 있었습니다. 그의 존재의 가장 근본적인 규칙은 '근심하지 않는다'였습니다. 하루는 케이트가 건강이 좋지 않아서 변화가 좀 필요하다는 얘기를 했더니 저에게 이렇게 충고했던 기억이 납니다. '나는 절대로 근심하지 않는다네.' 사촌은 만족스럽게 말했습니다. '간에는 최악이야. 자네도 간이 있다는 듯이 나를 쳐다보는구먼. 내 충고를 받아들여서 기운을 차려보게. 스스로 더 행복해지면 다른 사람들도 그렇게 될 걸세.' 그저 수표 한 장을 써서 이 딱한 처녀를 휴가 보내주기만 하면 되는데 말이지요!

무엇보다도 그 돈이 이미 반은 우리 것이라는 사실을 생각하면 견디기 힘들었습니다. 이 늙은 구두쇠는 우리와 다른 사람들을 대신해 살아 있을 동안에만 돈을 맡아두고 있는 것이지요. 하지만 그는 저나 케이트보다도 더 건강했어요. 우리를 계속 기다리게 하는 재미를 보려고 특별히 더 주의를 기울여 자기 몸을 돌보는 것 같았습니다. 그는 항상 우리의 굶주린 눈을 보면서 원기를 얻는 것 같았어요.

저는 그의 허영심을 건드려서 마음을 움직일 수 있을지 알아보려 했습니다. 그에게 아부하고, 그의 멜론에 매우 관심이 많은 척했습니다. 그는 여기에 넘어가서 멜론 이야기를 길게 늘어놓곤 했죠. 날씨가 좋으면 조랑말이 끄는 마차를 타고 온실로 가서 멜론 사이를 뒤뚱뒤뚱 걸어 다니면서 하렘의 살찐 터키인처럼 쿡쿡 찔러보고 탐욕스럽게 훑어보았지요. 저에게 멜론 재배에 드는 비용을 떠들어낼 때면 자신의 쾌락에 들이는 비용을 떠벌리는 흉측한 늙은 로서리오가 떠올랐습니다. 그가 멜론을 한 입도 먹지 못하기 때문에 더 그렇게 보였지요(그는 수년간 버터밀크와 토스트만 먹고 살았습니다). '그래도 이건 나의 유일한 취미라네. 취미를 좀 즐기지 못할 게 뭐 있나?' 그는 감상적으로 말했습니다. 마치 저도 뭐든 제 취미에 빠질 수 있다는 듯이 말입니다! 멜론을 키울 돈이면 케이트와 저는 부족한 것 없이 잘살 수 있었을 텐데요.

여름이 끝나가던 무렵의 어느 날, 케이트가 몸이 너무 좋지 않아 사촌 집까지 갈 기운도 없다며 저에게 대신 가서 조지프와 오후를 같이 보내달라고 부탁했습니다. 9월 어느 멋진 오후였습니다. 소나무 아래 누워 하늘을 바라보며 우주의 조화를 온몸으로 느끼기에 딱 좋은 날이었지요. 사촌 조지프의 흉물스러운 검은 호두나무 서재에 들어가는데, 목청 좋고 잘생긴 정원사 조수 한 명이 다급하게 뛰쳐나오다가 저와 부딪쳐 넘어질 뻔했습니다. 그래서 그런 생각이 떠올랐는지도 모르겠습니다. 멜론 온실 주위에서 자주 보았던 사람인데 저에게 인사를 하지 않았거나 아예 저를 보지 못한 것 같아서 이상하다고 생각했습니다.

사촌 조지프는 불룩하게 솟아오른 조끼 위로 살찐 두 손을 포개고 평소처럼 어두워져가는 창가를 등지고 앉아 있었습니다. 성공회 소식지 최신 호가 옆에 놓여 있고, 큼직한 멜론이 커다란 접시 위에 있었지요. 지금까지 본 것 중에서 가장 큰 멜론이었습니다. 내가 들어오기 전까지 그가 황홀감에 취해 있었으리라 짐작할 수 있었습니다. 그에게 호의를 구하기로 결심하고 왔는데, 이처럼 그의 기분이 아주 좋아서 다행이라고 생각했습니다. 그런데 그의 얼굴을 보니 달걀 껍데기처럼 차분한 것이 아니라 일그러진 채 훌쩍이고 있었습니다. 저에게 인사도 못 하고 흥분해서 멜론을 가리켰습니다.

'저걸 좀 봐. 저걸 보라고. 이렇게 아름다운 것을 본 적 있나? 이렇게 단단하고 둥글고, 만져보면 매끄러운 것을 말이야.' '것'이 아니라 '여자'라고 말하는 듯한 투였습니다. 그가 망령 난 손을 뻗어 멜론을 만져볼 때에는 저는 고개를 다른 쪽으로 돌려야 할 지경이었습니다.

그가 무슨 일이 있었는지 설명해주었습니다. 그는 특별히 추천받은 이탈리아인 정원사 조수(사촌은 자기 원칙을 어기고 그가 가톨릭 신자인데도 고용했습니다)에게 온실의 이 괴물을 돌보는 일을 맡겼습니다. 그 멜론은 처음 열매가 맺혔을 때부터 누가 보아도 괴물이 될 것이 확실했으니까요. 가장 통통하고 가장 과즙이 풍부한 자매들을 제치고 농산물 품평회에서 상을 휩쓸고, 모든 원예지에 사진이 실리며 찬양받을 것이 불 보듯 훤했습니다. 그 이탈리아인은 일을 잘해냈습니다. 책임감이 있는 것 같았지요. 그리고 바로 그날 아침, 사촌은 그에게 멜론을 따 오라고 지시했습니다. 다음 날 지역 농산물 품평회에 출품할 작정이니 직접 멜론의 금빛 동정을 살펴보려는 것이었습니다. 그러나 멜론을 따다가 그 비열한 예수회 신자 놈이 떨어뜨리고 말았습니다. 멜론은 물뿌리개의 날카로운 주둥이에 부딪쳤습니다. 단단하고 연한 과일에 깊은 금이 남았지요. 이제 바닥에 떨어져 상하고 망가진 멜론일 뿐이었던 겁니다.

노인의 분노는 무시무시했습니다. 그는 몸을 부들부들 떨고 식식거리느라 숨도 제대로 쉬지 못했습니다. 그는 방금 전 그 이탈리아인을 불러 임금이나 추천장도 주지 않고 그 자리에서 해고해버렸습니다. 또 렌필드에서 얼쩡거리고 다니다가 눈에 띄는 날에는 체포당하게 하겠다고 협박했습니다. '맹세코 그렇게 하고 말 거야. 워싱턴 대통령에게 편지를 써야지. 저 거지새끼를 강제 추방 해버리겠어! 돈의 힘을 보여주지!' 십중팔구 배후에 흉악한 흑수단이 있을 거라고 했습니다. 틀림없이 '갱단'의 일원일 거라고요. 그 이탈리아인들은 25센트만 주어도 살인할 수 있는 자들이라는 겁니다. 사촌은 경찰에 조사를 의뢰하겠다고 하더니 자신의 흥분 상태에 점점 겁을 먹었습니다. '하지만 진정해야 해.' 사촌이 말했습니다. 그는 체온을 재보고 벨을 울려 약을 가져오게 하고는 성공회 소식지로 몸을 돌렸습니다. 네스토리우스파의 교리에 관한 기사를 읽던 중 멜론이 왔습니다. 그는 저에게 계속 읽어달라고 부탁했고, 저는 어두침침하고 답답한 방에서 한 시간 정도 글을 읽어주었습니다. 떨어진 멜론 주위를 살진 파리 한 마리가 윙윙대며 날아다녔습니다.

내내 노인이 뱉은 한마디가 멜론 주위의 파리처럼 제 머릿속에서 웅웅거렸습니다. '돈의 힘을 보여주지!' 맙소사! 저 노인에게 보여줄 수만 있다면! 그에게 끔찍한 이기주의의 새로운 배출구로 행복을 줄 수 있는 힘이 있음을 알려줄 수만 있다면! 저는 그에게 저와 케이트의 상황을 알려주려고 했습니다. 제 건강이 좋지 않고, 힘들게 일하지만 성과는 없고, 글을 너무나 쓰고 싶고, 이름을 떨치고 싶다고 말했습니다. 더듬거리며 힘겹게 돈을 좀 빌려달라고 간청했습니다. '꼭 갚겠습니다. 담보로 반쯤 쓴 희곡이 있습니다……'

그의 표정 없는 시선을 결코 잊지 못할 것입니다. 그의 얼굴이 다시 달걀 껍데기처럼 매끄러워졌습니다. 그의 눈이 미끄러운 성곽을 내려다보는 감시병처럼 살찐 두 뺨 위로 저를 굽어보았습니다.

'반쯤 쓴 희곡이라. 자네 희곡을 담보로 내놓겠다고?' 그는 마치 광기의 첫 번째 징후를 발견하기라도 한 듯이 두려움에 가까운 눈빛으로 저를 쳐다보았습니다. '사업에 대해 뭐든 아는 것이 있나?' 그가 부드럽게 물었습니다. 저는 웃으면서 대답했습니다. '아뇨, 별로 없습니다.'

그는 눈을 감고 몸을 뒤로 기댔습니다. '이런 흥분은 나에게는 너무 과했어. 괜찮다면 한숨 자야겠네.' 그래서 저는 그 이탈리아인처럼 비틀비틀 방을 나왔습니다."

그래니스는 벽난로 선반에서 몸을 떼고 디캔터와 소다수가 놓인 쟁반 쪽으로 걸어갔다. 그는 소다수를 한 잔 따라 쭉 마신 다음 애스첨의 불 꺼진 시가를 힐끗 보았다.

"한 대 더 피우시지요." 그가 제안했다.

변호사는 고개를 저었다. 그래니스는 이야기를 계속했다. 그는 자신의 집착이 점점 커져갔다고 말했다. 사촌이 거절한 순간 어떻게 살인 충동이 자기 안에서 깨어나게 되었는지도 이야기했다. 그는 혼잣말처럼 중얼거렸다. "마음을 바꾸지 않겠다면, 내가 그렇게 만들어주지." 그는 행동하기로 마음먹고 나자 분노가 사라졌다는 듯이 이야기가 전개될수록 더 차분하게 말을 이어갔다. 그는 그 노인을 어떻게 '없애버릴지' 골몰했다. 갑자기 사촌의 격한 반응이 떠올랐다. "그 이탈리아인들은 25센트만 주어도 살인할 수 있는 자들일 거야!" 그러나 확실한 계획이 떠오르지는 않았다. 그저 영감이 오기를 기다렸다.

그래니스와 그의 동생은 멜론 사건이 있고 하루 이틀 지나 시내로 돌아왔다. 그러나 돌아온 사촌들이 그에게 노인의 상태를 알려주었다. 삼 주가 지난 어느 날, 그래니스가 집에 돌아와보니 케이트가 렌필드에서 연락을 받고 흥분해 있었다. 그 이탈리아인이 다시 찾아왔단다. 그는 집 안으로 몰래 들어가 서재로 가서 '위협적인 말을 했다'. 가정부가 숨을 헐떡이는 조지프를 발견했다. 눈을 허옇게 까뒤집은 것으로 보아 '끔찍한 상태'였다. 의사가 오고, 경찰은 인근에서 그 이탈리아인을 불렀다.

그러나 사촌 조지프는 그 후로 쇠약해지고 불안증이 생겨서 토스트와 버터밀크에도 입맛을 잃었다. 의사는 동료를 불렀고, 노인은 진찰에 관심과 흥미를 보였다. 그는 다시 한번 중요한 인물이 되었다. 의사들은 지나칠 만큼 완벽하게 가족을 안심시켰고, 환자에게는 더 다양한 식단을 권했다. '입맛이 당기는 것'이면 뭐든 먹어보라고 충고했다. 그래서 어느 날, 사촌은 부들부들 떨면서도 간절한 심정으로 멜론을 조금 먹어보기로 했다. 격식을 차려서 내온 멜론을 가정부와 사촌이 보는 앞에서 먹었다. 이십 분 뒤 그는 숨을 거두었다.

그래니스가 이야기를 계속했다. "당시 정황을 기억하실 겁니다. 어떻게 이탈리아인에게 의혹이 쏠렸는지 말입니다. 경찰이 그에게 암시를 주었는데도 '그 사건' 이후로 그가 집 주위를 맴도는 모습이 목격되었습니다. 그가 식모와 애정 관계에 있었다고 하니 나머지는 쉽게 설명되는 듯했죠. 그러나 해명을 요구하려고 그를 찾았더니 사라지고 없었습니다. 깨끗이 자취를 감춰버린 것이지요. 그는 렌필드를 떠나라는 '경고'를 받았고 그 경고를 충실히 따라서, 그 후로 다시는 아무도 그를 보지 못했습니다."

그래니스는 말을 멈추었다. 그는 변호사의 맞은편 의자에 털썩 앉아서 잠시 고개를 젖혀 낯익은 방을 둘러보았다. 방의 모든 것이 생경하고 험악하게 바뀌어 있었다. 기이하고 두드러지는 물건 하나하나가 다 그의 말을 들으려고 제자리에서 앞으로 목을 길게 빼고 있는 것 같았다.

"멜론에 독을 넣은 사람은 바로 접니다. 제가 그 일에 대해 유감스러워한다고는 생각지 말아주셨으면 좋겠습니다. 이건 '후회'가 아닙니다. 저는 그 늙은 구두쇠가 죽어서, 다른 사람들에게 그의 돈이 돌아가서 기쁩니다. 하지만 제 것은 더는 저에게 쓸모가 없습니다. 제 동생은 비참한 결혼을 했고, 죽었습니다. 그리고 저는 원했던 것을 손에 넣지 못했습니다."

애스첨은 계속 쳐다보기만 했다. 그러다가 입을 열었다. "그럼 대체 당신의 목표는 무엇이었습니까?"

"원하는 것을 얻고 싶었습니다. 제가 간절히 원하던 것이 손에 들어왔어요! 저는 우리 두 사람을 위해 변화, 휴식, 삶을 원했습니다. 무엇보다도 저 자신을 위해 글을 쓸 기회를 원했어요! 여행을 하고, 건강을 되찾아 집으로 돌아와서는 일에 매달렸습니다. 10년 동안 아무런 보상도 없이 그 일에 꾸준히 매진했습니다. 성공한다는 손톱만큼의 희망도 없이! 그런데 아무도 제 글을 봐주지 않습니다. 그리고 이제 저는 쉰이 되었고, 완전히 지쳐버렸습니다. 저도 압니다." 그는 고개를 가슴팍으로 푹 떨구었다. "이제 다 그만두고 싶습니다." 그가 말을 끝맺었다.

3

애스첨은 자정이 지나서 떠났다.

그는 떠나기 전에 그래니스의 어깨에 손을 올리며 외쳤다. "지방 검사도 판결을 내리기 어려울 겁니다. 의사한테 가봐요. 의사를 찾아가라고!" 그러고는 과장된 웃음을 터뜨리며 외투를 입고 가버렸다.

그래니스는 서재로 돌아왔다. 애스첨이 그의 이야기를 믿어주지 않으리라는 생각은 해본 적도 없었다. 세 시간을 꼬박 설명하고, 세부 사항까지 빠짐없이 끈기 있고 힘들게 밝혔다. 그러나 변호사의 눈에서는 완강한 불신이 한 번도 떠나지 않았다.

애스첨도 처음에는 납득하는 척했다. 그러나 그래니스가 이제 느꼈듯이 단지 스스로를 드러내게 만들어 자가당착에 빠뜨리려는 의도였다. 그런 시도가 실패하고, 그래니스가 의기 양양하게 당혹스러운 질문에 하나하나 맞서서 반박하자 변호 사는 갑자기 가면을 떨어뜨리고는 사람 좋은 웃음을 터뜨리며 말했다. "세상에, 그래니스, 성공적인 희곡을 쓰시겠습니다. 이 모든 놀라운 이야기들을 꾸며낸 걸 보니 말입니다."

그래니스는 화가 나서 휙 고개를 돌렸다. 희곡에 대한 그 마지막 조소가 그의 가슴에 불을 질렀다. 온 세상이 짜고 그의 실패를 조롱하겠다는 건가?

"내가 했다니까요. 내가 했다고요." 그는 무뚝뚝하게 웅얼 거렸다. 타인의 조롱이라는 뚫고 들어갈 수 없는 표층 앞에서 그의 분노는 무력했다. 애스첨은 미소로 답했다. "환각에 빠져 그런 종류의 책을 읽으신 적이 있는 건 아닙니까? 저한테 꽤 괜찮은 법의학 관련 책들이 있답니다. 원하신다면 한두 권 보내드리지요."

홀로 남겨진 그래니스는 책상 앞의 의자에 앉아 몸을 수그 렸다. 애스첨은 그에 대한 일은 금세 머리에서 지워버렸을 것이다.

'맙소사, 다들 내가 미쳤다고 생각하면 어떡하지?'

그런 공포가 덮쳐오자 식은땀이 났다. 그는 얼음같이 찬 손으로 눈을 가리고 고개를 가로저었다. 그러나 차근차근 자신의 이야기를 몇 번이고 되짚어보니 새삼 이론의 여지 없이 명백하다는 생각이 들었다. 형사 전문 변호사라면 누구든 그를 믿어줄 것이라는 확신이 들었다.

'그게 문제야. 애스첨은 형사 전문 변호사가 아니야. 게다가 친구지. 친구에게 이야기하다니 이런 바보 같으니! 그가 설령 내 말을 믿어준다 해도 절대 그런 티를 낼 리 없지. 본능적으로 전부 다 덮으려 할 거야. 하지만 만약 내 말을 믿는다면, 나를 정신병원에 감금하는 게 친절한 행동이라고 생각할지도 몰라…….' 그래니스는 다시 몸이 덜덜 떨렸다. '맙소사! 그가 전문가를 데려온다면……. 망할 정신과 의사를! 애스첨과 페틸로는 무슨 짓이라도 할 수 있는 사람들이야. 그들의 말이라면 언제든 통하지. 애스첨이 나를 감금하는 게 좋겠다는 말을 슬쩍 흘리기만 해도 나는 내일 당장 구속복을 입는 처지가 될 텐데! 그리고 그는 더할 나위 없이 친절한 동기에서 한 짓이고……. 내가 살인자라고 생각한다면 틀림없이 그렇게 할 거야!'

그 생각에 그는 의자에서 얼어붙었다. 터질 듯한 관자놀이를 주먹으로 꾹꾹 누르면서 생각을 가다듬으려 했다. 처음으로 애스첨이 자기 이야기를 믿지 않았기를 바랐다.

'하지만 그는 믿었어. 믿었다고! 이제 알겠다. 생각해보니 나를 보는 눈빛이 영 이상했어. 맙소사, 어떡하면 좋지. 어떻게 해야 할까?'

그는 시계를 보았다. 1시 반이었다. 사안이 긴급하다고 생각한 애스첨이 정신과 의사를 이끌고 돌아오면 어떡하지? 그래니스는 벌떡 일어났다. 그의 갑작스러운 움직임에 테이블에서 조간신문이 떨어졌다. 기계적으로 신문을 주우려 허리를 굽히는데, 새로운 생각이 꼬리에 꼬리를 물고 떠올랐다.

그는 다시 앉아서 의자 옆 선반의 전화번호부로 손을 뻗었다. "3, 0, 10번을 연결해주시오……. 네."

그의 마음속에 새롭게 떠오른 아이디어가 꺼져가던 활력을 되살렸다. 그는 행동을 취할 것이다. 당장 움직일 것이다. 무의미한 나날로부터 자신을 끌어내리려면 앞일에 대한 계획을 세우고 꼭 필요한 행동 수칙을 철저히 따라야만 한다. 그는 새로운 결심을 할 때마다 안개 낀, 파도 치는 바다에서 불빛을 밝힌 평온한 항구로 나아가는 기분이었다. 그의 기나긴 고뇌에서 가장 기이한 부분은 이 잠깐의 소강상태에서 느끼는 깊은 안도감이었다.

"《인베스티게이터》 사무실입니까? 덴버 씨 좀 불러주십시오……. 잘 있었나, 덴버. 응, 휴버트 그래니스라네……. 지금 막 나가려던 참이었다고? 바로 귀가한다고? 잠시만 좀 가서 볼 수 있을까……. 그래, 지금……. 얘기를 좀 하고 싶은데. 급한 일이라서……. 그래, 일급 기삿거리를 줄 수 있을 걸세. 좋아!" 그는 웃음을 터뜨리며 수화기를 내려놓았다. 《인베스티게이터》의 편집국장에게 전화하다니 좋은 생각이었다. 로버트 덴버야말로 그에게 딱 필요한 사람이었다.

그래니스는 서재의 불을 껐다(이런 행동을 무의식적으로 계속

하고 있으니 참으로 이상한 일이다). 복도로 나와 모자와 외투를 걸치고 아파트를 나섰다. 복도에서 마주친 엘리베이터 사환은 졸음에 겨운 듯 그를 힐끗 보곤 팔짱 낀 가슴 위로 고개를 툭 떨구었다. 그래니스는 거리로 나왔다. 5번가 모퉁이에서 기어가는 택시를 향해 손을 흔들며 시내의 주소를 외쳤다. 그의 앞에 긴 간선도로가 오래된 무덤들의 거리처럼 인적 없이 어둑하게 펼쳐졌다. 그러나 덴버의 집에서는 따스한 빛이 흘러나와 보도 위로 떨어졌다. 그래니스가 택시에서 내리자 편집국장의 집 전깃불이 환히 다 켜졌다.

두 남자는 손을 맞잡았다. 덴버는 현관 열쇠를 더듬어 찾으면서 환히 불이 밝혀진 복도로 그래니스를 안내했다.

"방해됐냐고? 전혀 아닐세. 내일 아침 10시에 와도 되겠지만…… 지금이 내가 제일 활기찬 시간이라서. 내 오랜 습관이야 잘 알고 있겠지."

그래니스는 로버트 덴버와 알고 지낸 지 15년이 되었다. 그가 저널리즘의 무대를 헤치고 일어나《인베스티게이터》편집국의 정상을 차지하기까지의 과정을 다 보았다. 머리카락이 희끗희끗해진 이 덩치 큰 사내에게는 열정에 불탔던 젊은 기자 시절의 흔적이 거의 남아 있지 않았다. 그는 한밤중에 귀가하면서 희곡을 쓰던 그래니스의 집에 들르곤 했다. 덴버가 귀가하는 길목에 그래니스의 아파트가 있어서, 집에 불이 켜져 있고 그의 그림자가 어른거리는 것이 보이면 들어와서 담배를 피우며 세상 돌아가는 이야기를 나누는 것이 습관이었다.

"옛 시절로 돌아간 것 같군. 좋은 옛날 습관이 되돌아왔어." 편집국장은 다정하게 방문객의 어깨를 툭 쳤다. "자네를 끌어내곤 하던 밤들이 생각나는구먼……. 그건 그렇고, 희곡은 잘되어가나? 희곡이 있지, 아마? 어떤 사람들한테 '애는 잘 크나?'라고 묻는 것만큼 자네에게는 무난한 질문이지."

덴버는 사람 좋은 너털웃음을 터뜨렸다. 그래니스는 그가 얼마나 살이 쪘는지를 생각했다. 그래니스의 너덜너덜해진 신경에도 그 말이 악의에서 나온 것이 아님은 분명하게 느껴졌다. 덴버는 그가 실패한 사실조차 모르고 있다! 그 사실이 애스첨의 조롱보다 더 아팠다.

"들어오게. 들어와." 편집국장이 작고 쾌적한 방으로 그를 안내했다. 시가와 디캔터가 있었다. 그는 손님 쪽으로 안락의자를 밀어주고 다른 의자에 앉았다.

"자, 편히 앉게나. 그럼 어디 얘기를 들어봄세."

그는 파이프 너머로 그래니스에게 따뜻한 미소를 보냈다. 그래니스는 시가에 불을 붙이고 중얼거렸다. "성공은 사람을 편안하게 해주지만, 멍청하게도 만들지."

그러고는 고개를 돌리고 이야기를 시작했다. "덴버, 하고 싶은 말이 있네."

벽난로 선반 위의 시계가 리듬에 맞춰 똑딱거렸다. 방은 점차 넘실거리는 푸른 담배 연기로 가득해졌고, 연기 틈으로 편집국장의 얼굴이 움직이는 하늘의 달처럼 나타났다 사라졌다 했다. 정시를 알리는 종이 치고 다시 똑딱이는 소리가 들렸다. 분위기는 점점 무거워졌고, 그래니스의 이마에서 땀방울이 배어나기 시작했다.

"창문을 좀 열어도 되겠나?"

"그럼, 방 안이 답답하군. 기다려. 내가 열지." 덴버는 위 창을 열고 의자로 돌아왔다. "자, 계속하게." 그는 파이프를 한 번 더 채웠다. 그의 평온한 모습에 그래니스는 화가 치솟았다.

"자네가 나를 믿어주지 않는다면 더 얘기해도 소용없네."

편집국장은 동요하지 않았다. "자네 말을 안 믿는다고 누가 그러던가? 그리고 자네가 이야기를 다 끝마쳐야 내가 무슨 말이든 할 수 있지 않겠나?"

그래니스는 화를 낸 것을 부끄러워하며 이야기를 계속했다. "알고 보면 아주 간단한 일이었네. 그 노인이 내게 '그 이탈리아인들은 25센트만 주어도 살인할 수 있는 자들일 거야'라고 말한 날부터 나는 열 일 제쳐놓고 내 계획에만 매달렸어. 그러다가 밤에 렌필드까지 갔다가 돌아올 방법을 찾아내야 한다는 생각이 떠올랐지. 자동차에 생각이 미쳤다네. 자동차라니. 자네는 한 번도 그런 생각을 해본 적이 없지? 아마 내가 돈이 어디에서 났는지 궁금하겠지. 모아놓은 돈이 1000달러쯤 있었다네. 원하는 것을 찾을 때까지 돌아다녀봤지. 중고 경주 차였어. 내가 운전은 할 줄 알았거든. 한번 몰아보았더니 쓸 만하더군. 때가 좋지 않아서 가진 돈에 맞추어 차를 사고는 숨겨두었어. 어디에 숨겼냐고? 복잡하게 캐묻지 않고 가족용이 아닌 차들을 맡아주는 차고가 있었거든. 활달한 사촌이 하나 있어서 나를 부추겼지. 이리저리 알아보다가 내 차를 보육원의 아기처럼 돌봐줄 그 기묘한 곳을 찾아낸 거야…… 그러고는 밤에 렌필드까지 차를 몰고 다녀오는 연습을 했지. 길은 손바닥 들여다보듯 잘 알았어. 바로 그 활달한 사촌과 자주 다녀봤거든. 한밤중에도 말이야. 거리가 140킬로미터가 넘었는데 세 번째 시도에선 두 시간이 안 걸렸어. 하지만 팔이 어찌나 뻐근한지 다음 날 아침에 옷도 입기 힘들 지경이었다네…….

그러던 중 그 이탈리아인이 협박했다는 소식을 듣고 당장 행동해야겠다는 생각이 들었네……. 그러니까 그 노인의 방에 몰래 숨어 들어가서 그를 쏘고 도망가는 거지. 위험천만한 일이지만 해낼 수 있을 거라 생각했네. 그런데 그가 병이 났다는 얘기를 들었지. 진찰을 받았다 하고. 어쩌면 운명이 나를 돕는 것일지도 몰라! 맙소사, 그럴 수만 있다면!"

그래니스는 말을 멈추고 이마의 땀을 훔쳤다. 창문을 열어도 방은 시원해지지 않았다.

"그가 나아졌다는 소식이 왔네. 그다음 날 사무실에서 돌아와보니 그가 멜론을 좀 먹어보려 한다는 소식을 들은 케이트가 깔깔 웃고 있더군. 가정부한테서 전화가 왔던 거야. 렌필드가 온통 난리 법석이었어. 의사가 직접 멜론을 땄다는 걸세. 큰 토마토만 한 프랑스 멜론이었다더군. 환자는 다음 날 아침 식사로 그것을 먹기로 했다네.

그 순간 기회가 왔음을 알았어. 아슬아슬한 기회지만 말이야. 하지만 나는 그 집이 돌아가는 방식을 알고 있었지. 틀림없이 밤사이 멜론을 가져와서 식품 저장실의 아이스박스에 넣어둘 거였어. 아이스박스에 멜론이 딱 한 개밖에 없다면 그게 바로 내가 노리는 멜론일 테지. 그 집에서는 멜론을 절대아무렇게나 두지 않아. 하나하나 다 위치를 파악해서 번호를 매기고 목록으로 만들어놓지. 그 노인은 하인들이 멜론을 먹을까봐 너무 걱정되어서 그렇게 치사한 예방책을 수도 없이 썼지. 그래, 바로 그게 내 멜론인 거야……. 독살하는 편이 총을 쏘는 것보다 훨씬 더 안전하지. 노인이 집 안에 있는 사람들을 깨우게 하지 않고 내가 그의 침실에 숨어들기란 보통 어려운 일이 아니겠지만, 식품 저장실 정도라면 그리 어렵지 않을 테니까.

구름 낀 밤이었어. 만사가 나를 도와주었지. 나는 조용히 저녁을 먹고 책상 앞에 앉아 있었어. 케이트는 늘 그렇듯 두통이 와서 일찍 자러 들어갔어. 그 애가 들어가자마자 살짝 빠져나왔지. 나는 미리 챙겨둔 붉은 턱수염이나 이상해 보이는 얼스터코트 따위의 변장 도구들을 가방에 쑬어 담곤 차고로 갔어. 거기에는 처음 보는 반쯤 취한 기계공 말고는 아무도 없더군. 그것도 나에게는 다행이었어. 기계공이 자주 바뀌었는데, 이 신참은 차가 내 것인지 귀찮게 물어보지 않더군. 만사태평한 곳이지 뭐야…….

차를 타고 브로드웨이를 지나 할렘을 빠져나오자마자 계속 달렸지. 어두웠지만 빨리 달릴 자신이 있었어. 나무 그림자 속에 잠시 차를 세우고 턱수염과 얼스터코트로 변장을 했네. 그러고는 다시 차를 몰았지. 렌필드에 도착했을 때는 겨우 11시 반이었어.

렌먼의 저택 뒤쪽 어두운 길에 차를 세워두고 채마밭으로 숨어 들어갔네. 어둠 속에서도 멜론 온실이 보였어. 내가 무슨 짓을 하려는지 그것들이 알고 있는 것 같았네……. 마구간 옆에서 개 한 마리가 튀어나와 으르렁거렸어. 하지만 나를 발견하고는 펄쩍 뛰어오르더니 가버렸지……. 집은 묘지처럼 어두웠다네. 10시면 다들 잠자리에 든다는 것을 알고 있었어. 하지만 서성대는 하인이 있을 수도 있었지. 식모가 이탈리아인을 집 안으로 들이려고 내려올 수도 있었고. 물론 그런 위험은 감수하는 수밖에 없었지. 나는 뒷문 쪽으로 살금살금 기어가 관목 숲에 숨었네. 그러고는 귀를 기울였어. 쥐 죽은 듯 고요했지. 집 쪽으로 건너가서 식품 저장실의 창문을 살그머니 열고 기어 올라갔네. 호주머니에 작은 손전등을 넣어두었지. 빛이 새어 나오지 않게 모자로 가리고 어둠을 더듬어 아이스박스를 열었어. 작은 프랑스 멜론이 있더군……. 딱 한 개.

잠시 동작을 멈추고 귀를 기울였네. 마음이 차분하게 착 가라앉았어. 독약 병과 주사기를 꺼내 멜론 여기저기에 주사를 놓았네. 삼 분도 안 걸려 다 끝났어. 차로 돌아왔을 때는 12시 십 분 전이었지. 나는 최대한 소리 죽여 샛길을 빠져나와 마을을 둘러싼 뒷길로 간 뒤 마지막 집을 지나자마자 전속력으로 차를 몰았네. 연못에 턱수염과 얼스터코트를 버리느라 딱 한 번 멈추었어. 그것들이 가라앉도록 큰 돌멩이도 준비했지. 그것들은 시체처럼 물 위로 떨어졌어. 책상 앞에 되돌아와 앉았을 때는 2시였네."

그래니스는 말을 멈추고 담배 연기 너머로 상대를 보았다. 그러나 덴버의 표정은 여전히 읽어낼 수 없었다.

드디어 그가 입을 열었다. "이 얘기를 왜 내게 하고 싶었나?"

그 질문에 그래니스는 깜짝 놀랐다. 그는 애스첨에게 했듯이 설명하려 했다. 그러나 갑자기 그의 동기가 변호사를 납득시키지 못했다면, 덴버에게는 훨씬 더 무게를 갖지 못할 것이라는 생각이 떠올랐다. 둘 다 성공한 사람들이고, 성공은 실패의 미묘한 고뇌를 이해하지 못한다. 그래니스는 또 다른 이유를 찾았다.

"저, 나는…… 나를 괴롭히는 것은…… 후회야. 자네라면 아마 그렇게 부르겠지."

덴버는 파이프에서 담뱃재를 털어냈다.

"후회라고? 허튼소리!" 그가 힘차게 외쳤다.

그래니스는 가슴이 쿵 내려앉았다. "자네는 후회를 믿지 않는단 말인가?"

"손톱만큼도 믿지 않네. 행동하는 사람한테서는. 자네가 후회라는 말을 입에 올렸다는 단순한 사실 하나만 보아도 그런 일을 계획하고 실행할 사람이 아니라는 것은 확실하네."

그래니스는 신음을 흘렸다. "저, 후회에 대해서는 자네에게 거짓말을 했네. 실은 후회를 느껴본 적은 전혀 없었어."

덴버는 시큰둥한 태도로 새로 채운 파이프를 입에 꽉 물었다. "그럼 자네의 동기가 뭐였나? 한 가지는 있었을 거 아닌가."

"말해주겠네." 그래니스는 다시 자신의 실패, 삶에 대한 혐오감을 되풀이하기 시작했다. "이번에는 나를 못 믿겠다는 말은 말아주게…… 이게 진짜 이유가 아니라는 말은 말라고!" 그는 이야기를 마치고 애처롭게 더듬더듬 말했다.

덴버는 깊은 생각에 잠겼다. "아니, 그런 말은 하지 않겠네. 나는 희한한 일을 너무 많이 보아왔어. 삶을 버리고 싶은 데에는 항상 이유가 있지. 이상한 점은 계속 살아야 할 이유를 너무 많이 찾아낸다는 거야!"

그래니스의 마음이 가벼워졌다. "그럼 내 말을 믿어주는 건가?" 그는 자신 없는 목소리로 물었다.

"자네가 일에 지쳤다는 것을 믿어달라고? 믿지. 그리고 방아쇠를 당길 용기가 없었다는 것? 오, 믿다마다. 그것도 어렵지 않아. 하지만 그렇다고 해서 자네가 살인자가 되지는 않

아. 자네가 절대 그런 짓을 했을 리 없다는 말도 아니지만."

"나는 살인을 했어, 덴버. 맹세코 사실이야."

그는 생각에 잠겼다. "그럴지도 모르지. 한두 가지만 대답해주게나."

"해보게. 어떤 질문에도 다 대답해줄 수 있네!" 그래니스는 웃으며 말했다.

"흠, 자네는 어떻게 해서 동생의 호기심을 자극하지 않고 그렇게 여러 번 시험 삼아 다녀올 수 있었나? 당시 자네의 밤 습관을 아주 잘 알고 있었을 텐데 말이야. 자네는 밤늦게 외출하는 일이 손에 꼽을 정도였어. 안 하던 짓을 하는데 동생이 놀라지 않았다고?"

"맞아. 왜냐하면 동생은 그 시각에는 집에 없었거든. 렌필드에서 돌아온 직후 시골에 자주 내려갔고, 밤에 시내에서 지내는 날은 하루 이틀밖에 되지 않았어. 내가 그 일을 저지르기 전까지는 말이지."

"그런데 그날 밤에는 동생이 두통으로 일찍 잠자리에 들었다고 하지 않았나?"

"맞아. 눈을 뜨고 있기 힘들 정도였어. 동생은 그런 상태일 때면 주위에서 무슨 일이 일어나도 몰랐어. 또 동생의 방은 아파트 뒤쪽이었고."

덴버는 다시 생각에 잠겼다. "자네가 돌아왔을 때 동생이 소리를 듣지 못했나? 동생 모르게 집 안으로 들어왔나?"

"맞아. 곧장 출근했어. 그리고 내가 막 다녀왔던 곳에서 소식을 받았지. 덴버, 자네 기억 안 나나?" 그래니스가 갑자기 흥분하며 말했다.

"기억 안 나냐고?"

"그래, 자네가 나를 찾아왔을 때 말이야. 그날 자네가 들렀을 때가 새벽 2시에서 3시 사이였지. 자네가 늘 오던 시간."

"맞아." 편집국장이 고개를 끄덕였다.

그래니스가 짧게 웃음을 터뜨렸다. "나는 낡은 외투를 입고 파이프를 물고 있었어. 밤새 일하고 있었던 것처럼 보이지 않던가? 하, 실은 의자에 앉은 것이 불과 십 분 전이었어!"

덴버는 꼬았던 다리를 풀었다가 다시 꼬았다. "자네가 그 일을 기억하는지 몰랐군."

"뭘?"

"내가 바로 그날 밤, 아니 새벽에 찾아갔던 일 말이야."

그래니스는 의자를 한 바퀴 빙 돌렸다. "아, 이보게! 바로 그래서 지금 내가 여기 있는 게 아닌가. 그 노인의 상속자들이 그날 밤 무엇을 하고 있었는지 조사받을 때 나를 위해 증언해준 사람이 바로 자네였으니까. 자네가 나한테 들렀는데, 평소처럼 내가 책상 앞에 앉아 있었다고 증언해주었지……. 뭔가 이상한 점이 있었다면 자네의 기자로서의 감각에 호소했을 거야!"

덴버가 미소를 지었다. "아, 기자로서 나의 감각은 여전히 예민하다네. 분명히 말하건대 지금도 생생하게 떠올릴 수 있어. 자네의 알리바이를 증명해준 사람한테 자네의 유죄를 확정 지어달라고 부탁하다니 재미있군."

"바로 그거야. 그거라고!" 그래니스는 승리감에 차서 껄껄 웃었다.

"하지만 다른 이들의 증언도 있었잖나. 그러니까 그 젊은 의사 말일세. 이름이 뭐였더라? 네드 래니였지. 내가 했던 증언 기억 안 나나? 고가역에서 그를 만나서 자네와 담배 한 대 피우러 가는 길이라고 말했더니 그가 이렇게 말했지. '그렇군요. 만나실 수 있을 겁니다. 제가 두어 시간 전에 그 집을 지나쳤는데, 평소처럼 블라인드에 비친 그림자가 보였거든요.' 맞은편 아파트의 치통을 앓는 부인도 있었지. 그 부인도 의사의 진술을 입증해주었던 거 기억하겠지."

"그래, 기억하네."

"자, 그럼 그건 어찌 된 건가?"

"아주 간단해. 떠나기 전에 낡은 외투와 쿠션으로 사람 모양처럼 꾸며놓았어. 블라인드에 그림자가 비치게 말이지. 자네와 다른 사람들 모두 한밤중에 거기에서 내 그림자를 보는 데 익숙했으니까. 그걸 노린 거지. 자네도 희미한 윤곽을 나로 착각할 거라고 생각했어."

"자네 말마따나 그 정도야 아주 간단하지. 하지만 치통을 앓는 부인은 그림자가 움직이는 것을 보았어. 자네도 그 부인이 마치 자네가 잠에 빠진 것처럼 앞으로 눕는 것을 보았다고 말한 걸 기억하겠지."

"그렇지. 그 부인 말이 옳았어. 그 그림자는 정말로 움직였어. 내 생각에는 대충 만들어놓았더니 무게를 못 견디고 무너진 것 같아. 하여간 뭔가가 내 마네킹에 충격을 준 거지. 돌아와보니 앞으로 무너져서 테이블 위로 반쯤 걸쳐 있더라고."

두 사람 사이에 긴 침묵이 흘렀다. 그래니스는 두근거리는 마음으로 덴버가 다시 파이프를 채우는 것을 보았다. 하여간 편집국장은 그를 비웃고 무시하지는 않았다. 어쨌거나 저널리즘은 삶의 희한한 가능성에 대해 법보다 더 깊은 통찰을 보여주고, 인간 충동의 계산할 수 없는 속성을 참작할 수 있게 해주는 법이다.

"음……." 그래니스의 목소리가 흔들렸다.

덴버가 어깨를 으쓱하며 일어섰다. "이보게나, 친구. 자네 왜 그러나? 다 털어놓아보게! 신경쇠약에라도 걸린 건가? 내가 아는 사람을 소개해주겠네. 수상 경력도 있는 전문가라네. 자네 같은 상태에 빠진 사람들을 구멍 속에서 끌어내는 데 탁월하지."

"아아." 그래니스가 그의 말을 끊었다. 두 남자는 서로의 눈을 마주 보았다. "그렇다면 자네, 나를 믿지 않는다는 거로구면?"

"이런 이야기를 내가 어떻게 믿겠나? 자네의 알리바이에는 아무런 문제가 없었어."

"하지만 내가 지금 다 얘기해주었는데도?"

덴버는 고개를 저었다. "자네가 믿어주기를 바란다는 것을 몰랐다면 그렇게 생각했을지도 모르지. 하지만 문제가 있어. 몰랐나?"

그래니스는 신음을 흘렸다. "음, 몰랐네. 그러니까 내가 유죄라는 것을 알아주기를 바란다는 게?"

"바로 그거야! 다른 누군가가 자네를 고발했다면 그 이야기를 잘 들여다볼 가치가 있겠지. 그런데 지금 상황이라면 어린아이라도 그 정도 이야기는 꾸며낼 수 있어. 자네의 독창성이 그리 대단하다고 볼 수는 없네."

그래니스는 부루퉁하게 문 쪽으로 돌아섰다. 따져봐야 무슨 소용이 있겠는가? 그러나 문을 나서려는 순간 갑작스러운 충동이 그를 돌려세웠다. "자, 덴버, 자네 말이 맞을지도 모르네. 하지만 그것을 입증하기 위해 딱 한 가지만 해보면 어떤가? 수사관에게 내 진술을 내가 한 그대로 좀 말해주게나. 자네 마음 내키는 대로 비웃으라고. 다른 사람들도 들을 기회만 주면 돼. 나에 대해 전혀 모르는 사람들 말일세. 그들이 이야기하고 검토해볼 수 있게 해달라고. 자네가 나를 믿건 안 믿건 상관없네. 대배심만 납득시키면 될 일이지! 나를 아는 사람한테 오는 게 아니었어. 의심 많은 자네의 그 못된 버릇은 전염성이 있네. 믿기 어려운 이야기인 줄은 나도 알아. 이야기를 끝낼 즈음에는 나 자신조차 거의 믿지 못할 지경이었으니까. 그래서 내 사건을 자네에게 납득시킬 수 없는 거야. 악순환이지." 그는 덴버의 팔에 한 손을 올렸다. "속기사를 보내 내 진술을 기록해주게."

그러나 덴버의 반응은 뜨뜻미지근했다. "여보게, 자네는 당시에 모든 증거를 이 잡듯이 꼼꼼히 조사했다는 사실을 잊은 모양이군. 사소한 단서 하나라도 놓치지 않았다네. 당시 대중은 이미 자네가 늙은 렌먼을 살해했다고 믿을 준비가 충분히 되어 있었어. 자네건 다른 누가 되었건 말일세. 모두 살인자가 있기만을 바랐어. 아무리 있음 직하지 않은 이야기라도 통했을 걸세. 하지만 자네의 알리바이는 그야말로 완벽했어. 자네가 나에게 해준 말 중에서 어떤 것도 알리바이를 흔들지는 못했네." 덴버는 차가운 손으로 상대의 타는 듯 뜨거운 손가락을 덮었다. "보게나, 친구. 집에 가서 더 그럴듯한 것을 꾸며내보게. 그걸 조사관에게 제출해보라고."

4

땀방울이 그래니스의 이마를 타고 흘렀다. 그는 계속해서 손수건을 꺼내 핼쑥한 얼굴에서 땀을 닦아내야 했다.

한 시간 반 동안 그는 지방 검사에게 찬찬히 자신의 사건을 설명했다. 다행히도 그는 앨런비 검사와 안면이 있어서 로버트 덴버와 이야기를 나눈 바로 다음 날 어렵지 않게 독대 기회를 얻어냈다. 덴버를 만난 후 그는 서둘러 집으로 돌아와 저녁 외출복을 벗고 음울한 새벽에 다시 집을 나섰다. 그는 애스첨과 정신과 의사가 두려워 자기 방에 그대로 있을 수 없었다. 그런 끔찍한 위험을 피하려면 사리 분별이 온전하고 공평무사한 누군가에게 자신의 죄를 확신시키는 수밖에 없다고 여겼다. 이렇게까지 삶에 염증이 나본 적은 없었지만, 지금으로서는 전기의자가 구속복의 유일한 대안인 것 같았다.

그가 이마 닦기를 멈추자 지방 검사가 자기 시계를 힐끗 보는 모습이 눈에 들어왔다. 의미심장한 몸짓이었다. 그래니스는 호소하듯 한 손을 들었다. "검사님이 지금 당장 저를 믿어주리라 기대하지는 않습니다. 하지만 저를 체포하고 사건을 조사해주실 수 없을까요?"

앨런비는 짙은 회색 콧수염 뒤로 살짝 미소 지었다. 그는 혈색이 좋고 활기가 넘쳤으며, 전문가다운 예리한 눈길이 자기 분야와 관계없는 충동을 철저히 경계하는 듯했다.

"흠, 지금 당장 선생님을 구금해야 할지는 잘 모르겠군요. 하지만 당연히 선생님의 진술은 검토해봐야겠지요."

그래니스는 크나큰 안도감에 벌떡 일어섰다. 앨런비가 그를 믿지 않는다면 결코 저런 말을 하지는 않았을 테다!

"좋습니다. 그럼 검사님을 더 붙잡아두지는 않겠습니다.

저는 제 아파트에 계속 있을 겁니다." 그는 자신의 주소를 주었다.

지방 검사가 또다시, 이번에는 전보다 더 활짝 미소 지었다. "오늘 저녁에 한두 시간쯤 아파트를 떠나 계시는 건 어떻습니까? 약소하지만 제가 렉터스에서 저녁 식사를 대접하겠습니다. 조용하고 작은 곳입니다. 아마 선생님도 아시는 사이일 멜로즈 양과 친구 한두 사람이 올 겁니다. 선생님이 저희와 자리를 함께해주신다면……."

그래니스는 비틀거리며 사무실을 빠져나왔다. 뭐라고 대답했는지도 기억나지 않았다.

그는 나흘을 기다렸다. 응축된 공포의 나흘이었다. 첫 스물네 시간은 애스첨의 정신과 의사에 대한 공포가 그를 괴롭혔다. 그 공포가 가라앉자 그의 고백이 지방 검사에게 아무런 인상도 주지 못했다는 데 격한 분노가 느껴졌다. 앨런비가 사건을 조사하기로 했다면 당연히 지금쯤은 그에게도 알려졌을 것이다……. 게다가 그 비웃는 듯한 저녁 식사 초대로 보아 그 이야기가 그에게 거의 아무런 인상도 주지 않은 것이 분명했다!

그래니스는 자신의 죄를 밝히려 무슨 짓을 해도 다 소용없다는 무력감에 사로잡혔다. 그는 삶에 사슬로 매여 있었다. "의식의 죄수." 그 문구를 어디에서 읽었던가? 그는 그 말이 무슨 뜻인지를 알게 되었다. 한밤중에 뇌가 불타는 듯한 기분일 때면 그의 고정된 정체성, 축소할 수도 정복할 수도 없는 자아의 감각이 여태껏 경험한 그 어떤 느낌보다도 더 날카롭게, 더 은밀하게, 더 피할 수 없게 찾아왔다. 정신이 이렇게 복잡한 자기 인식을 할 수 있다는 것을, 마음 자체의 어두운 미로 속으로 이렇게 깊이 침투할 수 있다는 것을 전에는 전혀 알지 못했다. 그는 토막 잠이 들었다가 무언가가 그에게 달라붙은 느낌, 그의 손과 얼굴, 목구멍 속에 붙은 느낌에 깨어나곤 했다. 그러다 머릿속이 맑아지면 뭔가 진하고 끈적이는 물질처럼 그에게 달라붙은 것이 바로 자신의 혐오스러운 인격임을 깨달았다.

그러던 어느 새벽, 잠에서 깨 창문 너머로 거리의 모습을 바라보았다. 청소부, 쓰레기차 운전사, 그 밖의 노동자들이 희미한 겨울빛 속에서 바삐 오갔다. 아, 누구라도 좋으니 저들 중 하나가 될 수 있다면! 그들은 막노동하는 일꾼이었다. 딱한 팔자를 타고난 사람들, 이타주의자들이 눈물 흘리고 경제학자들이 떠들어대는 희생자들이었다. 그가 자신의 짐을 털어낼 수만 있다면 그들 중 누구의 짐이라도 기꺼이 떠맡을 텐데! 그러나 아니다. 쇠고리 같은 의식은 그들 또한 붙잡고 있다. 모두가 자신의 끔찍한 자아에 수갑으로 채워져 있었다. 어째서 다른 누군가가 되기를 바라겠는가? 유일한 절대 선은 존재하지 않는 것뿐이다. 그때 플린트가 들어와 아침으로 스크램블드에그를 먹을지 수란을 먹을지 물었다.

닷새째 되는 날, 그는 앨런비에게 긴 편지를 썼다. 그러고는 이틀 동안 애타게 답장을 기다렸다. 행여나 편지를 놓칠까 두려워 자기 방에서 거의 나가지도 못했다. 하지만 지방 검사가 답장을 쓸까, 아니면 경찰관이나 '비밀 요원', 그것도 아니면 다른 정체불명의 밀사를 대신 보낼까?

그로부터 사흘째 되는 날 아침, 그래니스는 읽지 않은 신문을 앞에 두고 앉아 있었다. 플린트가 조심스레, 마치 '이런! 주인이 병이 나셨네!' 하듯이 서재로 들어와 명함이 놓인 쟁반을 내밀었다.

그래니스는 이름을 읽었다. J. B. 휴슨. 그 밑에는 연필로 "지방 검사 사무실에서"라고 적혔다. 그는 쿵쿵 뛰는 가슴을 안고 벌떡 일어나 하인에게 들어오게 하라는 신호를 보냈다.

휴슨 씨는 마흔쯤 되어 보이는 살짝 누르께한 얼굴에 별 특색이 없는 사람이었다. 어떤 무리에서도 그와 비슷한 생김새를 한 명은 찾아낼 수 있을 법했다. '성공적인 탐정이 딱 이런 유형이지.' 그래니스는 손님과 악수를 나누면서 생각했다.

그리고 휴슨 씨의 짤막한 자기소개도 그런 유형에 딱 어울렸다. 그는 그래니스 씨와 '조용히 대화'해보라는 지방 검사의 부탁을 받고 왔다고 했다. 그러면서 렌먼 살인 사건에 대해 했던 진술을 한 번만 더 해달라고 청했다.

그의 태도가 매우 차분하고 사리에 맞았으며 무슨 말이든 잘 들어줄 듯했기 때문에 그래니스는 자신감을 되찾았다. 이제야 말이 통하는 사람이 나타났다. 진짜 전문가. 그 말 같지도 않은 알리바이를 간파하는 일쯤이야 식은 죽 먹기일 것이다. 그래니스는 휴슨 씨에게 시가를 권하곤 손수 불을 붙여주었다. 자신이 침착하다는 것을 보여주기 위해서였다. 그리고 다시 이야기를 시작했다.

그는 이야기를 해나갈수록 이전의 그 어느 때보다도 더 잘하고 있다는 것을 의식했다. 말할 것도 없이 자꾸 되풀이하다 보니 발전한 것이다. 상대의 사심 없고 공정한 태도도 훨씬 더 도움이 되었다. 그는 휴슨 씨가 적어도 미리부터 그를 불신하기로 마음먹지는 않았다는 것을 알 수 있었다. 신뢰받고 있다는 느낌 덕분에 더 명쾌하게, 물 흐르듯 이야기를 이어나갈 수 있었다. 그렇다. 이번에는 그의 말이 틀림없이 확신을 심어줄 것이다…….

5

그래니스는 초라한 거리를 절망적인 눈길로 이리저리 훑어보았다. 그의 옆에는 밝은 눈이 툭 튀어나온 젊은이가 서 있었다. 매끄럽지만 아주 꼼꼼히 면도하지는 않은 얼굴에 아일랜드인 같은 미소를 띠었다. 젊은이의 날랜 눈길이 그래니스의 시선을 따라갔다.

"그 숫자가 확실합니까?" 그가 기운찬 말투로 물었다.

"아, 그렇소. 104였소."

"흠, 그렇다면 새 건물이 그 자리에 들어선 겁니다. 틀림없습니다."

그는 고개를 뒤로 젖혀 무너질 듯 위태로운 공동주택과 마구간 위로, 벽돌과 석회암으로 된 건물 전면을 살폈다. 우아한 척하지만 조잡한 외관의 건물은 반쯤만 마감되어 있었다.

"정말로 확실한가요?" 젊은이가 다시 물었다.

"그렇소." 그래니스가 대답했지만 기가 좀 죽었다. "그리고 확실하지 않더라도 저쪽 레플러 바로 맞은편에 차고가 있었다는 건 압니다." 그는 거리 맞은편의 금세 무너질 듯한 마구간을 가리켰다. "말을 대신 돌봐드립니다"라고 쓰인 얼룩진 간판은 아직도 희미하게나마 분간할 수 있었다.

젊은이는 반대편 보도로 뛰어갔다. "찾았어요. 저기에서 단서를 찾을 수 있을지도 몰라요. 레플러, 하여간 저기에 같은 이름이 있군요. 저 이름은 기억나십니까?"

"그럼요. 똑똑히 기억하지."

그래니스는 《익스플로러》에서도 '가장 영리한' 기자의 관심을 얻은 후로 자신감을 되찾았다. 스스로도 자기 얘기를 믿기 어려운 순간들이 있었다면, 아무도 믿어주지 않는 것도 말이 안 된다는 생각이 드는 순간들도 있었다. 피터 매캐런은 자세히 살펴보고, 귀를 기울이고, 질문하고, 메모하면서 그에게 상당한 안정감을 불어넣어주었다. 매캐런은 자신이 표현한 대로 '거머리처럼' 이 사건에 매달렸다. 열광하면서 사건에 덥석 달려들어 '사건에서 마지막 한 방울까지 사실을 짜내고, 끝장을 보기 전에는 포기하지 않기로' 했던 것이다. 그런 식으로 그래니스를 대해준 사람은 그밖에 없었다. 앨런비의 탐정조차도 메모 따위는 전혀 하지 않았다. 그 권한을 지닌 공무원이 왔다 간 지 일주일이 지났지만 지방 검사 사무실에서는 감감무소식이었다. 앨런비는 다시 그 문제에서 손을 뗀 것이 분명했다. 그러나 매캐런은 손을 떼지 않을 것이다. 그만큼은! 그는 그래니스를 적극적으로 따라다녔다. 그들은 전날 거의 온종일을 함께 보냈고, 이제 나와서 단서를 좇았다.

그러나 그들은 레플러에서 아무것도 찾지 못했다. 레플러는 이제는 마구간이 아니었다. 그곳은 철거될 운명이었다. 선고와 처형 사이의 휴지 기간에 그곳은 망가진 마차와 수레를 위한 병원이랄까 창고 비슷한 곳이 되어 있었다. 눈이 침침한 노인이 그곳을 지키고 있었지만 길 건너편 플러드의 차고에 대해서는 전혀 아는 바가 없었다. 새 건물이 들어서기 전 거기에 무엇이 있었는지조차 기억하지 못했다.

"어딘가에서 레플러를 찾아낼 수 있을지도 모릅니다. 이보다 더 힘든 일도 해결되는 것을 보았는걸요." 매캐런이 씩씩하게 그 이름을 메모했다.

6번가 쪽으로 되돌아가면서 그가 아까보다는 힘이 빠진 어조로 덧붙였다. "제가 그 청산가리의 행방을 추적할 수 있게 해주신다면 그 사건을 해결해보겠습니다."

그래니스의 가슴이 쿵 내려앉았다. 그렇다. 약점이 있었다. 처음부터 느끼고 있었다! 그러나 그는 여전히 그것 없이도 자기 사건이 충분히 말이 된다고 매캐런을 납득시킬 희망이 있었다. 그는 기자에게 자기 방으로 되돌아가 다시 함께 사실들을 정리해보자고 했다.

"죄송합니다, 그래니스 씨, 저는 이제 사무실로 가봐야 해서요. 게다가 뭔가 새로운 자료를 얻기 전까지는 소용없을 겁니다. 내일이나 모레쯤 전화드리겠습니다."

그는 전차에 다급하게 올라탔다. 그래니스는 우울한 눈길로 그의 뒤를 좇았다.

이틀 후 그가 아파트에 조금은 풀 죽은 모습으로 다시 나타났다.

"저, 그래니스 씨, 시인들의 표현을 빌리자면 하늘의 별들이 우리 편이 아닌가봅니다. 플러드나 레플러의 흔적은 찾을 수 없었습니다. 선생님께선 플러드를 통해 차를 사셨고, 팔 때도 그를 통했다고 하셨지요?"

"그렇소." 그래니스가 지친 투로 대답했다.

"누가 샀는지 아십니까?"

그래니스가 이마를 찌푸렸다. "흠, 플러드, 그렇지. 플러드 본인이 샀어요. 석 달 후에 그에게 되판 것이지요."

"플러드라고요? 제기랄! 플러드를 찾아 온 마을을 뒤지고 다녔습니다. 하지만 땅이 삼켜버리기라도 한 듯 사라져버렸어요."

그래니스는 의기소침해져서 입을 다물었다.

"다시 독약 얘기로 돌아갑시다." 매캐런이 노트를 꺼내면서 말했다. "그 얘기를 다시 한번 해주시겠어요?"

그래니스는 다시 이야기했다. 그때는 모든 것이 아주 간단했다. 그토록 영리하게 자기 흔적을 다 지웠다니! 그는 독을 쓰기로 결심하자마자 화학물질을 제조하는 지인을 찾았다. 하버드 동창으로, 염색업을 하는 짐 도스가 있었다. 바로 그 사람이었다. 그러나 아무래도 틀림없이 의혹을 사게 될 거라는 생각이 들어서 더 힘든 길을 택하기로 했다. 또 다른 친구 캐릭 벤은 의대생이었지만 건강이 나빠서 의사의 길을 포기하고, 간단한 실험실을 차려놓고 물리학 실험을 하며 여가를 즐겼다. 그래니스는 일요일 오후면 그를 찾아가 함께 담배를 피우곤 했다. 두 친구는 보통 스타위베산트 광장에 있는 그의 본가 뒤편에 위치한 작업실에 앉아 있었다. 이 작업실에는 독극물 병들과 함께 저장물을 보관한 장이 있었다. 캐릭 벤은 샘솟는 호기심을 지닌 독창적인 인물이었다. 일요일에는 그의 거처가 손님들로 들끓었다. 기자, 작가, 화가, 실험가 등등 갖가지 표현 양식을 지닌 명랑한 무리였다. 너무 많은 이들이 드나들어서 눈에 띄지 않게 들어가기도 쉬웠다. 어느 날 오후

벤이 돌아오기 전에 가보았더니 작업실에는 아무도 없었다. 그는 잽싸게 벽장으로 가서 호주머니에 약을 숨겼다.

그러나 10년 전 일이었다. 딱하게도 벤은 이미 오래전 질질 끌던 병으로 죽었다. 그의 나이 든 아버지도 세상을 떠나면서 스타위베산트 광장의 집은 하숙집으로 바뀌었다. 뉴욕의 변화무쌍한 삶은 그들의 보잘것없고 소소한 역사의 흔적이란 흔적은 싹 지워버렸다. 낙관적인 매캐런조차도 그쪽에서 증거를 찾을 가망이 없다고 인정하는 듯했다.

"눈앞에서 세 번째 문이 닫혀버렸군요." 그는 노트를 덮으면서 고개를 뒤로 젖혀 호기심 가득한 밝은 눈으로 그래니스의 주름진 얼굴을 쳐다보았다.

"저기, 그래니스 씨, 선생님도 이 일의 약점을 아시지요?"

그래니스가 절망적인 몸짓을 했다. "한둘이 아니지요!"

"맞습니다. 하지만 가장 결정적인 약점은 이겁니다. 대체 왜 이 사실이 알려지기를 바라시는 겁니까? 왜 스스로 자기 무덤을 파는 거냐고요."

그래니스는 절망적으로 그를 쳐다보면서 그의 잽싸고 가벼우며 불손한 마음을 따져보려 애썼다. 활기찬 동물 같은 생명력으로 가득 찬 사람이 죽음에 대한 열망을 충분한 동기로 믿어줄 리 없을 것이다. 그래니스는 더 설득력 있는 이유를 찾으려고 머리를 굴렸다. 그러나 갑자기 기자의 표정이 부드러워지면서 순진한 감상주의로 누그러지는 것이 보였다.

"그래니스 씨, 그 기억이 머리에서 사라지질 않으십니까?"

그래니스는 잠시 쳐다보다가 이야기를 시작할 기회를 잽싸게 잡았다. "바로 그겁니다. 그 기억이…… 항상……."

매캐런이 고개를 열심히 끄덕였다. "늘 따라다니면서 괴롭히고요? 잠도 주무실 수 없지요? 이제 깨끗이 다 털어놓을 때가 되었고요?"

"그 수밖에 없었소. 이해할 수 있나요?"

기자는 주먹으로 탁자를 쳤다. "아, 선생님! 뜨거운 피를 한방울이라도 지닌 인간이라면 누구라도 무시무시한 후회의 공포를 상상할 수 있을 겁니다."

켈트족의 상상력이 불타올랐다. 그래니스는 그 단어에 주목한 그에게 감사했다. 애스첨도 덴버도 상상할 수 있는 동기로 받아들여주지 않았던 사실을 이 아일랜드 출신 기자는 더없이 적절한 것으로 붙잡은 것이다. 그가 말했듯이 일단 납득할 만한 동기를 찾을 수만 있다면, 사안이 아무리 어렵더라도 오히려 노력을 쏟을 자극이 되는 법이다.

"후회, 후회라." 그는 인기 드라마의 심리적 실마리를 잡은 듯한 억양으로 그 단어를 연신 혀 아래에서 굴려댔다. 그래니스는 뻐딱하게 중얼거렸다. "저런 분위기를 낼 수만 있었다면 극장에서 육 주간도 상연했을 텐데."

그 순간 감정적인 호기심이 매캐런의 직업적 열정을 부채질하는 것을 보았다. 그는 저녁 식사를 함께하고 보드빌 극장이라도 가자고 제안했다. 그는 자신의 사건이 매캐런의 관심을 붙잡은 데 일종의 음울한 기쁨을 느꼈다. 극장에 발도 들이지 않은 지 몇 달이 되었다. 그러나 기자의 주시를 받을 수 있다면 무의미한 공연이라도 얼마든지 참고 볼 수 있었다.

막간에 매캐런은 관중에 대한 일화로 그를 즐겁게 해주었다. 그는 모르는 사람이 없어서 사람들의 관상에 대해 터놓고 이야기할 수 있었다. 그래니스는 너그럽게 귀를 기울여주었다. 그의 이야기에는 전혀 흥미가 없었지만, 자신이 매캐런의 관심의 중심에 있으며, 그가 하는 말 한마디 한마디가 모두 그의 문제와 간접적으로 관련되어 있음을 알았다.

"저기 저 사람 보이십니까? 세 번째 줄에서 콧수염을 잡아당기고 있는 작고 마른 남자 말입니다. 저 사람 회고록은 출판할 값어치가 있을 겁니다." 마지막 막이 시작되기 전에 매캐런이 갑자기 말했다.

그래니스가 그의 시선을 따라가보니 앨런비의 사무실에서 보았던 탐정이었다. 순간 그는 미행당하고 있다는 느낌에 소름이 끼쳤다.

"아, 그가 이야기를 해주기만 한다면!" 매캐런이 말을 이었다. "누군지는 물론 아시겠지요? 우리나라에서 가장 유명한 정신과 의사인 J. B. 스텔 박사랍니다."

그래니스는 깜짝 놀라 앞사람들 사이로 다시 고개를 내밀었다. "저 사람, 통로에서 네 번째 사람 말입니까? 당신이 잘

못 안 거예요. 저 사람은 스텔 박사가 아닙니다."

매캐런이 웃음을 터뜨렸다. "법정에서 스텔 박사를 본 것이 한두 번이 아닌 걸요. 범인이 제정신이 아니라고 주장하는 사건들 중에서 큰 사건은 거의 다 저분이 증언을 한답니다."

그래니스의 등을 타고 싸늘한 전율이 흘렀다. 하지만 그는 다시 한번 완강하게 되풀이했다. "저 사람은 스텔 박사가 아니라니까요."

"스텔이 아니라고요? 아, 저랑 아는 사이예요. 보세요. 이쪽으로 오는군요. 스텔 박사가 아니라면 저한테 말을 걸지 않을 겁니다."

그 작고 마른 남자가 통로를 따라 천천히 걸어왔다. 그는 매캐런 근처까지 오자 가볍게 알은체했다.

"안녕하세요, 스텔 박사님, 아주 멋진 공연이지요?" 기자가 그에게 활달하게 인사를 던졌다. 그러자 J. B. 휴슨 씨는 맞장구치듯 고개를 끄덕여주고 지나갔다.

그래니스는 머릿속이 멍해졌다. 자신이 분명 잘못 보지는 않았다. 방금 지나간 남자는 앨런비가 보낸 사람과 동일인이었다. 그는 탐정으로 위장한 의사였다. 그렇다면 앨런비도 다른 이들처럼 그가 미쳤다고 생각했던 것이다. 그의 자백을 미친 사람의 헛소리로 여겼다. 그래니스는 공포로 얼어붙었다. 정신병원이 그의 눈앞에서 입을 쩍 벌리고 있는 듯했다.

"저 사람이랑 닮은 사람이 있지 않습니까? J. B. 휴슨이라는 탐정 말입니다."

그러나 그는 매캐런이 대답하기도 전에 뭐라고 말할지 알아챘다. "휴슨이라고요? J. B. 휴슨? 그런 사람은 들어본 적이 없는데요. 저분은 J. B. 스텔이 맞습니다. 확실하다니까요. 저분을 불렀더니 대답하는 것도 보셨잖아요."

6

며칠 후 그래니스는 지방 검사로부터 소식을 받았다. 그는 앨런비가 자신을 피한다고 생각하고 있었다.

그러나 얼굴을 마주하게 되었을 때 앨런비의 쾌활한 얼굴에는 당황한 기색이 전혀 없었다. 그는 방문객에게 손짓으로 의자를 권하고, 환자를 상담하는 의사처럼 상대의 기를 북돋우는 미소를 띠며 책상 위로 몸을 숙였다.

그래니스가 다짜고짜 말을 쏟아냈다. "며칠 전 검사님이 보내신 그 탐정은……."

앨런비가 손을 들어 그를 제지했다.

"알고 있습니다. 정신과 의사 스텔이었지요. 왜 그런 짓을 했습니까, 앨런비?"

상대방의 얼굴은 여전히 침착했다. "먼저 당신의 이야기를 검토해보았으니까요. 거기에는 아무것도 없습니다."

"아무것도 없다고?" 그래니스가 격분하며 그의 말을 잘랐다.

"아무것도 없어요. 있다면, 왜 증거를 가져오지 못합니까? 당신이 피터 애스첨, 덴버, 그리고《익스플로러》의 작은 담비 같은 매캐런한테까지 얘기했다는 거 압니다. 그들 중 한 명이라도 당신의 주장을 사실이라고 증명해주던가요? 아니지요? 자, 내가 어떡하면 좋겠소?"

그래니스의 입술이 덜덜 떨렸다. "왜 나한테 그런 장난을 친 겁니까?"

"스텔 말입니까? 어쩔 수 없었어요. 그게 다 내 일이에요. 스텔은 탐정이기도 해요. 모든 의사가 다 그렇지요."

그래니스의 입술이 더 심하게 떨리다못해 안면 근육 전체가 길게 떨렸다. 그는 억지로 마른 목구멍에서 웃음을 쥐어짜냈다. "그러면 그가 무엇을 캐냈답니까?"

"당신한테서요? 과로 탓이라고 보던데요. 과로와 지나친 흡연 말입니다. 그의 진료실에 한번 들러보면 당신 같은 사례를 수백 가지는 보여줄 겁니다. 어떤 치료가 필요한지도 조언해줄 거요. 환각 중에서도 가장 흔한 형태 중 하나랍니다. 그래도 시가는 한 대 피우세요."

"하지만 앨런비, 내가 그 사람을 죽였다니까요!"

지방 검사는 책상 위에 올려놓은 큼지막한 손을 거의 알아채지 못할 만큼 살짝 움직였다. 잠시 후 전기 벨의 호출에 답하기나 한 것처럼 사환이 들어왔다.

"미안합니다, 친구. 기다리는 사람들이 많아서. 오전에 한번 스텔을 찾아가봐요." 앨런비가 악수를 건네며 말했다.

매캐런은 실패를 인정해야 했다. 아무리 뒤져도 알리바이에는 한 점의 흠도 없었다. 또 신문사 일로 더는 해결할 수 없는 수수께끼에 시간을 허비하기 어렵게 되어 그래니스를 찾아오는 것도 그만두었다. 그래니스는 다시 더 깊은 고립 속으로 돌아갔다. 앨런비를 찾아간 후 하루 이틀 동안 스텔 박사에 대한 두려움을 떨치지 못했다. 앨런비가 정신과 의사의 진단에 대해 그를 속였을 수도 있지 않을까? 경찰이 아니라 정신과 의사한테 그가 정말로 미행당하고 있었다면? 그는 사실을 알아내기 위해 스텔 박사를 찾아가보기로 마음먹었다.

의사는 이전 만남의 당혹스러운 기색은 전혀 내비치지 않고서 그를 친절하게 맞아주었다. "가끔은 그렇게 할 수밖에 없답니다, 그래니스 씨. 우리가 쓰는 방법 중 하나지요. 앨런비를 놀라게 하셨다고요."

그래니스는 대답하지 않았다. 그는 자신의 유죄를 다시금 주장하고 싶었다. 의사와 마지막으로 대화를 나눈 이후로 생각해낸 새로운 논점들을 내놓고 싶었다. 그러나 열성을 보였다가 광기의 증후로 오인받을까 두려웠다. 그는 스텔 박사의 암시를 웃어넘기는 척했다.

"그럼 선생님이 보시기에는 신경쇠약의 사례입니까? 그냥 그 정도인 건가요?"

"그렇습니다. 그리고 담배는 끊으시는 게 좋겠습니다. 담배를 너무 많이 피우십니다. 그렇지 않나요?"

그는 대신 마사지, 체조, 여행 등 기분 전환이 될 만한 것들을 권했다. "말하자면……." 그래니스가 참지 못하고 그의 말을 끊었다. "아, 그런 것들은 다 딱 질색입니다. 여행이라면 진절머리 나요."

"흠, 그럼 더 거창한 관심사도 있지요. 정치, 개혁, 박애주의는 어떻습니까? 뭔가 자기 자신한테서 관심을 좀 돌릴 만한 것으로요."

"네, 무슨 말씀이신지 알겠습니다." 그래니스가 힘없이 대답했다.

"무엇보다도 낙담은 금물입니다. 당신 같은 사례를 수없이 보았어요." 의사가 문을 나서는 그에게 활기차게 덧붙였다.

그래니스는 문을 나서려다 말고 웃음을 터뜨렸다. 그와 같은 수없이 많은 사례들, 살인을 저지르고, 자신의 죄를 자백하고, 아무도 믿어주지 않는 사람의 사례라니! 아, 세상에 그런 사례는 단 한 건도 없었다. 스텔 박사라면 연극에서 얼마나 좋은 인물이 되었겠는가. 사람의 마음을 저렇게 완벽하게 읽어내는 훌륭한 정신과 의사라니!

그래니스는 그런 유형에서 엄청나게 희극적인 기회들을 보았다.

그러나 걸어 나오면서 두려움은 사라지고 무기력함이 다시 그를 찾아왔다. 피터 애스첨에게 털어놓은 후 처음으로 할 일이 없어졌음을 깨달았다. 지난 몇 주 동안 끊임없이 뭔가 해야 한다는 생각에 끌려다녔다. 이제 한 번 더 그의 삶은 고인 물처럼 멈추었다. 그는 거리 모퉁이에 서서 이리저리 쓸려가는 차들의 흐름을 바라보면서, 얼마나 더 오래 느릿느릿 제자리를 맴도는 자신의 의식 속에서 부유하는 상태를 견딜 수 있을지 절망적으로 자문했다.

그에게 자기 파괴의 욕망이 되살아났다. 그러나 다시 그의 육신은 반사적으로 움츠러들었다. 그는 간절히 남의 손에 죽고 싶었다. 도저히 자기 손으로는 할 수 없었다. 어찌할 수 없이 육체적으로 움츠러드는 반응 말고도 그를 억누르는 동기가 또 하나 있었다. 자기 이야기를 진실로 확실히 입증하고 싶다는 끈질긴 욕망이 그를 놓아주지 않았다. 무책임한 몽상가로 치부되기는 싫었다. 결국은 자살할 수밖에 없다 해도 그전에 자신이 죽어 마땅하다는 것을 사회에 입증해야만 했다.

그는 신문사에 보낼 긴 편지를 쓰기 시작했다. 그러나 첫번째 편지가 공개되고 난 후 대중의 호기심은 지방 검사 사무실에서 보낸 짧은 진술서로 가라앉았고, 그의 나머지 편지들은 신문에 실리지 못했다. 애스첨이 그를 찾아와서 제발 여행이라도 가라고 권했다. 로버트 덴버도 찾아와 그의 환각 상태를 농담 삼아 얘기해보려 했다. 급기야 그래니스는 그들의 동기를 불신하게 된 나머지 스텔 박사가 다시 나타나 그의 입을 다물게 만들지도 모른다는 두려움을 느끼기 시작했다. 그러나 그가 억누른 말은 머릿속에서 잇달아 다른 말을 낳았다. 그의 내적 자아는 논쟁들로 소란스러운 공장이 되었고, 그는 자신의 범죄에 대한 진술을 공들여서 읊고 쓰는 데 긴 시간을 보냈다. 그는 그 진술을 끊임없이 수정하고 발전시켰다. 들어주는 이 하나 없는 가운데 그의 활동은 점차 위축되었고, 깊어지는 무관심의 해류 아래 매장되어가는 기분이었다. 분개한 그는 범죄를 한 번 더 저질러서라도 반드시 자신이 살인자임을 입증하고 말겠다고 맹세했다. 잠 못 이루는 밤이면 그 생각이 불꽃처럼 그의 어둠을 밝혔다. 그러나 낮이 되면 그 생각은 사라졌다. 결정적인 충동이 부족했고, 자신의 희생자를 아무렇게나 고르고 싶지는 않았다. 그래서 다시 자신의 이야기를 진실로 입증하겠다는 무용한 투쟁으로 되돌아갔다. 하나의 통로가 닫히자마자 그는 쏟아지는 불신의 모래 속을 다른 통로를 통해 뚫고 나가려 했다. 그러나 모든 길이 다 막힌 듯했고, 모든 사람이 한 명에게서 죽을 권리를 가로채기 위해 똘똘 뭉쳤다.

상황이 참을 수 없는 지경으로 악화되면서 그는 마지막 자제력의 끈을 놓아버렸다. 그가 정말로 어떤 실험의 희생자라면 어떻게 하나? 의식의 단단한 벽에 맹목적으로 몸을 들이박는 불쌍한 자를 소풍객들이 빙 둘러서서 비웃고 있는 것이라면? 하지만 아니다. 사람들이 하나같이 그렇게 잔인하지는 않다. 그들의 무관심의 닫힌 표면에도 흠집이, 여기저기에 약점과 동정의 균열이 있다.

그래니스는 자신의 과거를 어느 정도 알고 있는 사람들에게 호소한 것이 실수였다고 생각하기 시작했다. 그의 삶이 겉보기에 순응적이었으니 그런 사람들은 아무리 보아도 과격하고 은밀한 일탈을 인정할 수 없었을 테다. 습관이라는 눈가리개 사이로 보이는 걸 삶의 전부라고 믿는 것이 일반적인 경향이다. 그래니스는 그 좁은 시야를 따라가면서 충분히 정확한 모습을 보여주었다. 그의 궤도를 다 따라오면서 본다면, 그의 이야기를 더 잘 이해할 수 있을 것이다. 그의 이전 삶을 알고 있기 때문에 진실을 제대로 보지 못하는 훈련된 지성보다는 길거리의 놈팡이에게 납득시키는 편이 더 쉬울 것이다. 이런 생각이 떠올랐고, 새로운 생각의 씨앗 하나하나가 열대식물이 무섭게 자라듯 그의 마음속에서 쑥쑥 자랐다. 그는 자신의 비밀을 들어줄 공정한 이방인을 찾아 거리를 배회하고, 외진 곳의 싸구려 음식점과 술집을 드나들기 시작했다.

처음에는 보는 얼굴마다 용기를 북돋아주었다. 그러나 결정적인 순간이 오면 그는 항상 물러섰다. 너무나 중요한 일이니만큼 첫 선택은 과감해야 했다. 우둔하거나 겁이 많거나 참을성 없는 자를 만날까 두려웠다. 상상력이 풍부한 눈, 집중하느라 찌푸린 이마를 찾았다. 인간 의지의 고통스러운 움직임에 통달한 사람에게만 자신을 드러내야 했다. 평범한 얼굴의 둔한 호의에는 슬슬 정이 떨어지기 시작했다. 한두 번, 애매하게, 암시적으로 운을 떼었다. 한번은 지하 싸구려 음식점에서 어떤 남자에게, 또 하루는 동쪽 부두에서 어느 놈팡이에게 접근했다. 그러나 두 번 다 털어놓으려던 찰나에 실패의 기운을 감지하고 그만두었다. 고정된 생각에 사로잡힌 사람으로 오해받을지 모른다는 두려움 탓에 대화하는 상대의 표정을 지나칠 정도로 세세히 읽어내게 되었다. 그는 조롱이나 의심이 날아올 것 같으면 말을 바꾸거나 얼버무리는 식으로 미리 피했다.

그는 하루의 대부분을 거리에서 보냈다. 자기 아파트의 침묵과 질서 정연함, 플린트의 책망하듯 뜯어보는 시선이 두려워 들쑥날쑥한 시간에 집에 들어왔다. 실제 삶은 이 낯익은 배경과는 너무나 거리가 먼 세계에서 보내다보니 때때로 하나의 정체성에서 다른 정체성으로 은밀히 넘어가는 듯한, 살아 있는 채로 변신하는 듯한 신비스러운 느낌을 받았다. 하지만 피할 수도 없이 자기 자신인 또 다른 나!

그는 한 가지 굴욕은 면했다. 그것은 결코 그의 안에서 되살아난 적 없는 삶에 대한 욕망이었다. 그는 단 한순간도 현재의 조건과 부당하게 계약을 할 유혹을 느껴본 적이 없었다. 그는 죽고 싶었다. 결말에 이르겠다는 흔들림 없는 욕망으로 죽음을 원했다. 그런데 여전히 결말이 그를 피하고 있었다! 물론 늘 그런 것은 아니었다. 그는 자기 운명의 검은 별을 굳게 믿었다. 자기 이야기를 끈질기고 지치지 않게 되풀이하는 것으로 무관심한 귀에 이야기를 쏟아부어서, 아둔한 머리에 그것을 때려 박아서 자신의 이야기를 입증할 수 있을 것이다. 마침내 그것이 불꽃을 일으킨다면, 무심한 수백만 명 중 누군가 한 명은 발을 멈추고 귀를 기울이고 믿어준다면……

온화한 3월의 어느 날, 서쪽 부두를 배회하며 얼굴들을 훑어보던 중이었다. 이제 그는 관상학 전문가가 다 되었다. 더는 열성적으로 대뜸 덤벼들었다가 어색하게 물러서는 일이 없었다. 이제는 환상 속에서 그에게 나타나듯이 자신이 필요로 하는 얼굴을 분명하게 알아볼 수 있었다. 그런 얼굴을 찾기 전까지는 이야기를 해서는 안 되었다. 그는 악취가 진동하는 지저분한 거리를 따라 동쪽으로 걸어가면서 그날 아침에는 그런 얼굴을 찾아낼 것만 같은 예감을 받았다. 어쩌면 바람을 타고 봄의 약속이 왔는지도 모른다. 확실히 오랜만에 마음이 차분히 가라앉았다.

워싱턴 스퀘어로 들어선 뒤 대각선으로 가로질러 유니버시티 플레이스 쪽으로 걸어갔다. 각양각색의 행인들이 계속 그를 유혹했다. 그들은 브로드웨이에서보다 여유롭고, 5번가에서보다 덜 폐쇄적이고, 여러 계층이었다. 그는 원하는 얼굴을 찾으며 천천히 걸었다.

유니언 스퀘어에서 갑자기 제단의 신호를 너무 오래 기다린 숭배자처럼 기가 확 꺾였다. 어쩌면 원하는 얼굴을 결코 찾아서는 안 될지 모른다. 공기는 나른했고 그는 피로를 느꼈다. 듬성듬성한 잔디밭과 뒤틀린 나무들 사이를 걸어 빈자리를 찾았다. 한 소녀가 혼자 앉아 있는 벤치를 지나치다가 끈을 탁 잡아채는 듯한 알 수 없는 충동에 발을 멈추었다. 자기 이야기를 소녀에게 한다는 것은 꿈에서도 생각해본 적 없는 일이었고, 여자들 곁을 지나치며 그들의 얼굴을 제대로 본 적도 없었다. 그의 사건은 남자의 일이었다. 여자가 어떻게 그를 도울 수 있겠는가? 그러나 그 소녀의 얼굴은 보기 드문 것이었다. 맑은 저녁 하늘처럼 조용하면서 거침없었다. 그 얼굴은 그가 어린 시절 보았던, 친숙한 부두에 조용히 정박해 있지만 돛줄임줄에 먼바다와 낯선 항구들의 숨결을 품은 배들처럼 공간, 거리, 신비스러움의 수많은 이미지들을 암시했다. 틀림없이 이 소녀라면 이해할 것이다. 그는 조용히 그녀에게 다가가 모자를 들어 올려 예를 차렸다. 그녀가 그를 '신사'로 알아봐주기를 바랐다.

그는 소녀의 옆에 앉으면서 입을 뗐다. "초면에 실례입니다만, 아가씨 얼굴이 참으로 영리해 보여서……. 제가 기다려왔던 바로 그 얼굴이 아닌가 싶습니다. 사방에서 다 찾았습니다. 아가씨에게 하고 싶은 말이 있습니다."

소녀가 휘둥그레 눈을 떴다. 그녀가 벌떡 일어섰다. 그에게서 달아나려 한다!

당황한 그는 그녀를 뒤쫓아 달려가 거칠게 그녀의 팔을 낚

아챘다.

"기다려요. 들어봐요! 아, 소리 지르지 말라고, 이 바보 같으니!" 그가 고함을 질렀다.

누군가가 그의 팔을 움켜잡는 게 느껴졌다. 경찰관이었다. 곧 그는 자신이 체포되었음을 깨달았다. 그의 안에 있는 뭔가 딱딱한 것이 느슨해지더니 눈물이 쏟아졌다.

"아, 아시는군요. 제가 유죄인 줄 아는군요!"

사람들이 그의 주위로 모여들었고, 겁에 질린 소녀의 얼굴은 사라져버렸다. 그러나 소녀의 얼굴 따위 이제 아무래도 좋았다. 진정으로 그를 이해해준 사람은 바로 이 경찰관이었다. 그는 몸을 돌려 경찰관을 따라갔다. 군중도 그의 뒤를 따랐다.

7

그 매력적인 곳에는 동정심에 찬 얼굴들이 너무나 많아서 그는 이번만큼은 틀림없이 자신의 이야기를 할 수 있으리라는 강한 확신을 느꼈다.

처음에는 자신이 살인죄로 체포된 것이 아니라는 사실을 알고 큰 충격을 받았다. 그러나 이내 애스첨이 그를 찾아와 그에게 휴식이 필요하며, 그의 진술을 '검토'할 때가 되었다고 설명해주었다. 그의 진술은 반복할수록 다소 혼란스럽고 앞뒤가 안 맞는 것 같았다. 이것 때문에 그는 주변에 나무들이 있는 한적하고 큰 건물에 기꺼이 머물기로 했다. 거기 있어보니 자신처럼 자기 사건에 대한 진술을 준비하거나 검토하는 데 열중하는 지적인 동료들과 그의 장황한 설명에 관심 갖고 귀 기울여주는 사람들이 많았다.

한동안은 이렇게 평온한 분위기에 몸을 맡기고 지내는 데 만족했다. 그의 이야기를 들어주는 담당자들이 그에게 고무적인 관심을 기울였고, 일부는 정말로 훌륭하고 유용한 제안까지 했지만, 그는 점차 예전의 의심이 되살아남을 느꼈다. 그의 청자들은 진지하지 않거나 말은 그럴듯해도 정작 그를 도와줄 힘이 별로 없었다. 끝없이 이어지는 협상은 무위로 끝났다. 오래 쉰 효과가 나타나 점차 정신이 명료해지면서 가만히 있기가 힘들었다. 마침내 그는 외부 세계에서 온 방문객들을 그의 은신처로 받아들였다. 그는 자신의 범죄를 논리적으로 구성한 긴 진술문을 써서 슬쩍 이 희망의 메신저들의 손에 쥐여주었다.

그는 새로운 인내심을 얻었다. 이제 그는 방문객들이 찾아올 날만 기다리고, 바삐 움직이는 하늘의 갈라진 틈 사이로 나타났다 사라지는 별처럼 그를 스쳐가는 얼굴들을 훑었다.

대개 이런 얼굴들은 낯설었고 친구들의 얼굴보다 덜 지적이었다. 그러나 그들은 그가 세상에 닿을 마지막 수단이었다. 수수께끼의 조류가 열린 삶의 바다로 실어 갈지 모르는 종이

배, 자신의 '진술서'를 띄울 수 있는 일종의 지하 수로였다.

그러나 어느 날 밝고 툭 튀어나온 두 눈에 수염이 덜 깎인 낯익은 턱의 윤곽이 그의 주의를 사로잡았다. 그는 벌떡 일어나 피터 매캐런의 앞을 막아섰다.

기자는 의심스럽게 그를 쳐다보더니 깜짝 놀라 비난하는 투로 한 손을 들었다. "왜 그러시죠?"

"나를 모르십니까? 내가 그렇게 많이 바뀌었나요?" 상대가 놀라는 모습에 그래니스도 덩달아 움츠러들었다.

"아, 아닙니다. 하지만 더 차분해 보이시는군요. 편안해지셨어요." 매캐런이 미소 지었다.

"네, 그러려고 여기에서 쉬고 있지요. 더 명쾌한 진술서를 쓸 기회도 얻었고요."

그래니스는 손이 심하게 떨려서 접힌 종이를 호주머니에서 끄집어내기도 힘들었다. 간신히 종이를 꺼내고 보니 기자 옆에 선 엄숙하고 동정심 가득한 눈빛의 키 큰 남자가 눈에 들어왔다. 이 얼굴이야말로 그가 줄곧 기다려온 그 얼굴이라는 확신에 전율이 일었다.

"당신의 친구분, 친구분 맞지요? 이걸 좀 봐주시면 좋겠습니다. 아니면 시간이 있으시면 간단히 설명해드릴까요?" 그래니스의 목소리가 그의 손처럼 떨렸다. 이 기회를 놓친다면 마지막 희망마저 영영 사라져버릴 것 같았다. 매캐런은 낯선 사람과 서로 얼굴을 마주 보더니 자기 시계를 흘끗 보았다.

"죄송하지만 지금 가야 해서 그 얘기를 하기는 어렵겠습니다, 그래니스 씨. 제 친구가 약속이 있어서 좀 급한 터라."

그래니스는 굴하지 않고 종이를 내밀었다. "미안합니다. 설명해드릴 수 있을 줄 알았는데요. 하지만 이거라도 가져가주시겠어요?"

낯선 사람이 부드러운 눈길로 그를 쳐다보았다. "물론이지요. 가져가겠습니다." 그가 손을 내밀었다. "안녕히 계십시오."

"안녕히." 그래니스도 인사했다.

그는 불 켜진 긴 복도를 따라 자신에게서 멀어지는 두 사람의 모습을 지켜보았다. 그들을 보고 있자니 눈물이 그의 얼굴을 타고 흘러내렸다. 그러나 그들의 모습이 시야에서 사라지자마자 그는 몸을 돌려 서둘러 자기 방으로 돌아와 다시 희망을 품고 새 진술서를 구상하기 시작했다.

건물 밖에 두 남자가 멈춰 섰다. 기자의 친구는 길게 줄지어 선, 창살이 달린 단조로운 창문들을 호기심 어린 눈길로 올려다보았다.

"그러니까 저 사람이 그래니스로군요?"

"네, 그래니스랍니다. 딱하기도 하지요." 매캐런이 말했다.

"기이한 사례로군요! 아마 저런 사례는 한 건도 없었을 거라지요? 그는 아직도 자기가 살인을 저질렀다고 굳게 믿고 있는 겁니까?"

"그렇다마다요."

낯선 사람이 생각에 잠겼다. "그리고 그 생각을 뒷받침해 줄 만한 근거가 전혀 없었고요? 아무도 어쩌다 그렇게 되었는지 알아내지 못했다지요? 저렇게 조용하고 평범하기 짝이 없는 사람이 어쩌다 저런 환상에 빠지게 되었다고 보십니까? 뭔가 짚이는 데가 있으신가요?"

매캐런은 양손을 호주머니에 찌르고 생각에 잠겨 창살이 달린 창문을 올려다보았다. 그러다가 밝고 냉정한 시선을 자신의 동행에게 돌렸다.

"그게 이상한 점입니다. 한 번도 입에 올린 적은 없습니다만, 짚이는 데가 하나 있기는 합니다."

"세상에! 흥미롭군요. 그게 뭡니까?"

매캐런이 붉은 입술을 모아 휘파람 소리를 냈다. "음, 그건 환각이 아니었어요."

그의 말은 예상한 효과를 냈다. 상대방이 멍한 시선으로 그를 쳐다보았다.

"그가 그 사람을 살해한 것이 맞습니다. 저는 다 접으려던 참에 아주 우연히 진실을 알게 되었지요."

"그가 살인을 했다고요? 자기 사촌을 죽였단 말입니까?"

"틀림없는 사실입니다. 단 다른 사람한테는 이 사실을 알리면 안 됩니다. 제가 본 사건들 중에서도 가장 기이한 사건입니다…… 어떡하면 좋겠습니까? 자, 제가 어떻게 했어야 했을까요? 저 딱한 사람을 교수형에 처하게 할 수는 없었습니다. 그렇잖아요? 하지만 그가 체포되어 여기에 안전하게 갇혔을 때는 기뻤습니다!"

키 큰 남자가 엄숙한 얼굴로 그래니스의 진술서를 손에 쥔 채 그의 말을 들었다.

"여기, 가져가세요. 구역질이 나려고 합니다." 그는 퉁명스럽게 말하며 기자에게 종이를 쑥 내밀었다. 말없이 돌아선 두 남자는 정문까지 함께 걸어갔다.

석류의 씨 •

● 풍요의 여신 데메테르의 딸 페르세포네는 명부(冥府)의 신 하데스에게 납치되
어 명부로 끌려간다. 이에 그녀의 어머니로부터 부탁을 받은 제우스가 중재에
나선다. 그러나 페르세포네는 명부에서는 음식을 먹지 않겠다는 서약을 깨뜨리
고 석류의 씨 몇 알을 먹고 만다. 그로 인해 1년 중 일정 기간(기본적으로 겨울)
을 하데스와 함께 지내야 했다(원주).

1

    샬럿 애슈비는 문 앞 계단에 멈춰 섰다. 눈부신 3월 오후에 어둠이 내렸고, 끝없이 돌아가는 소란스러운 도시 거리의 삶은 최고조에 이르렀다. 그녀는 거리를 등지고 자물쇠에 열쇠를 꽂기 전 잠시 대리석이 깔린 구식 현관 앞에 서 있었다. 안쪽 문의 유리 위로 쳐진 커튼이 빛을 부드럽게 눅이면서 내부가 들여다보이지 않게 가려주었다. 케네스 애슈비와 결혼하고 처음 몇 달 동안, 샬럿은 상업과 패션이 뒤처진 지 오래인 거리의 이 조용한 집으로 이 시간에 돌아오는 것이 가장 좋았다. 뉴욕의 영혼 없는 소란, 혼을 빼놓는 불빛들, 교통 체증, 빽빽이 들어찬 집, 생활, 마음의 압박, 그리고 그녀가 집이라 부르는 이 베일에 가려진 안식처 사이의 대조는 늘 그녀의 마음을 깊은 곳까지 뒤흔들었다. 허리케인의 중심부에서 혼자만의 작은 섬을 찾아낸 것이다(혹은 찾아냈다고 생각했다). 그런데 지난 몇 달 동안 모든 것이 바뀌었고, 이제 그녀는 매번 현관 계단에서 망설이다 겨우 마음을 다잡고 들어가야 했다.

그녀는 거기 서서 집 내부를 떠올렸다. 오래된 판화들이 걸린 복도와 사다리 같은 계단이 있고, 왼편에는 책과 담배 파이프, 명상을 부르는 낡은 안락의자로 꽉 찬 남편의 길고 허름한 서재가 있다. 그 방을 얼마나 사랑했는지! 그리고 위층에는 그녀의 응접실이 있다. 케네스의 첫 아내가 죽은 후로 그 방의 가구 한 점, 벽걸이 하나도 바꾸지 않았다. 그럴 돈이 없어서가 아니라 샬럿이 가구를 이리저리 옮기고 책과 램프, 테이블을 더해 자기 방으로 만들었기 때문이다. 맨 처음 샬럿이 첫 번째 애슈비 부인(차갑고 자기중심적인 여자였고 잘 알지는 못했다)을 방문했을 때 그곳이 딱 자신이 갖고 싶은 그런 응접실이라는 생각에 부러움을 느끼며 그녀를 바라보았다. 이제 원하는 대로 할 수 있는 자신의 것이 된 지도 1년이었다. 겨울이면 서둘러 귀가해 난롯가에 앉아 책을 읽거나 쓰기 편한 널찍한 테이블에서 편지에 답장을 쓰거나 의붓자식들의 글씨 연습용 책을 살펴보았다. 그러고 있노라면 남편의 발소리가 들렸다.

친구들이 찾아올 때도 있었지만, 혼자 있는 때가 더 많았다. 그녀는 혼자 있는 것이 제일 좋았다. 케네스와 함께 있는 또 다른 방법이었기 때문이다. 혼자 있을 때면 남편이 아침에 집을 나서면서 했던 말을 다시 생각해보고, 그가 계단을 올라와 혼자 있는 자신을 보곤 안아주면서 무슨 말을 할지 상상했다.

하지만 지금은 그런 상상 대신 한 가지 생각에만 골몰했다. 복도의 탁자 위에 편지가 있을까 없을까. 거기 있는지 여부를 확인하기 전까지는 다른 생각이 마음속을 비집고 들 여유가 없었다. 편지는 항상 똑같았다. 사각의 회색 봉투에 "케네스 애슈비 귀하"라는 글씨가 굵지만 희미하게 적혀 있었다. 처음부터 샬럿에게 그 편지는 특이하다는 인상을 주었다. 이렇게 딱딱한 필체를 가진 사람이 글씨는 흐릿하게 쓰다니. 항상 펜에 잉크가 모자라거나 글쓴이의 손목이 너무 약해서 더는 버틸 수 없다는 듯이 희미하게 쓰여 있었다. 또 하나 이상한 것은 남성적인 곡선에도 불구하고 필체 자체는 너무나 확실하게 여성적이라는 점이다. 성을 짐작할 수 없는 필체도 있고, 처음 봤을 때는 남성적인 필체도 있다. 그런데 회색 봉투의 글씨는 강하고 확신에 찬 느낌에도 의심할 바 없이 여성이 쓴 것이었다. 봉투에는 수신인의 이름 외에는 아무것도 적혀 있지 않았다. 소인도, 주소도 없었다. 아마도 직접 배달한 듯했다(하지만 누가?). 틀림없이 우편함에 넣어두었을 것이고, 하녀가 덧문을 닫고 불을 끄면서 가져왔을 것이다. 어쨌든 편지는 항상 어두워진 저녁에 그 자리에서 발견됐다. 샬럿은 편지를 단수 '그것'으로 생각했다. 결혼한 후 여러 통이 왔지만(정확히 말하자면 일곱 통) 겉보기에는 하나같이 다 똑같았기에 마음속에서 서로 뒤섞여 한 통의 편지 '그것'이 됐다.

첫 번째 편지는 그들이 신혼여행에서 돌아온 날 왔다(서인도제도까지 연장됐던 여행으로 두 달이 넘도록 집을 비웠다가 뉴욕으로 돌아온 참이었다). 그날 저녁 늦은 시간에 남편과 함께 집으로 돌아와(시어머니 댁에서 저녁을 먹었다) 복도의 탁자 위에 덩그러니 놓인 회색 봉투를 보았다. 케네스보다 그녀가 먼저 그것을 보았다. 그녀가 처음 한 생각은 이러했다. '어? 전에도 이 필적을 본 적이 있는데.' 그러나 어디에서 보았는지는 기억나지 않았다. 똑같은 회색빛 봉투에서 그 희미한 글씨를 볼 때마다 예전에 보았던 기억이 떠오르는 정도였다. 하지만 그날, 남편의 시선이 그 위에 머물렀을 때 그녀가 우연히 그를 보지 않았더라면 편지에 대해 더 생각하지 않았을 것이다. 모든 일이 눈 깜짝할 새 일어났다. 남편은 편지를 보자마자 희미한 필적을 읽어내려고 근시인 눈앞으로 가져갔다. 그러더니 돌연 샬럿의 팔을 잡고 있던 손을 놓더니 그녀에게서 돌아서서 벽에 걸린 등 쪽으로 갔다. 그녀는 기다렸다. 소리를, 감탄하는 소리를 기다렸다. 그가 편지를 열어보기를 기다렸다. 그러나 그는 말없이 호주머니에 편지를 집어넣고는 그녀를 따라 서재로 들어갔다. 그리고 그들은 난롯가에 앉아서 담배에 불을 붙였다. 그는 생각에 잠긴 듯 안락의자에 머리를 기대고 눈은 벽난로에 고정한 채 여전히 말이 없었다. 그러더니 곧 이마로 손을 가져가곤 이렇게 말했다. "어머니 댁이 오늘 밤에는 평소보다 더 덥지 않았어요? 머리가 쪼개질 듯 아프군요. 먼저 침대에 들어도 되겠어요?"

그게 처음이었다. 그 이후로 샬럿은 그가 편지를 받을 때 함께 있던 적이 한 번도 없었다. 대개는 그가 사무실에서 귀가하기 전에 편지가 왔고, 그녀는 위층으로 올라가 그걸 복도의 탁자에 놓아두었다. 그러나 그녀가 편지를 보지 못했더라도 그가 그녀 곁으로 올 때의 표정으로 그녀는 편지가 왔음을 알아차렸을 것이다. 그런 날 저녁이면 그는 저녁 식사 시간이 되기 전까지는 좀처럼 나타나지 않았다. 편지의 내용이 무엇이건 간에 그 문제를 처리하기 위해 혼자 있고 싶어 하는 것이 분명했다. 다시 나타날 때 그는 몇 년은 더 늙어 보였고, 생기와 용기가 다 빠져나가 텅 비어버린 듯했다. 그녀의 존재조차 의식하지 못하는 것 같았다. 저녁 내내 한마디도 않고 지낼 때도 있었고, 말을 한다 해도 그녀가 집안일을 하는 방식에 꼬투리를 잡는 게 대부분이었다. 조이스의 유모가 너무 젊고 방정맞다고 생각지 않는지, 목이 약한 피터가 학교 갈 때 잘 싸매주나 항상 직접 확인하냐고 다소 신경질적으로 물으면서 가사 운영에 변화를 좀 주어보라고 했다. 그럴 때면 샬럿은 케네스 애슈비와 약혼했을 때 친구들이 해준 충고를 떠올렸다. "상심한 홀아비랑 결혼한다니! 좀 위험하지 않아?

너도 엘시 애슈비가 그를 꽉 잡고 살았다는 거 알잖아." 그녀
는 농담 섞어 이렇게 대답했다. "그이도 변화를 일으킬 자유
가 조금은 생겨서 기뻤을걸." 이런 관점에서 그녀의 생각은
옳았다. 처음 몇 달 동안 남편이 그녀와 함께 있어 더없이 행
복하다는 건 누가 보아도 분명했다. 그들이 긴 신혼여행에서
돌아왔을 때 그 친구들의 반응은 이러했다. "케네스에게 무슨
짓을 한 거야? 20년은 더 젊어 보인다." 이번에는 그녀가 기
쁨을 숨기지 않고 대답했다. "내가 그이를 틀에 박힌 삶에서
끌어내주었지."

그러나 회색 편지가 오기 시작한 후로는 그가 신경질적으
로 흠을 잡는 것보다(늘 자기 의지와 다르게 말이 튀어나오는 것
같았다) 편지를 받고 난 후 그녀에게로 다가올 때의 눈빛이
더 마음에 걸렸다. 애정이 없지도, 심지어 무관심하지도 않은
눈빛이었다. 그저 일상에서 너무 멀리 떠나 있다가 익숙한 것
들 곁으로 돌아와 그것들을 낯설게 느끼는 사람의 눈빛. 그녀
는 남편의 잔소리보다 그 눈빛이 더 마음에 걸렸다.

회색 봉투의 필적이 여자의 것이라고 처음부터 확신했지만,
한참이 지나서야 그 수수께끼의 편지들을 감정적인 비밀과
연관 지었다. 남편의 애정을 굳게 확신했고, 그녀가 그의 삶을
채워주고 있다고 너무나 자신 있게 믿고 있었기에 그런 생각
이 미처 떠오르지 않았다. 편지들(물론 그에게 어떤 감정적인 기
쁨을 주는 것 같지는 않았다)은 한 개인보다는 바쁜 변호사 앞으

로 온 것임이 분명했다. 어쩌면 성가신 고객일지도 모른다(그는 샬럿에게 여자 고객은 거의 항상 성가시다는 말을 자주 했다). 비서가 편지를 열어보는 것을 원치 않아서 집으로 보냈을 수도 있다. 그렇다. 하지만 그렇다면 그 정체불명의 여성은, 그녀가 보낸 편지가 낳은 효과들로 미루어 보건대 엄청나게 골치 아픈 사람이 틀림없었다. 그렇다면 다시, 그가 변호사로서 모범이 될 만큼 신중한 사람이라 해도 샬럿에게 짜증스러운 말 한마디 한 적이 없고, 자기 뜻대로 돌아가지 않는 사건을 놓고 자신을 계속 귀찮게 하는 골치 아픈 여자가 있다는 말을 한번도 한 적 없다는 것이 이상했다. 그는 그런 종류의 비밀에 준하는 이야기들을 몇 번 한 적이 있었다(물론 이름이나 세부적인 것까지 알려주지는 않았다). 하지만 이 수수께끼의 편지에 대해서는 입을 굳게 다물었다.

다른 가능성도 있었다. 완곡어법으로 말하자면 '과거의 인연'이었다. 샬럿 애슈비는 세상을 알 만큼 아는 여자였다. 복잡다단한 인간의 마음에 대해 별 환상이 없었다. 그녀는 가끔 남자들에게 과거의 인연이 있다는 것을 알았다. 그러나 케네스 애슈비와 결혼할 때 그녀의 친구들은 그런 가능성을 귀띔하는 대신 이렇게 말했다. "너 엄청 고생할 거야. 여기 비하면 돈 후안이랑 결혼하는 게 쉬울걸. 케네스는 엘시 코더를 처음 본 날 이후 단 한 번도 다른 여자에게 한눈판 적이 없어. 결혼생활 내내 편안히 만족하는 남편보다는 안달하는 연인 같았어. 그 사람이라면 결코 너한테 안락의자를 옮기게 하거나 램프의 자리를 바꾸라고 시키지는 않을 거야. 하지만 네가 뭐라도 하려고 들면, '엘시였다면 이렇게 했을 텐데' 하면서 속으로 비교할걸."

그녀가 아이들을 잘 건사하는지 믿지 못해 종종 까탈스럽게 구는 것만 제외하면(그녀는 쾌활한 성격이었고, 아이들이 그녀를 좋아하는 것이 분명했으므로 이런 불신은 점점 사라졌다) 그런 불길한 예감들은 완전히 빗나갔다. 그의 가장 가까운 친구들의 말에 따르면, 이 외로운 홀아비는 첫 아내가 죽은 후 일에 푹 빠져 자살할 위기를 극복했다. 2년이 지나 그는 샬럿 고스와 사랑에 빠졌고, 충동적으로 구애한 끝에 그녀와 결혼하고 열대지방으로 신혼여행을 떠났다. 그 이후로도 그는 처음의 빛나는 몇 주 동안 그랬듯 변함없이 다정하고 연인 같았다. 그녀에게 청혼하기 전, 그는 첫 아내에 대한 뜨거운 사랑과 그녀의 갑작스러운 죽음 후 겪은 절망을 솔직하게 털어놓았다. 그러나 그때조차도 고뇌에 찌든 태도를 보이거나 새 삶을 시작할 가망이 전혀 보이지 않는다는 암시는 하지 않았다. 그는 대단히 단순하고 자연스러워서 처음부터 샬럿에게 미래가 자신을 위해 새로운 선물을 준비해두었기를 바랐다고 고백했다. 결혼 후 그가 첫 아내와 12년 동안 살았던 집으로 돌아왔을 때 그는 샬럿에게 집을 새로 단장할 여유가 없어서 미안하다고 말했다. 하지만 여자라면 누구나 가구 또는 남자들은 죽어도 모를 온갖 집 안 배치에 자기 나름의 관점이 있다는 것을 알고 있으니 번거롭게 상의하지 말고 원하는 대로 뭐든 바꾸라고 했다. 그러나 예전의 배경에서 새로운 삶을 시작하는 그의 방식이 너무나 솔직하고 자연스러워서 그녀도 곧 익숙해졌다. 그의 서재 테이블 위에 걸려 있던 엘시 애슈비의 초상화가 아이들 방으로 옮겨진 것을 알았을 때는 미안할 지경이었다. 그림을 치운 것이 자기 때문이었음을 알고 그녀는 남편에게 그에 대해 말했다. 하지만 돌아온 대답은 이러했다. "아, 아이 엄마가 내려다보는 데에서 아이들이 자라야 한다고 생각했어요." 그 대답에 샬럿은 감동했고 만족했다. 시간이 흐르면서 그 벽에 걸린 차가운 아름다움을 지닌 긴 얼굴이 더는 감시하는 눈으로 그녀의 뒤를 쫓지 않았다. 그래서 그녀는 집에서 한결 편안함을 느꼈고, 남편과 단둘이 있을 때도 더 여유롭다고 고백하지 않을 수 없었다. 마치 케네스의 애정이 그녀 자신조차 차마 인정하기 어려웠던 비밀을 꿰뚫어 본 것만 같았다.

차곡차곡 쌓여서 그녀를 지탱해주는 이러한 행복에도 불구하고 최근 들어 그녀가 불안한 근심에 사로잡혀 있다는 건 이상한 일이었다. 그러나 분명 근심이 있었다. 어느 오후(아마도 평소보다 더 피곤하다거나 새 요리사를 찾느라 애를 먹었다거나 우스울 정도로 사소한 정신적 혹은 육체적 이유 때문에), 그녀는 자기도 모르게 그런 감정을 뿌리치지 못했다. 그녀는 현관 열쇠를 손에 들고, 조용한 거리에서 소란스럽고 조명이 눈부시게 켜진 대로 쪽으로 시선을 돌리고, 도시의 밤으로 벌써 밝게 빛나는 하늘을 올려다보았다. 그녀는 생각했다. '저기 멀리에는 고층 건물, 광고, 전화, 전신, 비행기, 영화, 자동차, 20세기의 모든 것들이 있고, 문 건너편에는 내가 설명할 수 없는 무언가가 있어. 이 세계만큼이나 오래됐고 삶만큼이나 알 수 없는 것⋯⋯. 말도 안 돼! 내가 뭘 걱정하고 있지? 석 달 동안은 편지가 오지 않았어. 크리스마스가 지나고 시골에서 돌아온 날 이후로는 한 통도⋯⋯. 항상 우리의 휴가 다음에 편지가 온 것 같으니 이상할 만하지! 왜 오늘 밤에는 올 것 같을까!'

아무 이유도 없었다. 그러나 며칠 동안이나 커튼이 쳐진 창 건너편에서 뭔가 불가해하고 참을 수 없는 것을 마주하게 되리라는 예감이 들어 추위에 덜덜 떨면서도 그 자리에 서 있곤 했다. 문을 열고 안으로 들어가면 아무것도 없었다. 어떤 날은 똑같이 섬뜩한 예감이 느껴져서 살펴보면 과연 회색 봉투가 있었다. 그래서 마지막 편지가 온 후로 문을 열 때마다 편지가 있을지 모른다는 생각을 떨치지 못했고, 매일 저녁 싸늘한 예감에 사로잡혔다.

아, 이제 겪을 만큼 겪었다. 그것만큼은 확실했다. 계속 이렇게 살 수는 없었다. 편지가 오는 날마다 남편은 얼굴이 허옇게 질리고 두통이 나는 것 같았지만, 좀 지나면 괜찮아지는 듯했다. 그러나 그녀는 그럴 수 없었다. 그녀는 늘 긴장한 상태가 됐고, 이유를 찾기는 어렵지 않았다. 남편은 누가 편지를 보내는지, 무슨 내용의 편지인지 알고 있는 것이다. 그는 어떤 일을 다루든 미리 준비가 돼 있고, 아무리 나쁜 일이라도 상황을 통제할 수 있다. 하지만 그녀는 어둠 속에 갇힌 채 추측만 할 따름이었다.

"더는 못 참겠어! 하루도 참을 수 없다고!" 그녀는 열쇠를 자물쇠에 꽂으면서 큰 소리로 외쳤다. 열쇠를 돌리곤 안으로 들어갔다. 테이블 위에 편지가 놓여 있었다.

2

편지를 보니 반가울 지경이었다. 모든 것이 정당화되는 듯하고, 희미하기만 했던 일들이 분명해지는 느낌이었다. 남편에게 온 편지, 여자로부터 온 편지는 틀림없이 '과거의 인연'의 저속한 경우일 것이다. 의심할 생각도 안 했다니, 이렇게 명백한 설명을 놔두고 다른 것을 찾느라 골머리를 썩였다니 얼마나 어리석은지! 그녀는 침착하게, 경멸스러운 손길로 봉투를 집어 들고 희미한 글자들을 찬찬히 뜯어보았다. 불빛에 대고 비춰보니 안에 접힌 종이의 윤곽이 보였다. 이제 그 종이에 무슨 내용이 쓰여 있는지 알아내기 전까지 결코 마음의 평화는 없으리라는 사실을 깨달았다.

남편은 아직 귀가하지 않았다. 6시 반이나 7시는 돼야 사무실에서 돌아오는데, 아직 6시도 되지 않았다. 편지를 위층 응접실로 가져 가서 그때쯤이면 항상 그녀를 기다리며 보글보글 끓고 있는 찻주전자 위에 대보면 수수께끼가 풀릴 것이다. 그러고 나서 원래 있던 자리에 편지를 되돌려놓으면 된다. 아무도 눈치채지 못할 것이고, 그녀를 갉아먹는 불확실함도 풀릴 것이다. 물론 남편에게 물어볼 수도 있다. 하지만 그렇게 하는 게 훨씬 더 어려워 보였다. 그녀는 엄지와 검지로 편지를 쥐고 다시 불빛 아래에서 살펴보았다. 그러고는 봉투를 들고 계단을 올라갔다가 다시 내려와 테이블 위에 놓았다.

"안 돼. 도저히 못 하겠어." 그녀는 실망해서 중얼거렸다.

그럼 어떡하면 좋을까? 홀로 그 따뜻한 응접실로 올라가 차를 따르고, 자기한테 온 편지를 훑어보고, 책이나 리뷰 기사를 뒤적일 수는 없었다. 회색 봉투가 온 날이면 늘 그러듯이 집에 돌아온 남편이 편지를 열어보고 혼자 서재로 들어가리라는 것을 알면서도 편지를 아래층에 놓아둘 수는 없었다.

그녀는 문득 결심했다. 서재에서 기다리다가 직접 확인하기로. 보는 사람이 아무도 없을 때 남편이 편지를 가지고 어떻게 하는지 볼 것이다. 왜 전에는 그런 생각이 떠오르지 않았는지 의아했다. 문을 살짝 열어두고 문 뒤에 숨어서 몰래 그를 지켜보면 된다…… 자, 그를 지켜볼 것이다! 그녀는 구석으로 의자를 끌어다 앉은 다음 틈새에 눈을 갖다 대고 기다렸다.

다른 사람의 비밀을 알아내려고 마음먹기는 평생 처음이었지만 죄책감은 전혀 느끼지 않았다. 단지 무슨 수를 써서라도 빠져나가야만 하는 숨 막힐 듯한 안개 속을 고군분투하며 헤쳐나가는 기분이었다.

드디어 열쇠 돌리는 소리와 케네스가 올라오는 소리가 들렸다. 뛰어나가 그를 맞이하고 싶은 충동에 하마터면 자기가 왜 거기 있는지도 잊어버릴 뻔했다. 하지만 그녀는 제때 기억해내고 다시 앉았다. 그녀가 앉은 자리에서는 그의 움직임이 전부 보였다. 복도로 들어온 그는 문에서 열쇠를 뽑고 모자와 외투를 벗었다. 그런 다음 테이블 위에 장갑을 놓으려 돌아서다가 봉투를 발견했다. 불빛이 그의 얼굴을 환히 비추고 있어서 샬럿은 처음으로 그의 놀란 표정을 알아보았다. 그는 편지를 예상하지 못했음이 분명했다. 그날 거기 편지가 있으리라고는 전혀 생각지 못한 것이다. 그러나 편지를 예상하지 못했다 하더라도 어떤 내용이 들어 있는지는 충분히 잘 알고 있는 듯했다. 그는 바로 편지를 뜯지 않고 가만히 서 있었다. 그의 얼굴에서 서서히 핏기가 가셨다. 편지에 손을 댈 용기를 내지 못하는 것이 분명했다. 하지만 드디어 손을 내밀어 봉투를 열고는 불빛 쪽으로 가져갔다. 그가 샬럿을 등지고 서서 샬럿에게는 아래로 숙인 그의 머리와 살짝 웅크린 어깨만 보였다. 편지는 한 장이 분명했다. 그가 종이를 넘기지 않고 열번은 족히 되풀이해 읽었을 만큼 한참을 뚫어져라 들여다보았기 때문이다. 숨을 죽이고 그를 관찰하는 샬럿에게는 그렇게 보였다. 드디어 그가 움직였다. 그는 마치 완전히 내용을 해독하지 못했다는 듯 편지를 들어 올려 눈앞에 바짝 가져다 댔다. 그러더니 고개를 숙였다. 그녀는 그의 입술이 편지에 닿는 것을 보았다.

"케네스!" 그녀는 복도로 나오며 소리쳤다.

남편은 편지를 한 손에 구겨 쥐고 몸을 돌려 그녀를 보았다. "어디 있었어요?" 그가 자다 깬 사람처럼 당황한 목소리로 나지막이 물었다.

"서재에서 당신을 기다리고 있었죠." 그녀는 애써 침착한 목소리로 말했다. "무슨 일이에요? 그 편지 내용이 뭐예요? 당신 얼굴이 새파래요."

그녀가 불안해 어쩔 줄 몰라 하자 그는 차분해진 듯했다. 그가 가볍게 웃으며 호주머니 속에 봉투를 넣었다. "새파랗다고? 미안하군요. 힘든 하루였어요. 복잡한 사건이 두어 건 있어서. 너무 지쳐 보였나보군요."

"들어올 때는 지쳐 보이지 않았어요. 그 편지를 열면서……."

그는 샬럿의 뒤를 따라 서재로 들어왔다. 둘은 선 채로 마주 보았다. 샬럿은 그가 벌써 자제력을 회복했음을 알았다. 그는 직업 덕분에 표정과 목소리를 금방 가다듬도록 훈련돼 있었다. 아무리 그의 비밀을 알아내려 해도 샬럿이 불리할 것이 뻔했다. 하지만 동시에 그를 교묘하게 조종하고, 살살 꼬여서 숨기고 싶어 하는 것을 다 털어놓게 만들고픈 마음도 싹 사라졌다. 수수께끼를 파헤치고 싶은 마음은 여전했지만, 그것은 어디까지나 그것이 암시하는 짐을 덜어주고 싶어서였다. '그게 다른 여자일지라도 말이야.' 그녀는 생각했다.

"케네스." 그녀의 가슴이 흥분으로 두방망이질했다. "실은 일부러 당신이 들어오는 것을 보려고 여기에서 기다렸어요. 당신이 그 편지를 열어볼 동안 관찰하고 싶었거든요."

창백하던 그의 얼굴이 시뻘게졌다. 그러더니 다시 창백해졌다. "그 편지? 왜 하필 그 편지요?"

"그 편지가 올 때마다 당신이 이렇게 기묘하게 반응하는 것 같아서요."

그녀가 한 번도 본 적 없는 분노로 그의 눈 사이에 주름이 파였다. 그녀는 속으로 생각했다. '저 이 얼굴 윗부분이 너무 좁네. 전에는 전혀 몰랐는데.'

그는 범인을 고발하는 변호사가 자신의 주장을 펼칠 때 쓰는 차갑고 약간 비꼬는 투로 말했다. "아, 그러니까 당신은 사람들이 편지를 열어볼 동안 몰래 관찰하는 습관이 있군요?"

"습관이 아니에요. 나도 이런 적은 처음이에요. 하지만 그 여자가 당신에게 일정한 간격을 두고 그 회색 봉투 속 편지를 쓴다는 것을 알았어요."

그는 잠시 그 말을 생각해보았다. "간격이 일정하지는 않았어요." 그가 말했다.

"아, 나보다 당신이 날짜를 더 잘 따져보고 있었군요."

그녀도 그의 말투에 발끈해서 받아쳤다. "내 말은 그 여자가 당신에게 편지를 보낼 때마다……."

"왜 여자라고 생각하는 거요?"

"여자의 필적이니까요. 당신도 알 텐데요?"

그가 미소 지었다. "그래요. 나도 그렇게 생각해요. 단지 일반적으로는 남자의 필적에 더 가까워 보여서 물어봤어요."

샬럿은 조급한 마음에 이 말은 넘겨들었다. "그 여자가 당신한테 뭐라고 썼죠?"

그는 또 잠시 생각하는 듯했다. "일과 관련한 거요."

"법률 일 말인가요?"

"그런 셈이지. 대체로 업무적인 거요."

"그 여자 일을 봐주고 있나요?"

"그래요."

"봐준 지 오래됐어요?"

"그래요. 꽤 오래됐어요."

"케네스, 여보, 그 여자가 누구인지 말 안 해줄 건가요?"

"그건 말해줄 수 없어요." 그는 말을 끊고 뭔가 망설이듯 이렇게 말했다. "직업상 비밀이에요."

샬럿의 심장에서 관자놀이로 피가 몰렸다. "그런 말은 말아요. 하지 마요!"

"왜?"

"당신이 편지에 입 맞추는 것을 봤으니까."

그 말의 효과는 너무나 강력해서 그녀는 말을 뱉자마자 후회했다. 그녀가 꼬치꼬치 따져 물어도 떼쓰는 어린아이의 비위를 맞춰주듯 어느 정도는 경멸이 담긴 냉정을 유지하던 남편의 얼굴에 공포와 고뇌가 떠올랐다. 잠시 동안 그는 말을 잇지 못했다. 그러더니 간신히 정신을 차리고 애써 더듬더듬 말했다. "필체가 너무 희미해서…… 자세히 보려고 눈 가까이로 편지를 가져가는 것을 보았던 거요."

"아뇨, 당신이 입 맞추는 것을 똑똑히 봤어요." 그는 말이 없었다. "그걸 내가 못 봤다고요?"

그는 될 대로 되라는 듯이 중얼거렸다. "그럴지도 모르지."

"케네스! 진심으로 하는 말이에요?"

"내가 무슨 말을 한들 소용 있겠어요? 말했듯이 업무상의 편지라니까. 내가 거짓말을 한다는 거요? 편지를 보낸 사람은 아주 오래된 친구이지만 못 본 지 한참 됐어요."

"남자들은 업무적인 편지에 입 맞추지 않아요. 아주 오랜 친구가 보낸 것이라 해도. 사귄 적이 있고 아직도 그리워하고 있는 게 아니라면."

그는 어깨를 살짝 으쓱하곤 마치 논쟁은 이것으로 끝이며 약간 진절머리가 난다는 듯 몸을 돌렸다.

"케네스!" 샬럿은 그에게 다가가 그의 팔을 잡았다.

그는 지친 얼굴로 발걸음을 멈추고 그녀의 손을 자기 손으로 덮었다. "내 말을 믿지 않는 거요?" 그가 부드럽게 물었다.

"어떻게 믿어요? 당신이 편지들을 받는 모습을 죽 보았는데. 몇 달 동안 계속 편지가 왔잖아요. 우리가 서인도제도에서 돌아온 후부터. 그중 한 통은 우리가 돌아온 바로 그날 왔어요. 그리고 편지가 올 때마다 당신이 기묘하게 반응하는 것도 봤고요. 마치 누군가가 우리 사이를 멀어지게 하려는 듯이. 당신이 심란해하고 번민하는 것도 알아요."

"아니에요, 여보, 그건 아니에요. 절대 아니라고!"

그녀는 뒤로 물러서서 간절히 애원하는 눈빛으로 그를 바라보았다. "그렇다면 증명해줘요, 여보. 어려운 일도 아니잖아요!"

그가 억지로 웃었다. "이미 머릿속에 자기 생각이 박혀버린 여자에게 뭔가를 증명하기는 쉽지 않아요."

"나한테 편지를 보여주면 되잖아요."

그가 잡고 있던 손을 거두었다. 그는 뒤로 물러서며 고개를 저었다.

"못 한다고요?"

"그건 할 수 없어요."

"그렇다면 편지를 쓴 여자는 당신의 정부로군요."

"아니에요, 여보, 아니에요."

"지금은 아닐 수도 있겠지요. 아마도 그 여자는 당신을 되돌아오게 하려고 애쓰는 중이고 당신은 내가 마음에 걸려서 거부하고 있나보군요. 딱하기도 하지!"

"맹세코 그 여자는 내 정부가 아니에요."

샬럿은 눈물이 솟는 것을 느꼈다. "그럼 더 나빠요. 희망이 없어요! 영악스러운 여자들은 한번 잡은 남자는 절대 놔주지 않아요. 누구나 다 아는 사실이지요." 그녀는 손을 들어 얼굴을 가렸다.

남편은 여전히 말이 없었다. 그는 위로도 부인도 하지 않았다. 눈물을 닦은 그녀가 주저하며 그의 눈을 바라보았다.

"케네스, 생각해봐요! 우리는 결혼한 지 얼마 되지 않았어요. 당신이 나에게 어떤 고통을 주고 있는지 상상해보라고요. 나에게 당신은 그 편지를 보여줄 수 없다고 해요. 설명조차 하려 하지 않아요."

"편지는 업무상 온 것이라고 말했잖아요. 그것도 맹세할 수 있어요."

"남자들은 여자를 감싸주기 위해서는 뭐든 다 맹세할 수 있지요. 내가 믿어주기를 바란다면, 그녀의 이름만이라도 말해줘요. 그러면 편지를 보여달라는 부탁은 하지 않을게요."

한동안 긴장감이 흘렀다. 샬럿은 자신이 초래한 위험을 경고라도 하듯 심장이 빠르게 갈빗대를 두드리는 것을 느꼈다.

"말해줄 수 없어요." 그가 드디어 내뱉은 말이었다.

"이름조차도요?"

"그래요."

"아무것도 더는 말해줄 수 없다는 건가요?"

"그래요."

다시 침묵이 흘렀다. 이번에는 둘 다 언쟁이 끝났음을 알았다. 그들은 상대를 이해할 수 없다는 당황스러움에 무력하게 서로를 바라보았다.

샬럿의 호흡이 빨라졌다. 그녀는 가슴에 손을 대고 눌렀다. 힘든 경기를 치렀음에도 목표를 놓친 기분이었다. 남편을 움직여보려 했으나 그의 짜증만 돋울 뿐이었다. 이런 계산 실수 탓에 남편이 낯선 사람, 아무리 싸움을 걸거나 매달려봐도 소용없고 이해할 수 없는 수수께끼의 존재가 돼버린 듯했다. 이상한 점은 그에게서 적의는 물론이고 조바심조차 느낄 수 없고, 다만 멀어진 느낌, 다가갈 수 없다는 느낌만 받았다는 것이다. 이것이 훨씬 더 극복하기 어려워 보였다. 그의 인생에서 쫓겨나고, 무시당하고, 지워져버린 기분이었다. 그러나 잠시 후 마음을 가라앉히고 그를 보니 남편 역시 괴로워하고 있었다. 그의 초연하고 신중한 얼굴이 고통으로 일그러졌다. 회색 봉투가 오면 늘 그림자를 드리우기는 했어도 아내와의 언쟁만큼 그에게 깊은 흔적을 남기지는 않았다.

샬럿은 기운을 얻었다. 어쩌면 아직 그녀에게 마지막 한 수가 남았는지도 모른다. 그녀는 더 가까이 다가가 한 번 더 남편의 팔을 잡았다. "불쌍한 케네스! 내가 당신을 얼마나 안쓰럽게 여기는지 안다면⋯⋯."

동정심을 표현하자 살짝 움찔한 것 같았지만, 그는 샬럿의 손을 잡곤 힘을 주었다. 그녀가 말했다.

"오래도록 사랑할 수 없다면 그보다 더 나쁜 일은 없을 거예요. 위대한 사랑의 아름다움을 느끼지 못하고, 마음이 쉽게 변해서 그 짐을 지지 못한다면요."

그가 아쉬움과 질책을 담은 표정으로 그녀를 보았다. "오, 그런 말은 말아요. 마음이 쉽게 변한다니!"

그녀는 드디어 제대로 걸렸다고 느꼈다. 떨리고 흥분된 목소리로 말을 계속했다. "그렇다면 나와 이 다른 여자는요? 당신은 1년도 안 돼 벌써 엘시를 두 번째로 잊는 게 아닌가요?"

그녀가 그의 첫 아내의 이름을 입에 올린 적은 거의 없었다. 자연스럽게 입에 올려지지 않았었다. 그녀는 마치 그들 사이의 열린 공간에 뭔가 위험한 폭발물을 던지듯 그 이름을 뱉곤 한 걸음 뒤로 물러서서 그것이 터지기를 기다렸다.

남편은 움직이지 않았다. 그의 표정은 점점 더 슬퍼졌지만 분노한 기색은 없었다. "나는 엘시를 결코 잊은 적이 없어요." 그가 말했다.

샬럿은 슬쩍 터지는 웃음을 참지 못했다. "저런, 딱하기도 해라. 우리 셋 중에⋯⋯."

"그런 건 없어요." 그는 말을 하려다가 뚝 끊고 이마를 손으로 짚었다.

"뭐가 없다고요?"

"미안해요. 내가 무슨 소리를 하는 건지 나도 모르겠군. 두통이 너무 심해서." 과연 그의 창백하고 일그러진 얼굴을 보면 거짓말은 아닌 듯했으나 한사코 피하려는 그의 태도에 머리끝까지 화가 치밀었다.

"아, 그래요. 그 회색 봉투 두통이죠!"

그녀는 그의 눈빛에서 놀란 기색을 읽었다.

"나를 얼마나 꼼꼼히 관찰했는지 잊고 있었군." 그가 차갑게 말했다. "괜찮다면 나는 올라가서 한 시간쯤 어두운 데서 신경통을 가라앉힐게요."

그녀는 마음이 약해져 지푸라기라도 잡는 심정으로 말했다. "머리가 아프다니 안됐어요. 하지만 가기 전에 조만간 우리 사이의 이 문제를 해결해야 한다고 말해두고 싶어요. 누군가가 우리 사이를 갈라놓으려 하고 있어요. 난 무슨 수를 써서라도 그게 누구인지 알아야겠어요." 그녀는 그의 눈에서 시선을 떼지 않았다. "당신의 사랑을 잃는 한이 있더라도 상관없어요! 당신에게서 확신을 얻을 수 없다면 다른 건 아무것도 필요 없어요."

그는 여전히 유감스러운 눈으로 그녀를 보고 있었다. "시간을 좀 줘요."

"무엇을 위해서요? 그냥 말만 해주면 되는데."

"당신이 내 애정도, 확신도 잃은 적이 없다는 것을 보여줄 시간."

"그래요. 기다릴게요."

그는 문 쪽으로 향하다가 주저하며 뒤돌아보았다. "오, 기다려줘요, 여보." 그는 이렇게 말하곤 방을 나갔다.

계단을 오르는 지친 발걸음 소리와 침실 문이 닫히는 소리가 들렸다. 그녀는 의자에 털썩 주저앉아 양팔에 얼굴을 묻었다. 맨 처음 느낀 감정은 죄책감 비슷한 것이었다. 스스로가 가혹하고, 무정하고, 상상력이 부족하다고 느꼈다. '고집을 부리다가 그의 사랑을 잃어도 좋다고 말하다니! 이런 거짓말쟁이 쓰레기!' 남편을 뒤따라가 생각 없이 한 말을 취소해야겠다는 생각으로 벌떡 일어섰다. 그러나 다시 생각해보곤 충동을 억눌렀다. 어쨌거나 그는 자기 뜻대로 했다. 자신의 비밀에 대한 공격을 전부 회피했고, 이제는 자기 방에 홀로 들어앉아 다른 여자의 편지를 읽고 있다.

3

여전히 그 생각에 빠져 있는데 놀란 하녀가 들어와 샬럿을 찾았다. 샬럿은 하녀에게 말했다. "저녁 식사를 위해 옷을 갈아입지 않을 거야. 주인어른은 저녁 생각이 없다고 하셨어. 너무 피곤해서 자기 방으로 쉬러 가셨어." 그녀는 계단을 올라 자기 침실로 갔다. 만찬용 드레스가 침대 위에 펼쳐져 있었다. 그것을 보니 일상의 평온한 일과가 다시 생각났다. 조금 전 남편과 나누었던 기묘한 대화가 다른 세상에서, 샬럿 고스와 케네스 애슈비가 아닌 두 존재, 그녀의 열기에 들뜬 상상이 투사한 환영들 사이에서 일어났던 것 같았다. 그녀는 결혼한 후로 보낸 시간을 회상했다. 남편의 끊임없는 헌신적 애정, 지속적인, 끈질기다고 할 정도의 다정함, 마치 그녀의 영혼과 자신의 영혼 사이에 공기가 충분하지 않다는 듯이 때때로 그녀에게 너무 의존한다 싶고 너무 바짝 붙어 있는 듯한 느낌. 그 모든 일을 돌이켜보니 바로 조금 전 다른 여자에게 한눈을 팔았다며 그를 비난했던 것이 말도 안 되는 일 같았다. 하지만 무슨…….

그녀는 다시 남편에게 용서를 구하고 오해였다며 웃어넘기고픈 충동에 마음이 흔들렸다. 하지만 혼자 있고 싶어 하는 남편을 방해할까 두려워 참았다. 그는 뭔가 슬픔 아니면 공포에 억눌려 괴로워하고 불행해하고 있었다. 아내에게 홀로 자신의 싸움을 하고 싶다는 뜻을 내비쳤다. 그의 소원대로 따라주는 편이 더 너그럽고 현명한 행동일 것이다. 그렇다 해도 그가 바로 옆방에 있는데 마치 세상 반대편 끝에 있는 듯한 기분을 느끼다니 얼마나 이상하고 참기 어려운지! 그녀는 초조하고 짜증이 난 나머지 편지를 열어보고 그가 들어오기 전 복도의 탁자 위에 도로 가져다놓을 용기를 내지 못한 것이 후회될 지경이었다. 그랬더라면 적어도 그의 비밀이 무엇인지는 알게 됐을 것이고, 불안이 진정됐을지 모른다. 그녀는 그 수수께끼가 뭔가 의식이 있는 것, 악의를 품은 것으로 생각되기 시작했다. 그가 움찔하고 물러서면서도 떨쳐내지 못하는 비밀스러운 괴롭힘 같았다. 한두 번 그의 회피하는 눈빛 속에서 도움을 청하고픈 마음, 털어놓고 싶은 충동이 언뜻 비치는 듯했으나 이내 억눌렸다. 마치 그녀가 알게 된다면 도와줄 수 있을지 모른다고 생각하지만, 그녀에게 말할 수 없는 것 같았다!

갑자기 시어머니를 찾아가봐야겠다는 생각이 번쩍 들었다. 그녀는 연로한 시어머니를 아주 좋아했다. 살집이 단단하고 눈빛이 또렷한 노부인의 무뚝뚝한 듯하면서도 재기 넘치는 말투는 샬럿의 솔직담백하고 단순한 면과 잘 맞았다. 시어머니와 새 며느리가 처음 만난 날부터 둘 사이에는 무언의 유대가 있었다. 처음 새 며느리를 만나 점심을 함께한 날, 애슈비 노부인은 아래층 서재에서 샬럿의 환영을 받으며 아들의 테이블 위편 텅 빈 벽을 힐끗 보고는 짧게 한마디 했다. "엘시는 치웠구나?" 그러고는 샬럿이 머뭇거리며 해명하자 이렇게 덧붙였다. "말 같지 않은 소리. 엘시는 신경 쓰지 말렴. 딱 너희 둘이면 되지." 샬럿은 자신의 속마음을 이렇게 제대로 짚어주는 시어머니와 공모의 미소를 주고받지 않을 수 없었다. 애슈비 부인이라면 신기할 정도의 솔직함으로 이 새로운 수수께끼의 핵심을 꿰뚫어 볼지도 모른다. 하지만 이 지점에서 그녀는 다시 망설였다. 배신을 저지르는 듯한 기분이 들었다. 아무리 가까운 친족이라 할지라도 무슨 권리로 다른 사람에게 남편이 애써 숨기려 하는 비밀을 누설한단 말인가? '어쩌면 곧 그이가 자진해서 어머님께 말씀드릴지도 모르지.' 그녀는 생각 끝에 이렇게 매듭지었다. '하지만 그게 무슨 상관이람? 우리 문제는 우리끼리 해결해야지.'

아직도 그 문제로 생각에 빠져 있는데, 문 두드리는 소리가 들리더니 남편이 들어왔다. 저녁 식사를 위한 복장으로 차려입고 나타난 그는 침대 위에 드레스를 펼쳐놓고 그대로 앉아 있는 그녀의 모습에 놀란 기색이었다.

"안 내려갈 거요?"

"몸이 좋지 않아 잠자리에 든 줄 알았어요." 그녀가 더듬거리며 말했다.

그가 억지로 미소를 지었다. "몸이 썩 좋지는 않지만 내려가는 게 좋겠어요." 그의 얼굴은 여전히 핼쑥했지만 한 시간 전 위층으로 도망치듯 올라갈 때에 비하면 차분해져 있었다.

그녀는 생각했다. '역시 그렇군. 저이는 편지의 내용을 알고 있고 그게 뭐건 간에 다시 자신의 싸움을 끝냈어. 나는 여전히 어둠 속에 있는데.' 그녀는 종을 울리고는 되도록 빨리 저녁을 차리라고 서둘러 일렀다. 자신과 남편 모두 좀 피곤하고 그리 배고프지는 않으니 뭐든 빨리 준비할 수 있는 것으로 간단히 차리라고 했다.

저녁 식사가 차려지고 그들은 아래층으로 내려갔다. 처음에는 둘 다 무슨 말을 해야 좋을지 몰랐다. 그러다가 애슈비가 짐짓 태연한 척 대화를 시작했지만 차라리 입을 다물고 있는 편이 덜 답답할 것 같았다. '저이가 너무 피곤해 보이네! 끔찍하리만치 지쳐 보여!' 샬럿은 그가 시의 정치 문제, 항공 산업, 현대 프랑스 회화 전시회, 연로한 이모님의 건강, 자동전화 설치 등에 대해 끝없이 주절거리는 동안 자기 생각에 빠졌다. '세상에, 너무 피곤해 보여!'

단둘이 저녁 식사를 마치고 나면 대개는 서재로 갔다. 거기서 샬럿은 뜨개질거리를 들고 긴 의자에 누웠고, 그는 램프 불빛 아래 안락의자에 앉아 담배 파이프에 불을 붙였다. 그러나 그날 저녁에는 무언의 합의가 이루어졌는지 그들은 기묘한 대화를 나눴던 서재를 피해 샬럿의 응접실로 올라갔다.

그들이 불 옆에 앉았을 때 샬럿이 말했다. "당신 파이프는요?" 그는 맛도 보지 않은 커피를 내려놓았다.

그가 고개를 저었다. "오늘 밤은 안 피울 거요."

"당신 일찍 자야겠어요. 너무 피곤해 보여요. 사무실에서 과로하나봐요."

"다들 가끔은 과로할 때가 있지."

그녀는 크게 마음먹고 그의 앞에 다가섰다. "자, 그런 식으로 뼈 빠지게 일하느라 기운을 다 써버리면 안 돼요. 그건 말도 안 돼요. 당신 병나겠어요." 그녀는 남편의 위로 허리를 구부려 이마를 짚었다. "불쌍한 늙은 케네스. 곧 긴 휴가를 떠날 준비를 하자고요."

그가 놀란 얼굴로 그녀를 올려다보았다. "휴가라고?"

"네, 내가 부활절에 당신과 함께 떠나려던 거 몰랐어요? 이주 후에 어디든 좋으니 한 달짜리 항해를 떠나는 거예요. 큰 증기 유람선으로요." 그녀는 말을 멈추고, 허리를 더 숙여 그의 이마에 키스했다. "나도 피곤해요, 케네스."

그는 그녀가 마지막으로 한 말에는 신경 쓰지 않는 듯했지만, 무릎에 두 손을 올리고 그녀의 애무에 고개를 뒤로 살짝 젖힌 채 걱정스러운 눈빛으로 그녀를 올려다보았다. "또? 여보, 그건 안 돼요. 여행을 떠나기는 어려워요."

"당신이 왜 '또'라고 하는지 모르겠군요, 케네스. 한동안 우리는 휴가다운 휴가를 떠나본 적이 없어요."

"크리스마스에 아이들과 시골에서 일주일 있었잖아요."

"그렇죠. 하지만 이번에는 아이들로부터, 하인들로부터, 집으로부터 떠나 있고 싶어요. 익숙하고 피곤한 모든 것으로부터요. 조이스와 피터는 어머님이 기쁘게 맡아주실 거예요."

그는 이마를 찌푸리고 천천히 고개를 저었다. "안 돼요. 아이들을 어머니에게 맡길 수는 없어요."

"아, 케네스, 대체 왜 그러는 거예요! 어머님은 아이들을 예뻐하세요. 우리가 서인도제도에 갈 때는 두 달이 넘도록 잘만

맡겼으면서."

그가 숨을 깊이 들이쉬더니 불편한 기색으로 일어섰다. "그 때는 달랐지."

"달랐다고요? 왜요?"

"내 말은 그때는 나도 몰랐다는 거요." 그는 말을 고르듯 잠시 끊었다가 다시 이어서 말했다. "어머니는 당신 말대로 아이들을 예뻐해요. 하지만 어머니가 늘 썩 분별 있다고는 할 수 없어요. 할머니들은 항상 아이들 버릇을 버려놓는단 말이지. 그리고 가끔은 아이들 앞에서 생각 없이 말씀을 하시거든." 그는 거의 애원하듯 애처롭게 아내 쪽으로 돌아섰다. "그러지 맙시다, 여보."

샬럿은 생각에 잠겼다. 시어머니가 말을 가리지 않는 것은 사실이지만, 손자들 앞에서 아무리 까다로운 부모라도 기분 나쁘게 여길 만한 말을 할 분은 절대 아니었다. 샬럿은 당혹스러운 얼굴로 남편을 쳐다보았다.

"이해를 못 하겠어요."

그는 계속해서 난처한 듯 애원하는 눈빛으로 그녀를 보았다. "그러지 말아요." 그가 간신히 말했다.

"그러지 말라고요?"

"지금은 그러지 맙시다. 아직은." 그가 손을 들어 관자놀이를 눌렀다. "고집부려도 소용없다는 걸 모르겠어요? 가고 싶다 해도 난 갈 수 없어요."

샬럿은 그를 자세히 뜯어보았다. 그의 입술이 떨리더니 그가 거의 들리지 않을 정도로 숨죽여 말했다. "나도 원해요. 당신이 원하는 것이라면 뭐든지."

"그런데……."

"나한테 묻지 말아요. 난 떠날 수 없어요. 못 간다고!"

"당신 말은 그 편지들이 손에 닿지 않는 곳으로는 갈 수 없단 말이지요!"

남편은 반쯤 망설이는 태도로 불안스레 그녀 앞에 서 있었다. 그러다 돌연 몸을 휙 돌려 고개를 푹 숙이고는 카펫에 시선을 고정한 채 방을 두어 번 왔다 갔다 했다.

샬럿은 두려운 마음이 들면서 동시에 분노가 치밀어 올랐다. "그거잖아요. 왜 인정을 못 해요? 편지가 없으면 살 수 없다는 거."

그는 계속해서 괴로운 듯 방 안을 걸어 다니기만 했다. 그러더니 우뚝 멈추더니 의자에 털썩 앉아 두 손으로 얼굴을 가렸다. 샬럿은 남편의 어깨가 떨리는 것으로 흐느끼고 있음을 알았다. 남자가 우는 걸 어머니가 돌아가셨을 때 울던 아버지의 모습 말고는 한 번도 본 적이 없었다. 아직도 그 모습이 얼마나 무서웠는지 기억하고 있었다. 지금도 그녀는 무서웠다. 남편이 자신에게서 멀어져 뭔가 알 수 없는 속박 속으로 끌려가는 것 같고, 그의 자유와 자신의 자유를 위해 마지막 남은 힘까지 다 짜내 싸워야 할 것만 같았다.

"케네스, 케네스!" 그녀가 남편 곁에서 무릎을 꿇고 애원했다. "내 말 들려요? 내가 왜 괴로워하는지 당신은 알려고도 하지 않나요? 내가 지나친 게 아니잖아요, 여보. 진짜로 아니에요. 편지들이 당신에게 아무런 영향도 미치지 않았다면 나도 신경 쓰지 않았을 거예요. 난 남의 일을 꼬치꼬치 캐고 다니는 사람이 아니라고요. 그래요. 내 말을 잘 들어요. 편지가 다른 식으로 영향을 미쳤다면, 편지가 당신을 행복하게 해주었다면, 다음 편지가 올 때까지 날짜를 세면서 당신이 열심히 편지를 찾는 모습을 보았다면, 당신에게 내가 어떻게 줄 수 있을지 알지 못했던 무언가를 주었다면 아, 케네스, 그렇더라도 내가 괴롭지 않았을 거라고는 말 못 하겠네요. 하지만 이런 식은 아니었겠지요. 내 감정을 숨길 용기가 있어야 했을 것이고, 언젠가는 당신이 그 편지를 쓴 사람에 대해 느끼는 것과 같은 감정을 나에게도 가져줄 날이 오기를 바라야 했겠지요. 하지만 당신이 편지들을 너무나 두려워하고, 편지 때문에 괴로워하면서도 편지 없이는 살지 못하고, 행여라도 집을 비워서 편지를 놓칠까봐 떠나지도 못하는 모습을 보는 것만큼은 참을 수 없어요. 아니면……." 그녀는 비난의 목소리로 격하게 외쳤다. "그 여자가 당신에게 떠나지 말라고 했기 때문일 수도 있겠지요. 케네스, 대답해줘요! 그래서인가요? 그녀가 나와 함께 떠나지 말라고 해서 그런 거예요?"

샬럿은 계속 남편 옆에서 무릎을 꿇고 앉아 부드럽게 그의 손을 잡아끌었다. 끈질기게 매달리는 것이 부끄러웠고, 혼란에 빠져 엉망진창이 된 얼굴을 드러내기 창피했지만, 양심의 가책 따위에 사로잡히지 않겠다고 결심했다. 그는 시선을 떨구었다. 그의 얼굴 근육이 떨렸다. 그녀는 자신을 괴롭히는 것보다 훨씬 더 그를 괴롭게 만들고 있었다. 그러나 더는 자제할 수 없었다.

"케네스, 그 때문이에요? 그 여자가 우리를 떠나지 못하게 하는 거예요?"

그러나 그는 입을 열지도, 그녀에게 눈을 돌리지도 않았다. 패배감이 그녀를 덮쳤다. 결국 싸움에서 졌다고 생각했다. "대답할 필요 없어요. 내 생각이 맞았어요." 그녀가 말했다.

갑자기 그녀가 일어서자 그는 몸을 돌려 그녀를 잡아끌었다. 그녀의 손을 너무 힘주어 꽉 잡아서 반지가 살 속으로 파고들었다. 그의 손에 발작하듯 겁에 질린 느낌이 있었다. 절벽에서 떨어지지 않으려 움켜쥐는 사람의 손이었다. "당연히 우리는 함께 떠날 거요. 당신이 원하는 곳이라면 어디든 갑시다." 그가 혼란스러운 목소리로 나지막이 말했다. 그는 그녀를 품에 안고 입 맞추었다.

4

샬럿은 이렇게 혼잣말을 했다. "오늘 밤은 자야지." 하지만
그러는 대신 불 앞에 앉아 한밤중까지 남편의 방에서 무슨
소리라도 들리지 않는지 촉각을 곤두세웠다. 그러나 그는 저
녁의 소란 이후에는 쉬고 있는 듯했다. 한두 번 살짝 문으로
가보면 열린 창문을 통해 새어 들어오는 거리의 희미한 불빛
속에서 대자로 누워 깊은 잠에 빠진 남편의 모습이 보였다.
기운이 빠지고 지쳐서 자는 잠이었다. 그녀는 생각했다. '저
이는 아픈 거야. 틀림없어. 그리고 과로가 아니야. 이 정체를
알 수 없는 괴롭힘 때문이야.'

그녀는 안도의 한숨을 내쉬었다. 진 빠지는 싸움을 치렀고,
이제 승리는 그녀의 것이었다. 적어도 그 순간만큼은 그랬
다. 그들이 즉시 시작할 수만 있다면, 어디로든 떠날 수만 있
다면! 그에게 휴일이 오기 전에 떠나자고 졸라봤자 소용없을
것이 뻔했다. 그러는 동안 그 은밀한 영향력(그녀가 여전히 짐
작도 할 수 없는)은 계속해서 그녀를 공격할 테고, 남편과 함께
여행을 떠날 때까지 하루하루 싸움을 되풀이해야 했을 것이
다. 그러나 그 후에는 모든 것이 달라질 것이다. 일단 남편을
다른 하늘 아래로 데려가 독차지할 수만 있다면, 자신의 힘으
로 남편을 사로잡은 사악한 주문으로부터 구해낼 수 있으리
라는 데 한 치의 의심도 없었다. 그 생각으로 마음을 진정시

키면서 그녀도 간신히 잠이 들었다.

잠에서 깨어보니 평소 일어나던 시간보다 한참 뒤였다. 그녀는 늦잠을 잔 데 놀라고 짜증이 나서 일어나 침대에 앉았다. 그녀는 항상 서재의 난롯가에 앉아 남편과 함께 아침 식사를 하는 것을 좋아했다. 그러나 시계를 보니 그가 출근한지 한참이나 지난 게 분명했다. 침대에서 뛰쳐나와 그의 방으로 가보았지만 텅 비어 있었다. 그는 떠나기 전 그녀를 보러 왔다가 자고 있는 것을 보고는 깨우지 않고 아래층으로 내려간 것이 틀림없었다. 그들의 관계는 함께 보낼 수 있었던 아침 시간을 놓친 걸 아쉬워할 만큼 연인 같았다.

그녀는 종을 울려 남편이 벌써 나갔냐고 물었다. 한 시간쯤 전에 나갔다고 하녀가 대답했다. 주인어른이 마님을 깨우지 말고, 아이들도 마님이 불러오라 하기 전에는 마님께 가지 못하게 하도록 분부하셨다고 했다. 그가 직접 육아실에 가서 그렇게 일렀다고. 모든 것이 평소와 다를 바 없이 범상하게 들렸기에 샬럿은 왜 이런 질문을 던졌는지 자기도 이유를 알 수 없었다. "그러면 다른 말씀을 남긴 것은 없니?"

하녀는 있다고 대답했다. 깜박 잊어서 죄송하다고, 주인어른께서 떠나시면서 마님께 항해를 준비할 테니 내일 배를 탈 채비를 하도록 전해달라 하셨다고 했다.

샬럿은 하녀의 '내일'이라는 말을 되풀이하며 믿을 수 없다는 듯 그녀를 멍하니 쳐다보았다. "내일, 정말로 내일 배를 탄다고 하셨니?"

"네, 틀림없어요, 마님. 그 말씀을 전하는 걸 어떻게 잊어버렸는지 모르겠네요."

"흠, 괜찮아. 목욕물을 좀 받아주렴." 샬럿은 벌떡 일어나 서둘러 몸단장하고 머리를 빗으면서 거울에 비친 모습을 보고 노래를 흥얼거렸다. 이런 승리를 거두었다니 다시 젊어진 기분이었다. 다른 여자는 수평선 위의 점으로 사라졌고, 샬럿이 제일 앞자리를 차지하고 앉아 거울에 비친 입술과 눈에 미소로 화답해주었다. 남편은 그녀를 사랑한다. 그녀를 온 열정을 다해 사랑한다. 그녀가 무엇 때문에 괴로워하고 있는지 짐작하고, 그들이 행복하려면 무조건 당장 떠나야 한다는 사실을 이해한 것이다. 어젯밤에 안개 속에서 필사적으로 더듬은 끝에 다시 서로를 찾았다. 그들 사이를 비집고 들어왔던 영향력이 무엇이었는지는 이제 샬럿에게 큰 문제가 아니었다. 그녀는 그 환영과 대면해 그것을 쫓아버렸다. "용기, 그게 바로 비밀이었어! 사랑에 빠진 사람들이 두려움 없이 눈빛 속에서 행복을 찾아낼 수만 있다면." 밝은색의 풍성한 머리카락을 빗어넘기자 정전기가 일어 머리카락이 승리의 상징처럼 그녀의 얼굴 위로 굽이쳤다. 남자를 다루는 법을 아는 여자들도 있고 그렇지 못한 여자들도 있다. 미인만이(그녀는 마음대로 다른 말로 표현을 바꾸었다) 용기 있는 자를 얻는다! 당연히 그녀는 아주 예뻐 보였다.

밝은 바다 위의 작은 배처럼 아침이 춤을 추었다. 그들이 곧 쏜살같이 날아가게 될 그 바다였다. 그녀는 특별히 저녁 식사를 성대하게 차리라고 이르고, 아이들이 수업을 받으러 가는 것을 보고 나서 트렁크를 가져와 하녀와 함께 여름옷을 챙겼다. 물론 덥고 햇살 좋은 곳으로 가게 될 테니까 케네스의 플란넬 양복을 꺼내지 말아야 하나 고민했다. 그녀는 생각했다. '하지만 어디로 갈지도 아직 모른다니 말이 되나?' 시계를 보니 정오가 가까웠다. 남편의 사무실로 전화를 걸어보기로 마음먹었다. 약간 시간이 걸렸다. 남편의 비서가 애슈비 씨는 이른 시간에 잠시 들렀다가 바로 나갔다고 말해주었다……. 아, 알겠습니다. 나중에 다시 전화드리겠습니다. 그이가 언제쯤 돌아올까요? 비서는 자기도 모르겠다고 대답했다. 사무실에서 아는 것이라곤 그가 교외로 나가야 하기 때문에 시간이 없다고 말했다는 것뿐이었다.

교외로 나간다고! 샬럿은 전화를 끊고 새로운 어둠 속을 멍하니 응시했다. 왜 교외로 나갔을까? 어디로 간 것일까? 하고많은 날 중에서 왜 하필 출발하기로 한 전날 저녁일까? 그녀는 근심으로 가벼운 전율을 느꼈다. 틀림없이 그 여자를 만나러 간 것이다. 떠나도 좋다는 허락을 받으러 간 것이 분명하다. 그는 그 정도로 완벽하게 그 여자의 손아귀 안에 있다. 자신이 이겼다고 생각했다니 얼마나 어리석었는지. 샬럿은 웃음을 터뜨리고 방 안을 왔다 갔다 하다가 다시 거울 앞에 앉았다. 지금은 그녀의 얼굴이 얼마나 달라 보이는가! 핏기 없은 입술에 떠오른 미소는 또 다른 샬럿의 장밋빛 환상을 조롱하는 듯했다. 그러나 서서히 혈색이 돌아왔다. 어쨌거나 남편이 다른 여자의 요구가 아니라 자기 뜻대로 움직여주고 있으니 승리를 주장할 자격이 있다. 그다음 날 떠나기로 갑작스럽게 결정을 내렸으니 당연히 준비해야 할 것도 있고 매듭지어야 할 업무상 문제들도 있을 것이다. 그가 꼭 편지를 쓴 사람을 만나러 갔으리라 걱정해야 할 이유도 없다. 교외에 사는 고객을 만나러 갔을 수도 있다. 물론 사무실에서 샬럿에게 그런 것을 말해주지는 않을 것이다. 비서는 애슈비 씨가 자리를 비웠다는 정도의 별것 아닌 정보조차도 주저하며 알려주었다. 그동안 그녀는 즐겁게 준비나 계속하고, 어떤 멋진 섬으로 자신을 데려갈지 느지막이 알게 되면 그만이다.

열심히 준비하다보니 시간이 쏜살같이 흘렀다. 하녀가 커튼을 치러 들어왔기에 몸을 일으켜 시계를 보니 놀랍게도 벌써 5시였다. 그런데 아직도 내일 어디로 가게 될지 모르고 있다니! 남편의 사무실로 전화를 걸었지만 애슈비 씨가 아침 일찍 나간 후로 아직 돌아오지 않았다는 말만 들었다. 남편의 동료에게도 물어보았지만 딱히 더 보태는 말이 없었다. 교외 열차를 늦게 타는 바람에 그가 사무실에 도착했을 때는 애슈비 씨가 이미 출근했다 나간 뒤였다는 것이다. 샬럿은 당황했다. 시어머니에게 전화해보기로 했다. 한 달이나 떠나 있게 될 테니까 케네스가 어머니를 뵈러 갔을 법도 했다. 그는 애매하게 반대했지만, 아이들을 시어머니에게 맡겨야 할 테니 당연히 어머니와 상의해 결정할 일들이 한두 가지가 아닐 것이다. 다른 때 같으면 샬럿은 자기를 빼놓고 둘만 상의한 데 약간 마음이 상했을지 모르지만, 지금은 자신이 이겼다는 사실, 남편이 다른 여자가 아니라 여전히 자신의 것이라는 사실만이 중요했다. 밝은 기분으로 시어머니에게 전화를 걸었고, 친숙한 목소리가 들리자 이렇게 말했다. "아, 그이 소식 듣고 놀라셨어요? 저희들의 사랑의 도피를 어떻게 생각하세요?"

시어머니가 미처 대답하기도 전에 샬럿은 그녀가 뭐라고 대답할지 알았다. 시어머니는 아들을 만나지 않았다. 아들에게서 아무 말도 듣지 못했고, 며느리가 무슨 말을 하는지도 몰랐다. 샬럿은 너무 놀란 나머지 할 말을 잃어버렸다. '하지만 그렇다면, 그이는 대체 어디로 간 거지?' 그녀는 생각했다. 가까스로 정신을 차리고 시어머니에게 그들이 갑작스럽게 내린 결정에 대해 설명했다. 그러면서 서서히 자신감을, 케네스와 그녀 사이에 다시는 아무것도 끼어들 수 없다는 확신을 되찾았다. 시어머니는 찬성하는 태도로 차분하게 그 소식을 받아들였다. 시어머니도 케네스가 불안하고 과로에 지쳐 보인다고 생각하던 참이었고, 이런 경우에는 변화를 주는 것이 가장 확실한 처방이라는 며느리의 의견에 동의했다. "그 애가 떠난다면야 항상 환영이다. 엘시는 여행을 싫어했거든. 늘 그 애가 아무 데도 가지 못하게 막을 구실을 찾곤 했지. 너는 다르니 얼마나 다행이니." 시어머니는 그가 떠난다는 사실을 자신에게 알릴 시간이 없었다는 데 놀라지 않았다. 결정을 내린 순간부터 서둘러야 했을 것이다. 하지만 틀림없이 저녁 식사 시간 전까지는 들어올 것이다. 오 분 정도면 해야 할 이야기는 다 할 수 있었다. "케네스는 열 마디 정도로 해결할 수 있는 문제를 곱씹고 또 곱씹는 집착증이 있어. 네가 천천히 고쳐주었으면 좋겠구나. 전에는 절대 그렇지 않았는데. 일까지 그 습관대로 했다가는 머지않아 고객들이 죄다 떨어져나갈 거다……. 그래, 시간이 되면 잠깐 이리로 오렴. 네가 여기 와 있을 동안 그 애도 나타나겠지." 샬럿이 준비를 계속할 동안에도 기운을 북돋아주는 시어머니의 목소리가 조용한 방에 맴돌았다.

7시가 다 됐을 무렵 전화벨이 울렸다. 그녀는 잽싸게 전화를 받았다. 역시 그럴 줄 알았다! 그러나 양심적인 비서로부터 온 전화였다. 비서는 애슈비 씨가 돌아오지 않았고, 아무런 전갈도 없었다고 말했다. 사무실 문을 닫기 전에 애슈비 부인에게 알려주어야 할 것 같아서 전화했다고 했다. "아, 알겠어요. 정말 고마워요!" 샬럿은 쾌활하게 외치고 떨리는 손으로 수화기를 내려놓았다. 어쩌면 지금쯤은 그가 시어머니 댁에 가 있을지 모른다는 생각이 들었다. 그녀는 서랍과 벽장을 닫고, 모자와 외투를 걸치고 육아실로 올라가 잠시 아이들의 할머니를 보러 다녀오겠노라고 말했다.

시어머니 댁은 멀지 않았다. 쌀쌀한 봄, 어스름을 헤치고 짧은 거리를 걸어갈 동안 샬럿은 자기 쪽으로 다가오는 사람들이 다 남편 같아 보였다. 그러나 가는 길에 남편을 만나지 못했고, 시어머니도 혼자 있었다. 케네스는 전화를 걸지도, 찾아오지도 않았다. 시어머니는 난롯가에 앉아 재빠른 손으로 뜨개질을 하고 있었다. 시어머니가 거기 있는 것만으로도 샬럿에게는 위안이 됐다. 케네스가 아무에게도 알리지 않고 온종일 자리를 비웠다니 이상한 일이었다. 하지만 또 충분히 있을 법한 일이었다. 바쁜 변호사는 처리할 일이 너무 많아서 계획을 갑자기 바꾸게 되면 온갖 예상치 못한 일을 대비해야 할 것이다. 교외에 고객을 만나러 갔다가 지체하게 됐을 수도 있다. 시어머니는 그가 뉴저지주 어딘가에 사는 괴상하고 늙은 은둔자의 법률 사무를 맡아주고 있다고 말한 것을 떠올렸다. 그는 엄청난 부자이지만 너무 구두쇠라서 전화기도 없다고 했다. 아마도 케네스는 거기에 발이 묶였을 것이다.

그러나 샬럿의 마음속에서는 점점 더 불안이 커져갔다. 내일 몇 시에 배를 타냐는 시어머니의 물음에 자기도 모른다고 대답하면서(케네스는 배표를 예약하겠다는 말만 남겼다) 새삼 이 상황이 얼마나 기이한지를 깨달았다. 시어머니조차 기묘한 일이라는 데 동의했다. 그러나 곧 그것만 봐도 그가 얼마나 다급한 상황인지 알겠다고 덧붙였다.

"하지만 어머니, 8시가 다 됐어요! 내일 몇 시에 출발할지는 제가 알고 있어야지요."

"아, 아마 배가 저녁이나 돼야 떠나는 모양이지. 조수 때문에 한밤중까지 기다려야 할 때도 있잖니. 케네스가 아마 그 점을 예상했을 거야. 그 애는 상황 판단이 정확하니까."

샬럿이 일어섰다. "그게 아니에요. 그이에게 무슨 일이 생긴 거예요."

시어머니가 안경을 벗고 뜨개질감을 돌돌 말았다. "자꾸 나쁜 쪽으로 상상하기 시작하면……."

"어머님은 걱정이 전혀 안 되세요?"

"걱정할 이유가 없는데 왜 걱정을 하겠니. 전화로 저녁 식사를 한다고 말하지 그랬니. 저녁 먹고 갈래? 틀림없이 그 애가 집으로 가는 길에 여기 들를 거다."

샬럿은 집에 전화를 걸었다. 하녀가 대답했다. "아뇨, 주인어른은 안 오셨어요. 전화도 없었고요. 주인어른이 오시거든 마님은 어머님 댁에서 저녁 식사를 하고 있다고 말씀드릴게요." 샬럿은 시어머니를 따라 식당으로 들어가 빈 접시 앞에 앉았다. 목구멍이 바짝 말랐다. 시어머니는 간소하지만 신경 써서 준비한 식사를 차분하고 능숙하게 먹었다. "좀 먹으렴, 애야. 제대로 안 먹으면 너도 케네스처럼 건강을 해칠 거다……. 그래, 아스파라거스를 좀 더 가져오렴, 제인."

그녀는 샬럿에게 셰리주 한 잔을 먹이고 토스트도 좀 먹게

했다. 식사를 마치고 거실로 돌아오니 불이 피워져 있고 안락의자의 쿠션도 정돈되어 있었다. 모든 것이 얼마나 안정되고 편안해 보이는지. 저기 바깥, 밤의 불확실함과 미스터리 속 어딘가에, 문지방을 서성이는 형체가 불분명한 인물처럼 두 여자의 추측에 대한 답이 숨어 있었다.

드디어 샬럿이 일어나서 말했다. "돌아가야겠어요. 이 시간이면 케네스가 틀림없이 집으로 곧장 갈 거예요."

시어머니가 너그럽게 미소 지었다. "그렇게 늦지는 않았단다. 참새 둘이 저녁 먹는 데 시간이 뭐 그리 오래 걸린다고."

"9시가 넘었어요." 샬럿이 허리를 굽혀 시어머니에게 키스했다. "도저히 가만히 있을 수 없어요."

시어머니는 일감을 옆으로 밀어놓고 의자 팔걸이를 양손으로 짚었다. "나도 같이 가마." 그렇게 말하며 몸을 일으켰다.

샬럿은 너무 늦었다고, 그렇게까지 할 필요 없으며 케네스가 들어오는 대로 전화드리겠다고 말렸지만 시어머니는 벌써 종을 울려 하녀를 불렀다. 그녀는 살짝 다리를 절었다. 하녀가 숄을 가져올 동안 지팡이를 짚고 일어섰다. "케네스가 오거든 나는 그 애 집에 있다고 전해라." 그녀는 하녀에게 이르고 며느리와 함께 호출한 택시에 올랐다. 샬럿은 홀로 집으로 돌아가지 않게 돼서 감사했다. 시어머니가 옆에 있다는 사실만으로도 따스하고 든든한 느낌이 들었다. 그녀에게는 생기 있고 탄탄한 피부와 총기 있는 눈빛에 어울리는 뭔가가 있었다. 택시가 서자 시어머니는 격려하듯 샬럿의 손을 잡아주었다. "보렴. 메시지가 있을 거다."

샬럿이 벨을 누르자 문이 열렸고, 두 사람은 안으로 들어갔다. 샬럿의 심장이 미친 듯이 뛰었다. 시어머니의 자신감이 준 자극도 혈관을 통해 빠져나가기 시작했다.

"보자. 어디 보자." 시어머니가 되풀이했다.

문을 열어준 하녀가 주인어른은 아직 들어오지 않았고 그가 보낸 전갈도 없다고 말했다.

"전화가 고장 난 건 아니고?" 시어머니가 물었다. 하녀는 삼십 분 전까지도 멀쩡했지만, 가서 확인해보겠다고 대답했다. 하녀가 가고 나서 샬럿은 모자와 외투를 벗으려고 돌아섰다. 그 순간 그녀의 눈이 복도의 탁자 위에 멎었다. 남편의 이름이 희미하게 적힌 회색 봉투가 놓여 있었다. "아!" 그녀는 몇 달 만에 처음으로 회색 봉투가 또 그 자리에 있을까 생각하지 않은 채 집에 들어섰음을 깨달았다.

"저건 뭐니, 얘야?" 시어머니가 놀란 눈으로 물었다.

샬럿은 대답하지 않았다. 그녀는 봉투를 집어 안에 무엇이 있는지 눈빛으로 꿰뚫기라도 하듯이 노려보았다. 그때 한 가지 생각이 떠올랐다. 그녀는 몸을 돌려 시어머니에게 봉투를 내밀었다.

"이 필적 아시죠?"

시어머니가 편지를 받아 들었다. 그녀는 다른 손으로 더듬

더듬 안경을 찾았다. 안경을 끼고 불빛 쪽으로 봉투를 들어 올렸다. "아!" 그녀가 탄성을 질렀다가 이내 입을 다물었다. 샬럿은 평소에는 흔들림 없는 시어머니의 손이 떨리는 것을 눈치챘다. "하지만 이건 케네스 앞으로 온 건데." 시어머니가 드디어 나지막이 말했다. 그녀의 어조는 며느리의 질문이 약간 경솔하다는 암시를 품은 것 같았다.

"네, 하지만 상관없어요." 샬럿은 결연하게 말했다. "말씀해주세요. 그 필적, 아시지요?"

시어머니가 편지를 돌려주며 분명하게 말했다. "모른다."

두 여자는 서재로 들어갔다. 샬럿이 불을 켜고 문을 닫았다. 아직도 손에 편지를 들고 있었다.

"이걸 뜯어봐야겠어요." 그녀가 선언했다.

시어머니가 깜짝 놀란 눈으로 그녀를 보았다. "하지만 얘야, 너한테 온 편지도 아니잖니? 그건 안 돼!"

"제가 지금 그런 데 신경 쓰게 생겼어요?" 그녀는 시어머니를 똑바로 쳐다보았다. "이 편지를 보면 케네스가 어디 있는지 알 수 있을지도 몰라요."

시어머니의 화사하고 윤기 흐르던 얼굴이 금세 창백하게 바뀌었다. 팽팽한 뺨도 쪼글쪼글해진 듯했다. "어째서니? 왜 그런 생각을, 말도 안 되는……"

샬럿은 그 변한 얼굴에서 여전히 시선을 거두지 않았다. "아, 그럼 어머님도 저 필적을 알고 계시는군요?"

"필적을 안다고? 내가 어떻게 알겠니? 내 아들의 편지에 대해서⋯⋯. 내가 아는 것이라고는⋯⋯." 시어머니는 갑자기 말을 뚝 끊고 애원하듯이, 거의 겁먹은 눈으로 며느리를 바라보았다.

샬럿이 그녀의 손목을 잡았다. "어머님! 뭘 알고 계세요? 저한테 말씀해주세요! 제발요!"

"남편의 편지를 몰래 뜯어보아서 좋을 게 없다."

그 말은 잔뜩 성난 샬럿의 귀에 도덕 격언집에서 뽑아낸 구절처럼 무미건조하게 들렸다. 샬럿은 성마른 웃음을 터뜨리고 시어머니의 손목을 놓아주었다. "그게 다인가요? 이 편지는 뜯어보든 뜯어보지 않든 좋을 일은 하나도 없어요. 저도 그 정도는 알아요. 하지만 어떤 나쁜 일이 생기더라도 안에 무엇이 들었는지 알아야겠어요." 샬럿은 봉투를 쥔 떨리는 손에 힘을 주었다. 그녀의 목소리에도 힘이 들어갔다. 그녀는 여전히 시어머니를 똑바로 쳐다보았다. "우리가 결혼하고 나서 케네스 앞으로 같은 필적의 편지가 아홉 통이 왔어요. 매번 이 똑같은 회색 봉투였고요. 편지가 올 때마다 그이는 끔찍한 충격을 받은 것처럼 보였기 때문에 편지를 꼬박꼬박 셌어요. 그가 평소대로 돌아오려면 시간이 좀 걸렸지요. 그래서 그이한테 말했어요. 누가 보낸 편지인지 저도 알아야겠다고요. 그랬더니 편지에 대해서는 저한테 아무것도 말해줄 수 없다는 거예요. 하지만 어젯밤에 저와 함께 떠나겠다고 약속했어요. 편지로부터 떠나겠다고."

시어머니는 떨리는 발걸음으로 안락의자 쪽으로 가더니 의자에 앉아 고개를 가슴팍에 묻었다. "아!" 그녀가 탄식했다.

"그러니까 이제 어머님도 이해하셔야……."

"그 애가 편지로부터 도망가는 거라고 말했니?"

"그이가 그랬어요. 도망간다고, 도망간다고요. 흐느끼느라 거의 말을 못 할 정도였어요. 하지만 저는 그 때문인 줄 알고 있다고 말해주었지요."

"그랬더니 그 애가 뭐라던?"

"저를 품에 안고 제가 원하는 데라면 어디든지 가겠다고 했어요."

"아이고!" 시어머니가 탄식했다. 침묵이 흘렀고, 그녀는 계속 고개를 푹 숙이고 며느리한테서 눈길을 돌린 채로 앉아 있었다. 드디어 그녀가 고개를 들고 이렇게 말했다. "아홉 통이 확실하니?"

"확실해요. 이게 아홉 번째 편지예요. 계속 세었어요."

"그리고 그 애는 전혀 설명을 안 해주었고?"

"전혀요."

시어머니의 핏기 없고 쪼그라든 입술 사이로 이런 말이 나왔다. "편지가 언제부터 오기 시작했니? 기억나니?"

샬럿은 다시 웃음을 터뜨렸다. "기억나냐고요? 첫 번째 편지가 온 게 신혼여행에서 돌아온 날 밤이었어요."

"그때부터라고?" 시어머니는 고개를 번쩍 들더니 갑자기 단호하게 말했다. "그럼, 좋다. 열어보렴."

전혀 예상치 못한 말이어서 샬럿은 관자놀이로 피가 쏠리는 것 같았다. 손이 다시 덜덜 떨리기 시작했다. 봉투 덮개 아래로 손가락을 넣어보려 했지만, 너무 꼭 붙여놓아서 남편의 필기용 테이블 위에서 상아로 된 종이칼을 찾아야 했다. 바로 얼마 전까지 남편의 손이 닿았던 낯익은 물건들을 뒤적이고 있자니 세상을 뜬 지 얼마 안 된 사람의 소지품에서 뿜어나오는 듯한 싸늘한 냉기가 느껴졌다. 방의 깊은 침묵 속에서 그녀가 봉투를 자르자 종이 찢어지는 소리가 사람의 울음소리같이 들렸다. 그녀는 종이를 꺼내 램프로 가져갔다.

"괜찮니?" 시어머니가 숨을 죽이고 물었다.

샬럿은 움직이지도, 대답하지도 않았다. 그녀는 이마를 잔뜩 찌푸린 채 종이 위로 몸을 숙이고 불 가까이 다가갔다. 그녀의 시야가 흐려졌든가 종이의 매끄러운 표면에 램프의 빛이 반사돼 눈이 부셨던 것이 틀림없었다. 아무리 눈에 힘을 주어도 희미한 자국 몇 개밖에는 알아볼 수 없었다. 그나마도 너무 희미하고 삐뚤빼뚤해서 제대로 알아보기 어려웠다.

"알아볼 수가 없어요." 그녀가 말했다.

"그게 무슨 말이니?"

"필적이 너무 흐릿해요……. 잠깐만요."

그녀는 테이블로 돌아가 케네스의 독서등 가까이 앉아서

확대경 아래 편지를 놓았다. 내내 자신을 뚫어져라 지켜보는 시어머니의 시선이 느껴졌다.

"어떠니?" 시어머니가 나직이 물었다.

"마찬가지예요. 읽을 수가 없어요."

"편지가 완전히 백지란 말이니?"

"아뇨, 그건 아니에요. 뭔가 쓰기는 했어요. '내 것'이라는 말은 알아보겠어요. 아, '와요'. '와요'인 것 같아요."

시어머니가 갑자기 벌떡 일어섰다. 그녀의 얼굴이 훨씬 더 창백해졌다. 테이블 쪽으로 다가와 그 위에 두 손을 얹고 깊은 한숨을 내쉬었다. "어디 좀 보자." 시어머니는 정말 하기 싫지만 어쩔 수 없다는 투로 말했다.

샬럿은 시어머니처럼 자신의 얼굴에서도 핏기가 가시는 것을 느꼈다. '어머니는 뭔가 아시는군.' 그녀는 생각했다. 그녀는 테이블 한쪽으로 편지를 밀어놓았다. 시어머니가 말없이 편지 위로 고개를 숙였지만, 창백하고 주름진 손을 편지에 대지는 않았다.

샬럿은 시어머니가 편지를 읽으려 애쓰는 자신을 지켜보았듯이 그녀의 모습을 관찰했다. 시어머니는 안경을 찾아서 끼고 펼쳐놓은 편지 쪽으로 더 바짝 몸을 숙였다. 아마도 편지에 손대지 않기 위해서인 듯했다. 나이 든 얼굴로 램프의 불빛이 바로 떨어졌다. 샬럿은 가장 깨끗하고 솔직한 얼굴 뒤로 알 수 없는 것들이 얼마나 깊이 숨어 있을까 생각했다. 그녀는 지금까지 시어머니의 얼굴에 단순하고 건전한 감정(진심, 즐거움, 따스한 동정심) 이외의 다른 것이 드러나는 것을 한 번도 본 적 없었다. 이제 다시 건전한 분노가 번득였다. 그러다가 공포와 증오, 믿을 수 없을 정도의 실망감, 위축된 거부의 표정이 떠오르는 듯했다. 마치 그녀 안에서 싸우는 영혼들이 그녀의 얼굴을 자기들과 닮도록 일그러뜨리기라도 한 것 같았다. 드디어 그녀가 고개를 들었다. "난 못 하겠다. 못 하겠어."

"어머님도 못 알아보시겠다고요?"

그녀는 고개를 가로저었다. 샬럿은 시어머니의 뺨을 타고 흐르는 눈물을 보았다.

"낯익은 필적인데도요?" 샬럿은 입술을 비틀며 집요하게 캐물었다.

시어머니는 그녀의 도전을 받아들이지 않았다. "아무것도 못 알아보겠구나. 아무것도."

"하지만 이 필적은 아시지요?"

시어머니가 간신히 고개를 들었다. 그녀는 불안한 눈빛으로 익숙한 방을 걱정스럽게 슬쩍 둘러보았다. "내가 무슨 말을 하겠니? 내가 처음에 놀랐던 건……."

"닮아서 놀라셨지요?"

"저, 내 생각에는……."

"그냥 말씀해주세요, 어머니! 누구 필적인지 바로 알아보셨지요?"

"잠깐만, 얘야. 기다려봐라."

"뭘 기다려요?"

시어머니가 눈길을 돌렸다. 그녀의 시선은 천천히 샬럿을 지나 아들의 필기용 테이블 위편 텅 빈 벽을 향했다.

샬럿은 그 시선을 따라가다가 비난하듯 날카롭게 웃음을 터뜨렸다. "더 기다릴 필요 없겠네요! 방금 어머님이 대답해 주셨어요! 어머님은 그 여자의 초상화가 걸려 있던 벽을 똑바로 보고 계시잖아요!"

시어머니가 경고의 말을 우물거리며 손을 들어 올렸다. "쉿."

"저는 이제 다시는 어떤 일에도 겁먹지 않아요!" 샬럿이 외쳤다.

시어머니는 여전히 테이블에 기대 있었다. 그녀의 입술이 애처롭게 움직였다. "하지만 우리 둘 다 제정신이 아닌 거야. 둘 다 미친 거라고. 이런 일이 있을 수 없다는 건 우리 다 알잖니."

며느리가 측은한 눈빛으로 그녀를 보았다. "있을 수 없는 일 따위는 없다는 건 옛날부터 알고 있었어요."

"이것조차도?"

"네, 바로 이런 것까지도요."

"하지만 그 편지는, 어쨌든 그 편지에는 아무 내용도 없어."

"아마 그이한테는 보일지도 모르죠. 제가 어떻게 알겠어요?

언젠가 그이가 필적에 익숙해지면 아무리 희미하게 남은 자국이라도 읽을 수 있다고 말한 적이 있어요. 이제야 그 말이 무슨 뜻이었는지 알겠어요. 그이는 익숙해져 있었던 거예요."

"하지만 그나마 내가 알아볼 수 있는 필적도 너무 희미한데. 그 편지를 읽을 수 있는 사람은 아무도 없을 거다."

샬럿이 다시 웃었다. "유령에 관한 것이라면 전부 다 희미하겠지요." 그녀가 단호하게 말했다.

"아, 얘야, 얘야, 그런 말은 말렴!"

"텅 빈 벽조차 소리치는 마당에 제가 왜 그 말을 하면 안 되나요? 어머니와 제가 그 여자의 편지를 읽을 수 없다면 말하건 말건 무슨 상관이에요? 어머니조차도 저 텅 빈 벽에서 그녀의 얼굴을 볼 수 있다면, 그이가 이 텅 빈 종이에서 그녀의 필적을 읽지 못할 이유가 있겠어요? 어머니는 이 집 도처에 그녀가 있고, 다른 누구에게도 보이지 않기 때문에 그이 곁에 더 가까이 있다는 걸 모르시겠어요?" 샬럿은 의자에 주저앉아 두 손으로 얼굴을 감쌌다. 격렬하게 몰아치는 흐느낌으로 머리끝에서 발끝까지 떨렸다. 어깨를 짚는 손길에 고개를 들어보니 시어머니가 그녀 위에 몸을 구부리고 있었다. 시어머니의 얼굴은 훨씬 더 작고 쇠약해진 듯 보였지만, 표정은 평소처럼 차분했다. 샬럿은 몰아치는 고뇌 속에서도 이 과단성 있는 영혼이 주는 영향을 느꼈다.

"내일, 내일이야. 보자꾸나. 내일은 뭔가 설명이 있을 거다."

샬럿이 그녀의 말을 잘랐다. "설명이라고요? 누가 설명해 준다는 거죠?"

시어머니가 뒤로 물러서서 몸을 곧게 폈다. "케네스가 하겠지." 그녀가 힘 있는 목소리로 외쳤다. 샬럿은 아무 말도 하지 않았다. 노인이 말을 이었다. "하지만 그동안 우리도 행동해야 해. 경찰에 알려야겠다. 자, 한시도 지체할 수 없어. 할 수 있는 건 다 해야지. 전부 다."

샬럿은 천천히 뻣뻣한 몸을 일으켰다. 관절 마디마디가 노인의 것처럼 경련을 일으키는 듯했다. "뭐든 하는 편이 조금이라도 도움이 될 거라고요?"

시어머니가 단호하게 외쳤다. "그렇지!" 샬럿은 전화기 쪽으로 가서 수화기를 들었다.

하녀의 종

1

장티푸스를 앓고 일어나니 가을이었다. 병원에서 석 달을 보냈다. 나와보니 몸이 너무 쇠약해졌다. 귀부인 두세 명의 하녀로 지원했지만 다들 나를 고용하기를 꺼렸다. 가진 돈은 떨어져갔다. 두 달을 하숙하면서 직업소개소를 찾아다니고 그럭저럭 점잖아 보이는 광고라면 다 연락해보았으나 크게 낙담했다. 마음을 졸이고 있으니 더 살이 붙을 리 없었다. 대체 내 팔자가 왜 이 모양이 됐는지 알 수 없었다. 당시에는 정말 그랬다. 적어도 그런 심정이었다. 그러던 어느 날, 나를 처음으로 미국에 데려와주었던 귀부인의 친구인 레일턴 부인과 마주쳤다. 부인은 발길을 멈추고 나에게 말을 걸었다. 그녀는 항상 친절했다. 나에게 무슨 병을 앓았기에 그렇게 안색이 창백하냐고 물었다. 내가 사정을 말해주자 부인이 말했다. "아, 하틀리, 당신한테 딱 맞는 곳이 있어요. 내일 상의해봅시다."

다음 날 내가 전화를 걸자 부인은 자신이 염두에 둔 귀부인이 조카딸인 브림프턴 부인이라고 말해주었다. 젊지만 병약해 도시 생활의 피로를 견딜 수 없어 허드슨의 시골집에서 1년 내내 지낸다고 했다.

레일턴 부인이 틀림없이 모든 게 다 좋아질 거라는 기분이 들게 하는 쾌활한 어조로 말했다. "자, 하틀리, 이제 나를 이해해줘요. 내가 당신을 보내려는 곳은 활기 넘치는 데는 아니에요. 집이 크고 음침해요. 게다가 우리 조카는 신경이 예민하고 침울하답니다. 조카사위는 집을 비울 때가 많아요. 아이가 둘 있었는데 죽었지요. 1년 전이었다면 당신처럼 활발하고 사랑스러운 처녀를 그런 무덤 같은 곳에 가둘 생각은 하지 않았을 거예요. 하지만 지금은 당신도 딱히 기운이 넘치는 것 같지는 않네요. 그렇지요? 조용한 곳에서 시골 공기를 쐬고 건강한 음식을 먹으며 규칙적인 생활을 하면 당신한테도 좋을 거예요. 오해는 말아줘요." 부인은 내가 풀이 죽어 보였는지 이렇게 덧붙였다. "좀 지루하다 싶을지 몰라도 그럭저럭 지낼 만할 거예요. 조카는 천사랍니다. 전에 데리고 있던 하녀는 지난봄에 죽었는데, 그 애랑 20년을 살면서 그 애가 밟은 땅도 숭배할 지경이었어요. 조카는 모두에게 친절한 안주인이에요. 당신도 알겠지만 안주인이 친절한 곳에서는 하인들도 대개 성품이 좋지요. 그러니까 당신도 다른 식구들과 잘 지낼 수 있을 거예요. 그리고 당신이야말로 조카한테 딱 맞는 사람이에요. 조용하지, 참하지, 신분에 비해 교육도 잘 받았지. 당신, 책 낭독을 아주 잘하지 않아요? 잘됐어요. 조카는 독서를 좋아하거든요. 말벗이 돼줄 수 있는 하녀를 원한답니다. 예전 하녀가 그랬지요. 얼마나 그 하녀를 그리워하는지 몰라요. 외로운 생활이에요……. 어때요, 마음 정했나요?"

"아, 부인, 저는 외로움 같은 건 아무렇지도 않답니다." 내가 대답했다.

"오, 그럼 됐네요. 내가 추천하면 조카는 당신을 받아줄 거예요. 당장 전보를 칠 테니 오후 기차를 타도록 해요. 지금은 조카 시중들어줄 사람이 없어서 한시라도 빨리 가주면 좋겠어요."

당장이라도 떠날 준비야 돼 있었지만, 뭔가 마음에 걸렸다. 시간을 벌려고 이렇게 물었다. "그런데 주인어른은요?"

"거의 대부분 출타 중이라니까요." 레일턴 부인이 잽싸게 덧붙였다. "그리고 조카사위가 집에 있을 때는 그의 앞에 나타나지 않는 게 좋아요."

나는 오후 기차를 타고 4시경에 D역에서 내렸다. 이륜마차를 탄 마부가 기다리고 있었다. 우리는 급히 출발했다. 당장이라도 비가 쏟아질 듯한 흐린 10월 날씨였다. 브림프턴가의 숲에 들어섰을 무렵에는 날이 거의 저물었다. 숲속으로 구불

구불한 길이 2~3킬로미터 정도 이어지다가 키 큰 관목이 시커멓게 우거지고 자갈 깔린 마당이 나왔다. 창에는 불이 다 꺼져 있어서 저택은 정말로 좀 음산해 보였다.

나는 마부에게 아무것도 묻지 않았다. 나는 다른 하인들에게 들은 말로 새 주인들을 판단하는 사람이 아니다. 기다렸다가 내가 직접 확인하고 싶었다. 어디를 둘러보아도 썩 괜찮은 집을 제대로 찾아온 듯했다. 유쾌한 인상의 요리사가 뒷문에서 나를 맞아주고 하녀를 불러 내 방을 보여주도록 했다. "마님은 나중에 만나보실 수 있을 거예요. 지금은 손님이 오셔서요." 하녀가 말했다.

브림프턴 부인에게 손님이 많으리라고는 생각지 않았기에 그 말이 반가웠다. 하녀를 따라 위층으로 올라가니 층계참 문 너머로 집 안이 보였다. 검은 벽판을 둘렀고, 오래된 초상화가 여럿 걸려 있었으며, 가구가 잘 갖추어진 듯했다. 계단을 더 올라가니 하인들이 쓰는 공간이 나왔다. 날이 제법 어두워진 터라 하녀는 등을 가져오겠다고 했다. "하지만 당신 방에는 성냥이 있어요. 조심만 하면 괜찮을 거예요. 복도 끝에 있는 계단을 조심하세요. 당신 방은 바로 그 너머예요."

하녀의 말에 앞을 보니 복도 저만치에 서 있는 한 여자가 보였다. 그녀는 우리가 지나자 문간으로 물러섰다. 하녀는 그녀를 의식하지 않는 듯했다. 하얀 얼굴에 마른 여자였고, 어두운색의 나사로 된 가운을 입고 앞치마를 둘렀다. 가정부인가보다 생각했지만 말 한마디 없이 나를 한참 쳐다보는 것이 이상했다. 내 방은 복도 끝의 네모난 홀에 있었다. 내 방 맞은편에 방이 또 하나 있었는데 문이 열려 있었다. 그것을 보고 하녀가 외쳤다.

"아이고, 블라인더 부인이 또 저 문을 열어놓았네!" 그녀가 문을 닫으며 말했다.

"블라인더 부인이 가정부인가요?"

"가정부는 없어요. 블라인더 부인은 요리사예요."

"그럼 이게 그분 방인가요?"

"아이, 아니에요. 저 방은 아무도 안 쓰는 방이에요. 비어 있어요. 그러니까 문을 열어두면 안 되거든요. 마님이 늘 꼭 닫아두라셔요."

하녀는 내 방문을 열고 안으로 안내했다. 가구가 잘 갖추어져 있고 벽에 그림이 두어 점 걸린 깔끔한 방이었다. 그녀는 양초에 불을 붙이고 나가면서 하인들 방에서 차 마시는 시간은 6시이고, 그 후에 브림프턴 부인을 만나게 될 거라고 말해주었다.

하인들 방에서는 즐거운 대화가 오갔다. 그들이 흘린 말로 짐작건대 브림프턴 부인은 레일턴 부인이 말한 대로 귀부인들 중에서도 아주 친절한 사람이었다. 그러나 그들의 대화를 많이 신경 써서 듣지는 못했다. 어두운색 가운을 입은 창백한 여인이 들어오는 모습을 보았기 때문이다. 그러나 그녀는 사람들 앞으로 나오지는 않았다. 따로 차를 마신 건가 의아했다. 하지만 가정부가 아니라면 왜 굳이 그렇게 할까? 그녀가 훈련받은 간호사일 수도 있겠다는 생각이 번뜩 떠올랐다. 그렇다면 당연히 그녀의 방에 식사를 따로 차려줄 것이다. 브림프턴 부인이 환자라면 간호사도 있을 법했다. 고백하자면 그런 생각을 하니 짜증이 났다. 간호사들은 같이 잘 지내기 쉽지 않은 사람들이다. 진작 알았더라면 여기 오지 않았을 것이다. 하지만 이미 와버렸으니 우거지상을 하고 있어봐야 아무 소용이 없었다. 물어볼 만한 사람이 없어서 일단 사정을 보기로 하고 기다렸다.

차를 다 마시고 나자 하녀가 남자 하인에게 물었다. "랜퍼드 씨는 가셨어요?" 남자 하인이 그렇다고 대답하자 하녀는 나에게 브림프턴 부인에게 가보자고 말했다.

브림프턴 부인은 침실에 누워 있었다. 난롯가에 긴 의자가 있고 그 옆에는 갓을 씌운 램프가 있었다. 그녀는 연약해 보이는 귀부인이었지만, 미소 짓는 모습을 보니 그녀를 위해서라면 무슨 일이든 다 할 수 있을 것 같았다. 그녀는 낮은 목소리로 아주 쾌활하게 나에게 이름과 나이, 필요한 것은 다 있는지, 시골에서 외롭지는 않겠는지 물었다.

"마님과 함께라면 괜찮을 겁니다." 나는 이렇게 말해놓고 스스로 놀랐다. 나는 충동적인 사람이 아닌데 생각을 입 밖으로 내버린 것이다.

부인은 내 말에 기뻐하는 기색이었다. 내 마음이 바뀌지 않았으면 좋겠다고 말했다. 그러고는 자기 화장 도구에 관해 몇 가지 지시를 하고, 하녀인 애그니스에게 내일 아침 물건들을 어디에 보관할지 보여주라고 일렀다.

"오늘 밤은 피곤해서 위층에서 식사해야겠어. 내 식사는 애그니스가 가져다줄 거야. 너는 짐을 풀고 정리를 좀 하렴. 나중에 옷 갈아입을 때 와서 도와줘."

"알겠습니다, 마님. 종을 울리실 거지요?"

부인이 어쩐지 좀 이상해 보였다.

"아니, 애그니스가 너를 데리러 갈 거야." 부인이 재빨리 말하고는 읽던 책을 집었다.

아, 이건 확실히 이상했다. 시중들어줄 사람이 필요할 때마다 하녀를 시켜 불러와야 한다니! 집에 종이 없나 의아했다. 하지만 다음 날 보니 방마다 종이 있었고, 특별히 마님의 방에서 내 방으로 연결된 종도 있었다. 참 이상하다는 생각을 떨칠 수 없었다. 브림프턴 부인은 뭔가 필요할 때 종을 울려 애그니스를 불렀고, 그러면 애그니스가 하인들의 처소 끝까지 걸어와서 나를 불러야 했다.

그러나 그 집에서 이상한 것은 그뿐만이 아니었다. 바로 그 다음 날 나는 브림프턴 부인에게 간호사가 없다는 것을 알았다. 그래서 애그니스에게 전날 오후 복도에서 보았던 여자에 대해 물어보았다. 애그니스는 아무도 보지 못했다고 했다. 내가 꿈을 꿨다고 생각하는 듯했다. 확실히 우리가 복도를 지나갈 때는 해 질 녘이었고, 그녀는 등을 가져오지 않은 데 대해 변명했다. 하지만 나는 다시 만난다면 알아볼 수 있을 만큼 똑똑히 그녀를 보았다. 나는 그녀가 요리사나 다른 하녀들 중한 명의 친구가 틀림없다고 생각했다. 어쩌면 마을에서 하룻밤 묵으러 왔고, 하인들은 비밀로 하고 싶었을 수도 있다. 귀부인들 중에는 하인들의 친구가 묵는 것에 아주 엄격하게 구는 이들도 있었다. 하여튼 더 캐묻지 않기로 마음먹었다.

하루 이틀 지나 또 이상한 일이 일어났다. 어느 오후, 나는 블라인더 부인과 수다를 떨고 있었다. 부인은 다정한 성품이었고 그 집에서 일한 지도 가장 오래됐다. 부인은 나에게 지내기는 편안한지, 부족한 것은 없는지 물었다. 나는 내 방이고 마님이고 전혀 불만이 없다고 말했다. 하지만 그렇게 큰 집에 재봉실이 없는 것은 좀 이상했다.

부인이 말했다. "아, 하나 있기는 해요. 당신이 지내는 방이 예전에는 재봉실이었어요."

"아, 그럼 예전 하녀는 어디에서 지냈나요?"

그 말에 부인은 당황하더니 황급히 작년에 하인들의 방을 전부 손보아서 잘 기억나지 않는다고 둘러댔다.

뭔가 이상한 느낌이 들었지만 아무렇지 않은 척하고 다시 물었다. "저, 제 방 맞은편에 빈방이 있던데요. 마님에게 그방을 재봉실로 써도 되는지 여쭤봐야겠어요."

그러자 놀랍게도 블라인더 부인이 하얗게 질린 얼굴로 내 손을 꽉 잡았다. "그러지 마요." 그녀는 벌벌 떨고 있는 것 같았다. "사실대로 말하자면, 그 방은 에마 색슨이 쓰던 방이에요. 마님은 에마가 죽은 후로 그 방을 닫아두고 계세요."

"에마 색슨이 누군데요?"

"마님의 예전 하녀예요."

"마님을 오래 모셨다던 그 여자요?" 레일턴 부인한테서 들은 말이 기억나 이렇게 물었다.

블라인더 부인이 고개를 끄덕였다.

"어떤 여자였는데요?"

"흠잡을 데 없이 좋은 사람이었어요. 마님은 에마를 친자매처럼 아끼셨답니다."

"그러니까 제 말은, 어떻게 생긴 여자였어요?"

블라인더 부인이 벌떡 일어나더니 성난 눈으로 나를 쏘아보았다. "나는 묘사하는 데에는 재주가 없어요. 페이스트리 반죽이 부풀었나 봐야겠네요." 그러고는 주방으로 들어가 문을 쾅 닫아버렸다.

2

이 집에 온 지 일주일 가까이 돼서야 브림프턴 씨를 보았다. 어느 오후, 주인님이 도착한다는 연락이 왔고 온 집 안이 한바탕 뒤집어졌다. 하인들 중에는 주인님을 좋아하는 사람이 아무도 없는 것이 확실했다. 블라인더 부인은 그날 밤 평소보다 정성 들여 저녁상을 차렸지만, 평소답지 않게 주방 하녀에게 잔소리를 심하게 했다. 집사인 웨이스 씨는 진지하고 말을 느리게 하는 사람이었는데, 마치 장례식이라도 준비하는 듯한 태도로 제 할 일을 했다. 그는 늘 성경을 읽으면서 필요할 때마다 자유자재로 근사한 구절들을 골라 썼지만, 그날은 유난히 듣기 끔찍한 말들을 늘어놓았다. 참다못해 식탁을 뜨려 하자 그는 〈이사야서〉에 나오는 구절일 뿐이라고 말했다. 나는 웨이스 씨가 주인님이 오실 때마다 예언서들을 택한다는 것을 알아차렸다.

7시쯤 애그니스가 나를 마님의 방으로 불렀다. 브림프턴 씨가 있었다. 그는 벽난로 옆에 서 있었다. 목이 아주 굵고 벌건 얼굴에 약간 성질이 고약해 보이는 파란 눈을 갖고 있었다. 나이 어린 순진한 처녀라면 잘생겼다고 생각했다가 호되게 대가를 치르기 딱 좋은 유형의 사람이었다.

그는 내가 들어가자 몸을 돌려 나를 단번에 쫙 훑어보았다. 그 시선이 무엇을 의미하는지 예전 집들에서 두어 번 경험해 본 적 있어 잘 알고 있었다. 그는 내게서 등을 돌리고 계속해서 아내에게 하던 얘기를 했다. 나는 그것이 어떤 의미인지도 알았다. 나는 그의 눈길을 끌 만한 인물이 못 됐다. 장티푸스를 잃은 것도 크게 한몫했다. 그 때문에 신사들이 나를 멀리하게 됐다.

"이 아이가 새로 온 하녀 하틀리예요." 브림프턴 부인이 친절한 목소리로 말했다. 그는 고개만 까딱하고는 하던 얘기를 계속했다.

잠시 후 그는 마님이 저녁 식사를 위해 옷을 갈아입도록 자리를 떴다. 시중을 들면서 보니 마님의 안색이 창백했다. 몸을 만져보니 차가웠다.

브림프턴 씨는 다음 날 아침 집을 떠났다. 그의 마차가 집을 빠져나가자 온 식구가 긴 한숨을 내쉬었다. 우리 마님으로 말할 것 같으면, 모자를 쓰고 털외투를 입고(맑은 겨울 아침이었으니까) 산책을 하러 정원으로 나갔다가 발그레하게 물든 상쾌한 얼굴로 돌아왔다. 마님의 혈색이 가시기 전, 잠시 동안 마님이 한때는 참 예뻤겠구나 생각했다. 그 시절이 그리 오래전도 아닐 것 같았다.

마님은 정원에서 랜퍼드 씨를 만나 같이 돌아왔다. 내 기억으로 두 사람은 내 방 창 아래의 테라스를 따라 걸어가면서 웃음기 띤 얼굴로 대화를 나누었다. 랜퍼드 씨의 이름을 종종 듣기는 했지만 본 것은 그때가 처음이었다. 그는 브림프턴에서 2~3킬로미터쯤 떨어진 마을 끝에 사는 이웃이었다. 시골에서 겨울을 나곤 하는 그는 마님이 그 철에 만나는 거의 유일한 벗이었다. 그는 서른 살쯤 된 날씬하고 키 큰 신사였다.

그의 미소를 보기 전까지는 다소 우울해 보인다고 생각했으나, 그의 미소는 초봄의 따뜻한 날씨처럼 놀라웠다. 듣기로는 마님처럼 독서광이어서 서로 책을 엄청나게 빌린다고 했다. 종종(웨이스 씨가 말해주었다) 그는 겨울 오후에 마님이 지내는 크고 어두운 서재에서 마님에게 책을 읽어주었다. 하인들 모두 그를 좋아했다. 주인들이 하인에게 그 이상의 찬사를 기대할 수는 없을 것이다. 그는 우리 모두에게 다정하게 대했고, 우리는 주인님이 없을 때도 마님 곁에 있어줄 유쾌하고 상냥한 신사가 있어서 기뻤다. 랜퍼드 씨는 브림프턴 씨와도 썩 좋은 관계를 유지하고 있는 듯했다. 저렇게 서로 다른 두 신사가 친하게 지낼 수 있다니 놀랍기는 했지만. 그러나 높으신 분들이 속내를 어떻게 숨기는지는 나도 잘 알았다.

브림프턴 씨로 말하자면, 이틀 이상은 머무는 법이 없었다. 지루하고 고적하다고 불평하고 매사에 불만을 토로했으며, (나도 곧 알게 되었지만) 술을 과하게 마셨다. 마님이 식탁을 뜬 후에도 오래 묵은 포트와인과 마데이라주를 놓고 밤늦도록 앉아 있곤 했다. 한번은 평소보다 좀 늦게 마님 방에서 나왔다가 고주망태가 돼 계단을 올라가는 주인님과 마주쳤다. 부인들이 이런 일까지 참고 견디며 입을 다물고 있어야 한다니 속이 상했다.

하인들은 주인님에 대한 이야기는 거의 입에 올리지 않았다. 하지만 나는 그들이 무심결에 흘리는 말로 두 사람이 처음부터 잘 맞지 않았다는 것을 알 수 있었다. 주인님은 거칠고 목소리가 크며 쾌락을 좇는 사람인 반면, 마님은 조용하고 내성적이며 어쩌면 조금은 차가운 사람이었다. 마님은 남편에게 듣기 좋은 말만 하지는 않았다. 나는 마님이 대단히 관대하다고 생각했으나, 브림프턴 씨처럼 자유분방한 신사에게는 마님이 좀 쌀쌀맞은 사람이었을 수도 있었다.

몇 주 동안은 별일 없이 조용히 지나갔다. 마님은 친절했고, 내 일은 힘들지 않았으며, 다른 하인들과도 잘 지냈다. 요컨대 불평할 것이 하나도 없었다. 그러나 뭔지 모르게 항상 마음이 무거웠다. 왜 그랬는지는 지금도 알 수 없지만, 분명 외로움 때문은 아니었다. 나는 곧 외로움에도 익숙해졌다. 열병을 앓은 뒤 몸이 다 회복되지 않은 터라 조용한 분위기와 맑은 시골 공기가 고마웠다. 그렇지만 마음이 썩 편하지는 않았다. 마님은 내가 병을 앓았다는 것을 알고 규칙적으로 산책을 해야 한다면서 나를 위해 심부름거리를 찾아내기도 했다. 마을에 가서 리본 천을 끊어 오라거나 편지를 부쳐달라거나 랜퍼드 씨에게 책을 돌려주고 오라는 등의 일이었다. 문밖을 나서기만 하면 바로 기운이 샘솟았다. 촉촉한 물기 냄새 나는 헐벗은 숲을 지나 산책할 것이 기대됐다. 그러나 집이 다시 눈에 들어오면 그 순간부터 또 심장이 우물에 던진 돌멩이처럼 쿵 하고 내려앉았다. 딱히 음침한 집도 아니었건만, 들어갈 때마다 우울한 감정이 나를 덮쳤다.

브림프턴 부인은 겨울에는 바깥출입을 거의 하지 않았다. 날씨가 아주 좋은 날에만 정오에 한 시간쯤 남쪽 테라스를 거닐었다. 랜퍼드 씨를 제외하면 일주일에 한 번 D역에서 마차를 타고 오는 의사 말고는 찾아오는 손님도 없었다. 의사는 한두 번 나를 불러다가 뭔가 소소한 지시를 했다. 나에게 마님의 병이 무엇인지는 절대 말해주지 않았지만, 생각건대 이따금 아침에 얼굴이 밀랍처럼 창백한 것으로 보아 심장 쪽에 병이 있는 듯했다. 계절이 습해 건강에 좋지 않았고, 1월이면 비가 오래 왔다. 밖에 나가지 못하고 처마에서 떨어지는 물방울 소리를 들으며 온종일 바느질감을 들고 앉아 있어야 했기에 나에게는 특히 견디기 힘들었다. 나는 점점 신경이 날카로워져서 작은 소리만 들려도 놀라 펄쩍 뛰었다. 복도 맞은편의 그 잠긴 문에 대한 생각이 나를 짓누르기 시작했다. 비 오는 긴 밤에 두어 번 거기에서 무슨 소리가 들린 것도 같았지만 물론 말도 안 되는 얘기였다. 낮이면 이런 생각들은 깨끗이 잊혔다. 어느 날 아침, 브림프턴 부인이 장을 좀 보러 마을에 다녀와달라고 해서 잔뜩 신바람이 났다. 그제야 비로소 내가 얼마나 활기를 잃고 있었는지 알았다. 나는 기분이 아주 좋아져서 출발했다. 붐비는 거리와 활기 넘치는 상점들을 보니 기분 전환이 됐다. 그러나 오후가 되면서 소음과 혼잡스러움에 지치기 시작했고, 한적한 브림프턴가로 돌아갈 시간이 기다려졌다. 어두운 숲을 지나 마차를 타고 가는 길조차 즐거울 것 같았다. 그러던 차에 지인을 마주쳤다. 언젠가 함께 일했던 하녀였다. 서로 못 본 지 꽤 됐기에 발걸음을 멈추고 그간의 근황을 나눴다. 내가 지내는 곳을 말하자 그녀는 휘둥그레진 눈으로 얼굴을 찌푸렸다.

"뭐라고! 1년 내내 허드슨의 자기 거처에서 지내는 브림프턴 부인 말이야? 세상에, 거기에서는 석 달도 못 버틸 거야."

"아, 하지만 나는 시골도 괜찮은걸." 나는 그녀의 어조에 다소 기분이 상했다. "열병을 앓은 후라 조용한 곳이 좋아."

그녀는 고개를 가로저었다. "거기는 우리가 생각하는 그런 시골이 아니야. 나도 잘은 모르지만 지난 반년 동안 하녀가 네 번이나 바뀌었다던데. 마지막으로 있던 사람이 내 친구였거든. 그 집에서는 아무도 버틸 수 없을 거라고 하던데."

"이유를 말해줬어?" 내가 물었다.

"아니, 이유는 끝까지 말 안 하더라. 하지만 나한테 그랬어. '앤지 부인, 행여나 당신이 아는 사람 중에서 젊은 처자가 거기 갈 생각을 한다면 짐을 풀 가치도 없다고 말해주세요.'"

"친구가 젊고 예뻤니?" 나는 브림프턴 씨를 떠올렸다.

"아니! 젊은 대학생 아들을 둔 어머니들도 채용할 법한 여자였지."

실없는 소리를 잘하는 사람인 줄은 알고 있었지만 그 말이 내 머릿속을 떠나지 않았다. 어스름 속에서 브림프턴가로 돌아가는 동안 마음이 무거워졌다. 그 저택에는 분명 뭔가 있었다. 이제는 확신할 수 있었다…….

차를 마시러 갔다가 브림프턴 씨가 도착했다는 소식을 들었다. 한눈에 보아도 한바탕 소란이 있었음을 알 수 있었다. 블라인더 부인은 손을 덜덜 떠느라고 차를 제대로 따르지 못할 정도였고, 웨이스 씨는 유황불로 가득 찬 가장 무시무시한 구절을 인용했다. 다들 나에게는 한마디도 하지 않았지만, 내가 방으로 올라가자 블라인더 부인이 내 뒤를 따라왔다.

부인이 내 손을 잡으며 말했다. "오, 당신이 우리한테 돌아와주어서 얼마나 기쁘고 고마운지 몰라요!"

그 말에 나는 깜짝 놀랐다. "왜 제가 안 돌아올 거라 생각하셨나요?"

"아니, 아니, 그런 건 아니고." 그녀는 약간 당황해서 둘러댔다. "마님이 하루라도 홀로 계신다고 생각하면 견딜 수 없어서." 그녀는 내 손을 꼭 잡고 말했다. "아, 하틀리 양, 마님께 잘해드려요. 당신은 기독교인이니까." 부인은 그 말만 남기고 서둘러 자리를 떴다. 나는 그녀의 뒷모습을 멍하니 바라보았다.

잠시 후 애그니스가 브림프턴 부인의 명을 받고 나를 부르러 왔다. 브림프턴 부인의 방에서 그녀의 목소리가 들려왔다. 먼저 부인의 야회복을 꺼내놓아야겠다는 생각이 들어 옷방으로 향했다. 옷방에는 큰 창문이 있고, 그 아래로는 정원 쪽으로 이어진 주랑이 있었다. 브림프턴 씨의 처소는 좀 떨어져 있었다. 안으로 들어가니 침실로 연결된 문이 살짝 열려 있었다. 브림프턴 씨의 성난 목소리가 들렸다. "다들 당신의 이야기 상대로 맞는 사람은 그자뿐이라고 생각할 거요."

"겨울에는 저를 찾아오는 손님이 많지 않아요." 브림프턴 부인이 조용히 대답했다.

"내가 있지 않소!" 그가 비웃음을 날렸다.

"당신은 여기 안 계실 때가 더 많으니까요."

"그게 누구 탓인데? 납골당 같은 곳으로 만들어놓고서."

나는 거기까지 듣고서 마님에게 주의를 주려고 화장 도구들을 달그락거렸다. 마님이 일어나서 나를 불렀다.

부부는 평소처럼 단둘이 저녁 식사를 했다. 하인들의 저녁 식탁에서 웨이스 씨의 태도로 미루어보건대 분위기가 아주 나빴던 것이 확실했다. 웨이스 씨가 끔찍한 예언서 구절을 읊어댄 탓에 결국 주방 하녀가 혼자서는 냉동고에 고기를 넣으러 내려가지 않겠다고 선언했다. 나 역시 신경이 날카로워졌다. 마님의 잠자리 준비를 도와드린 후 다시 내려가서 블라인더 부인을 졸라 카드 게임이라도 한판 하고 싶었다. 그러나 마님의 방문이 닫히는 소리를 듣고 내 방으로 돌아왔다. 비가 내리기 시작했다. 똑, 똑, 똑, 빗방울이 머릿속으로 떨어지는 것 같았다. 잠들지 못하고 그 소리에 귀를 기울이며 마을에서 친구가 해준 말을 곰곰이 생각했다. 떠난 쪽이 매번 하녀들이었다는 얘기를 어떻게 생각해야 좋을지 몰랐다…….

잠시 후 잠이 들었다가 갑작스러운 큰 소음에 깨어났다. 종이 울리고 있었다. 평소 못 들어본 소리에 겁에 질려 일어나 앉았다. 종소리는 어둠을 뚫고 딸랑거리며 울려 퍼졌다. 손이 벌벌 떨려서 성냥을 찾을 수 없었다. 마침내 불을 켜고 침대에서 뛰쳐나왔다. 꿈을 꾼 것이 틀림없다고 생각했다. 그러나 벽에 매달린 종이 보였다. 종은 아직도 떨리고 있었다.

옷가지를 급히 걸치는데 또 다른 소리가 들렸다. 이번에는 내 방 맞은편의 잠긴 방문이 부드럽게 열렸다 닫히는 소리였다. 분명 그 소리를 들었다. 너무 무서워 그 자리에서 얼어붙은 듯 멈추었다. 그다음에는 복도를 화급히 가로질러 본채 쪽으로 가는 발소리가 들렸다. 마룻바닥에 카펫이 깔려 있어서 소리는 아주 희미했지만, 분명 여자의 발소리였다. 그 생각을 하니 몸이 차갑게 얼어붙었다. 일이 분쯤은 움직이기는커녕 숨조차 쉴 수 없었다. 잠시 후에야 정신을 차렸다.

나는 스스로를 타일렀다. "앨리스 하틀리, 방금 누군가 저 방에서 나와 너보다 먼저 복도를 달려갔어. 기분이 좋지는 않지만 이 상황을 대면해야 해. 마님이 너를 부르기 위해 종을 울렸어. 종소리에 대답하려면 그 여자가 지나간 길로 가야 해."

자, 나는 그렇게 했다. 내 평생 그보다 더 빨리 걸어본 적이 없었지만, 아무리 발걸음을 재촉해도 복도 끝에 닿거나 브림프턴 부인의 방에 이르지는 못할 것만 같았다. 가는 동안 아무 소리도 들리지 않고 아무것도 보이지 않았다. 무덤 속처

럼 사방이 온통 어둡고 조용했다. 마님의 방문 앞에 이르렀을
땐 너무나 조용해서 아무래도 꿈을 꾼 것이 틀림없다는 생각
으로 반쯤은 돌아갈 마음을 먹었다. 순간 갑자기 공포가 나를
사로잡았고, 문을 두드렸다.

아무런 대답도 없었다. 다시 쾅쾅 문을 두드렸다. 문을 연
사람은 놀랍게도 브림프턴 씨였다. 그 역시 나를 보고 깜짝 놀
랐다. 내 촛불 빛에 비친 그의 얼굴은 불그스레하고 사나웠다.

그는 기묘한 목소리로 외쳤다. "너! 대체 네가 몇이나 있는
거냐?"

그 말에 발밑이 푹 꺼지는 듯했다. 그러나 그가 술을 마셨
나보다 생각하고 최대한 차분하게 대답했다. "좀 들어가도 될
까요, 주인어른? 마님께서 종을 울리셨어요."

"들어가도 좋아. 내 상관할 바는 아니지만." 그가 이렇게
말하고는 나를 밀어젖히고 복도를 지나 자기 침실로 가버렸
다. 나는 그가 걸어가는 모습을 바라보았다. 놀랍게도 그는
전혀 취하지 않은 사람처럼 똑바로 걸었다.

들어가보니 마님은 기력이 다 빠져서 가만히 누워 있었다.
나를 보고 억지로 미소를 지어 보이고는 물약을 좀 따라달라
고 손짓했다. 그런 다음 말없이 누워서 눈을 감은 채 밭은 숨
을 쉬더니 갑자기 손을 휘저으며 "에마" 하고 작은 소리로 불
렀다.

"하틀리예요, 마님. 어떻게 해드릴까요?"

마님이 눈을 번쩍 뜨더니 놀란 얼굴로 나를 보았다.

"꿈이었구나. 이제 가도 좋아, 하틀리. 친절하기도 하지. 이 제는 말짱해졌어." 그러고는 나에게서 고개를 돌렸다.

3

그날 밤 더는 잠이 오지 않았다. 날이 밝아오는 것이 고마 웠다.

곧 애그니스가 브림프턴 부인의 지시를 받아 나를 부르러 왔다. 나는 마님이 또 병이 났을까 걱정했다. 9시 전에는 좀처 럼 나를 부르는 일이 없었기 때문이다. 하지만 마님은 창백하 고 핼쑥하지만 멀쩡한 모습으로 침대에 일어나 앉아 있었다.

마님이 빠른 어조로 말했다. "하틀리, 지금 당장 옷을 갈아 입고 마을에 좀 다녀와주겠니? 이 처방전대로 약을 좀 지어 다주렴." 마님은 잠깐 말을 끊고 망설이더니 얼굴을 붉혔다. "주인어른이 일어나기 전에 돌아와줬으면 좋겠다."

"그럴게요, 마님."

"그리고, 잠깐만 있어보렴." 마님은 마치 뭔가 떠올랐다는 듯이 나를 다시 불렀다. "약을 기다리는 동안 랜퍼드 씨에게 이 편지를 좀 전해주겠니?"

마을까지는 3킬로미터 거리였다. 가면서 앞뒤 상황을 곰곰이 되짚어볼 시간이 있었다. 마님이 브림프턴 씨 모르게 약을 지어 오라고 하다니 이상한 일이었다. 전날 밤의 광경과 이제 껏 내 눈에 띄었거나 의심됐던 것들을 다 조합해보니 이 딱한 부인이 자기 삶에 진절머리가 난 나머지 스스로 삶을 마감할 결심을 한 것은 아닌지 걱정되기 시작했다. 그 생각에 사로잡 혀서 마을까지 달려갔다. 숨을 헐떡이며 약사의 카운터 앞 의 자에 주저앉았다. 덧문을 닫고 있던 이 사람 좋은 약사가 하 도 뚫어져라 나를 쳐다보아서 그제야 제정신이 들었다.

나는 애써 태연한 척 말했다. "리멀 씨, 이것 좀 한번 보시 고 별문제 없는지 말씀해주실래요?"

그는 안경을 쓰고 처방전을 찬찬히 살폈다.

"음, 월턴 선생이 쓴 것이구먼. 무슨 문제가 있다는 건가?"

"저기, 위험한 건 아닌가요?"

"위험하다니, 무슨 소리지?"

나는 이 멍청이를 붙잡아 흔들어주고 싶었다.

"그러니까, 만약 그 약을 너무 많이 먹는다면, 물론 실수로 요." 목이 턱 막혔다.

"맙소사, 무슨 소리. 그건 그냥 석회수야. 아기한테 병째로 먹여도 문제없다고."

나는 안도의 한숨을 크게 내쉬고 서둘러 랜퍼드 씨에게 갔 다. 그러나 가는 길에 또 다른 생각이 떠올랐다. 약사를 찾아 가는 데 숨길 것이 없다면, 브림프턴 부인이 비밀로 해달라고

한 것은 다른 심부름이었을까? 그 생각을 하니 앞의 경우보다 더 무서워졌다. 그러나 두 신사는 정말 가까운 친구인 듯했고, 마님이 선량한 분이라는 데에는 내 목숨이라도 걸 수 있었다. 의심한 것이 부끄러워져서 내가 아직도 어젯밤에 겪은 이상한 일들로 제정신이 아니라고 결론지었다. 랜퍼드 씨의 집에 편지를 남기고 서둘러 브림프턴가로 돌아왔다. 옆문으로 살짝 들어와서 아무한테도 들키지 않은 줄 알았다.

그러나 한 시간 후, 마님의 아침 식사를 나르다가 복도에서 브림프턴 씨를 마주쳤다.

"그렇게 일찍부터 밖에서 뭘 하고 있었나?" 그가 나를 노려보며 말했다.

"일찍이라니요, 주인어른?" 나는 떨면서 되물었다.

"자, 자." 성이 나서 그의 이마에 붉은 반점이 퍼졌다. "한 시간쯤 전에 관목 숲 사이를 종종거리며 지나가는 모습을 내가 못 본 줄 알아?"

나는 천성이 거짓말을 못 하는 사람이지만, 그 순간에는 미리 준비해둔 것처럼 거짓말이 튀어나왔다. "아닙니다, 주인어른. 그럴 리 없어요." 나는 그를 똑바로 마주 보았다.

그는 어깨를 으쓱하더니 헛웃음을 터뜨렸다. "어젯밤에 내가 취했다고 생각하는 게지?" 그가 갑자기 물었다.

"아뇨, 그렇지 않습니다." 이번에는 솔직하게 대답했다.

그는 다시 어깨를 으쓱하고 몸을 돌렸다. "우리 집 하인들은 어찌나 나를 좋게 봐주는지!" 그가 걸어가며 웅얼거렸다.

오후에 바느질감을 들고 자리를 잡고서야 어젯밤의 일들이 얼마나 나에게 충격을 주었는지를 깨달았다. 이제는 그 잠긴 문 앞을 지나갈 때마다 공포를 느꼈다. 누군가가 분명 그 방에서 나와 나보다 먼저 복도를 걸어가는 소리를 들었다. 블라인더 부인이나 웨이스 씨에게 말해볼까도 생각했다. 집에서 무슨 일이 벌어지고 있는지 낌새를 채고 있는 듯한 사람은 그 둘뿐이었다. 그러나 그들에게 물어본다 해도 모르는 척 딱 잡아뗄 것 같았다. 입을 다물고 눈을 크게 뜨고 있는 편이 더 많은 것을 알아낼 수 있을 듯했다. 그 방의 맞은편에서 하룻밤이라도 더 보내는 건 생각만 해도 끔찍했다. 짐을 싸서 마을로 가는 첫 기차를 타고 싶은 마음도 들었다. 그러나 친절한 마님을 이런 식으로 버리고 싶지는 않아서 아무 일도 없었던 듯 바느질을 계속했다.

십 분도 채 일하지 않아 재봉틀이 고장났다. 그 집에서 찾아낸 좋은 기계였지만, 상태가 약간 좋지 않았다. 블라인더 부인은 에마 색슨이 죽은 후로 아무도 그 재봉틀을 쓰지 않았다고 했다. 뭐가 문제인지 보려고 기계를 살피는데 전에는 아무리 해도 열리지 않던 서랍이 쓱 열리면서 사진 한 장이 떨어졌다. 어리둥절해 사진을 집어 들여다보았다. 어떤 여자의 사진이었는데, 분명 어디에선가 본 적 있는 얼굴이었다. 나에게 무언가 묻는 듯한 그 눈을 전에 본 적 있다. 갑자기 복도에서 보았던 창백한 여자가 기억났다.

나는 소름이 쫙 끼쳐 벌떡 일어나 방을 뛰쳐나갔다. 심장이 정수리에서 쿵쿵대며 뛰는 듯했다. 그 눈빛에서 절대 벗어날 수 없을 것만 같았다. 블라인더 부인에게로 곧장 달려갔다. 낮잠을 자고 있던 부인은 내가 들어가자 깜짝 놀라 일어나 앉았다.

"블라인더 부인, 이 여자 누구예요?" 나는 사진을 내밀었다.

그녀가 눈을 비비고 들여다보았다.

"아, 에마 색슨이네. 이걸 어디에서 찾았어요?"

나는 잠시 그녀를 뚫어져라 바라보았다. "블라인더 부인, 저 이 얼굴 본 적 있어요."

블라인더 부인이 일어나서 거울 쪽으로 걸어갔다. "세상에! 내가 깜빡 잠들었나보네. 이제 가봐요, 하틀리 양. 시계가 4시를 치던데. 난 지금 바로 내려가서 주인어른이 저녁에 드실 버지니아 햄을 준비해야겠어요."

4

한두 주 동안은 아무 일 없이 흘러갔다. 유일한 차이라면 브림프턴 씨가 평소처럼 훌쩍 떠나지 않고 저택에 머물렀고, 랜퍼드 씨는 얼굴도 비추지 않았다는 점뿐이었다. 브림프턴 씨가 어느 날 저녁 식사 전에 마님 방에 앉아 그 얘기를 하는 것을 들었다.

"랜퍼드는 어디 갔나? 일주일 내내 뵈지를 않는군. 내가 여기 있으니까 피하는 건가?"

브림프턴 부인의 목소리가 너무 작아서 뭐라고 대답했는지 들리지 않았다.

그가 말을 이었다. "둘이 있어야 딱 좋지. 셋이 모이면 시들하지. 랜퍼드를 방해해서 유감이구먼. 내가 하루 이틀 다시 자리를 비워줘야 얼굴을 보이려나보군." 그러고는 자기 농담에 껄껄 웃었다.

공교롭게도 바로 다음 날 랜퍼드 씨가 찾아왔다. 하인의 말로는 셋이 서재에서 차를 마시며 아주 즐거운 시간을 보냈다고 했고, 브림프턴 씨는 랜퍼드 씨가 갈 때 대문까지 배웅해주었다.

내가 모든 것이 평소처럼 흘러갔다고 한 것처럼 다른 식구들도 마찬가지였다. 그러나 나로서는 아무래도 내 방의 종이 울렸던 그날 밤 이전으로 돌아갈 수 없었다. 밤마다 잠들지 못하고 누워서 다시 종이 울리지 않을까, 잠긴 방문이 살그머니 열리지는 않을까 귀를 쫑긋 세웠다. 그러나 종이 울리는 일은 없었고, 복도 건너편에서는 아무 소리도 들리지 않았다. 급기야 정체를 알 수 없는 소리보다도 침묵이 더 두려워지기 시작했다. 누군가 저기, 잠긴 문 뒤에 웅크린 채 나처럼 주시하고 귀 기울이고 있다고 느꼈다. 이렇게 소리 지르고 싶은 지경이었다. "누군지 몰라도 나와서 내 앞에 얼굴을 보여 봐! 어둠 속에 숨어 나를 몰래 엿보지 말고!"

내 기분을 이해한다면, 뭐라도 해보려 하지는 않았는지 궁금할지도 모르겠다. 거의 그럴 뻔한 적도 있었다. 하지만 결국은 뭔가가 나를 막아섰다. 점점 더 나에게 의지하는 마님에 대한 동정심 때문이었는지, 새로운 집을 찾는 게 내키지 않아서였는지, 그도 아니면 뭐라 이름 붙일 수 없는 다른 감정 때문이었는지 몰라도 매일 밤이 끔찍했고, 낮도 별 다를 바 없었는데도 뭐에 홀린 듯이 떠나지 못했다.

우선 한 가지 이유를 들자면, 브림프턴 부인의 표정이 마음에 걸렸다. 부인은 그날 밤 이후로 내가 그랬듯이 전과는 달라졌다. 브림프턴 씨가 떠나고 나면 밝아지는 듯했지만, 마음은 더 편해 보여도 활기나 기운이 되살아나지는 않았다. 마님은 점점 더 나에게 매달렸고, 내가 곁에 있어야 마음을 놓는 것 같았다. 애그니스가 어느 날 나에게 말했다. 에마 색슨이 죽고 난 후 마님이 이렇게 좋아한 하녀는 나밖에 없다고. 비록 내가 마님을 위해 해줄 수 있는 일은 별로 없지만 그 말을 들으니 마님에 대한 애정이 느껴졌다.

브림프턴 씨가 떠난 후 랜퍼드 씨가 이전만큼 자주는 아니지만 다시 찾아왔다. 저택 안에서, 또는 마을에서 한두 번 그를 마주친 적이 있는데, 그에게도 뭔가 변화가 일어났다는 느낌이 들었다. 그러나 그것도 내 마음이 산란한 탓에 잘못 보았으리라 넘겼다.

몇 주가 지나갔다. 브림프턴 씨가 집을 비운 지도 한 달이됐다. 친구와 서인도제도를 항해하는 중이라고 들었다. 웨이스 씨는 긴 여행이 될 테지만, 비둘기의 날개를 가지고 땅끝까지 간다 해도 전능하신 하나님을 떠날 수는 없을 것이라고말했다. 애그니스는 주인어른이 집을 떠나 계시기만 한다면전능하신 하나님이 좀 데리고 계셔도 좋겠다고 말했다. 블라인더 부인은 충격받은 기색을 숨기려 애썼고, 웨이스 씨는 곰이 우리를 잡아먹을 거라고 했지만 이 말에 다들 웃음을 터뜨렸다.

서인도제도가 멀리 떨어져 있다니 다들 기뻐했다. 웨이스씨는 근엄한 표정을 지었지만, 그날 저녁 식사는 아주 즐거웠던 기억이 난다. 내가 평소보다 활기가 돌아서 그랬는지는 모르겠지만, 브림프턴 부인의 얼굴도 더 좋아 보이고 태도도 명랑해 보였다. 마님은 아침 산책을 마치고 점심 식사를 한 뒤방에 누웠고 나는 책을 읽어드렸다. 그 후 아주 밝고 행복한기분으로 내 방으로 돌아왔다. 몇 주 만에 처음으로 잠긴 문을 의식하지 않고 지나쳤다. 일을 하려고 앉아서 밖을 내다보니 눈송이가 날렸다. 끝없이 이어지는 비보다 즐거운 광경이었다. 헐벗은 정원이 흰 망토를 두르면 얼마나 예쁠까 마음속으로 그려보았다. 눈이 집 안팎의 모든 음울함을 다 덮어줄 것 같았다.

그 생각이 문득 떠올랐을 때 내 옆에서 발소리가 들렸다. 애그니스려니 하고 고개를 들었다.

"아, 애그니스……." 하려던 말이 혀 위에서 그대로 얼어붙었다. 거기 서 있는 사람은 에마 색슨이었다.

그녀가 언제부터 거기 서 있었는지 모르겠다. 나는 몸을 움직일 수도, 그녀한테서 눈을 뗄 수도 없었다. 나중에는 끔찍하게 겁에 질렸지만, 당시에 내가 느낀 감정은 공포보다 더 깊고 조용한 것이었다. 그녀는 나를 한참 바라보았다. 말없이 간절히 나에게 무언가를 간구하는 표정이었지만, 대체 내가 그녀를 어떻게 도울 수 있단 말인가? 갑자기 그녀는 몸을 돌렸다. 그녀가 복도를 걸어가는 발소리가 들렸다. 이번에는 따라가는 것이 두렵지 않았다. 그녀가 원하는 것이 무엇인지 알아내야 한다고 생각했다. 나는 벌떡 일어나 뛰쳐나갔다. 그녀는 복도 반대편 끝에 있었다. 마님의 방 쪽으로 돌아설 거라 예상했지만, 그녀는 뒤쪽 계단으로 이어지는 문을 밀어 열었다. 나는 그녀의 뒤를 쫓아 계단을 내려가 뒷문으로 가는 복도를 걸어갔다. 주방과 식당은 비어 있었다. 남자 하인을 제외한 나머지 하인들은 모두 쉬는 시간이었고, 남자 하인은 식품 저장실에 있었다. 그녀는 문 앞에 잠시 서더니 다시 한번 나를 쳐다보았다. 그러고는 문손잡이를 돌려 밖으로 나갔다. 나는 잠시 망설였다. 나를 어디로 이끄는 것일까? 문은 그녀가 나간 뒤 부드럽게 닫혔다. 그녀가 사라졌기를 반쯤은 기대하는 마음으로 문을 열어 밖을 내다보았다. 그러나 그녀는 몇 미터 앞에서 급한 발걸음으로 안뜰을 가로질러 숲으로 이어지는 길로 향했다. 눈 속에서 그녀의 모습은 검고 외롭게 보였다. 잠시 심장이 멎는 듯했고 여기서 돌아갈까 생각했다. 그러나 그녀가 자기를 따라오라며 나를 끌어당기고 있었다. 나는 블라인더 부인의 낡은 숄을 집어 들고 밖으로 달려 나갔다.

에마 색슨은 이제 숲길을 걸어가고 있었다. 그녀는 쉬지 않고 걸었고, 나도 같은 속도로 뒤따랐다. 우리는 대문을 지나 큰길까지 나왔다. 그녀는 마을로 가는 공터를 가로질렀다. 이제 땅은 하얗게 덮였다. 그녀가 내 앞의 헐벗은 언덕을 오를 때 그녀의 발자국이 없다는 것을 알아차렸다. 심장이 쪼그라들고 무릎에 힘이 풀렸다. 집 안에서보다 여기가 더 나빴다. 그녀의 존재 때문에 시골 들판 전체가 무덤처럼 외로운 곳으로 보였다. 이곳에는 오직 우리 둘만 있고 드넓은 세상에 도움 될 만한 것은 하나 없었다.

돌아가려고도 해보았다. 그러나 그녀가 고개를 돌려 나를 보았다. 마치 밧줄로 나를 묶어 끌고 가는 듯했다. 나는 개처럼 그녀의 뒤를 따라갔다. 마을에 다다르자 그녀는 나를 이끌고 교회와 대장간을 지나 랜퍼드 씨 집으로 이어진 좁은 길로 들어섰다. 랜퍼드 씨의 집은 길가에 있었다. 소박한 구식 건물로, 회양목 화단 사이로 판석을 깐 길이 문까지 이어졌다. 오솔길은 한적했다. 길로 들어서니 에마 색슨이 대문가의 오래된 느릅나무 옆에서 걸음을 멈추는 것이 보였다. 그러자 또 다른 두려움이 엄습해왔다. 우리의 여정은 끝에 다다랐으며, 이제 내가 행동해야 할 차례임을 알았다. 브림프턴가에서부터 내내 그녀가 나에게 원하는 것이 무엇일까 스스로에게 물었지만, 사실 무아지경 상태로 따라왔다. 그녀가 랜퍼드 씨의 집 문 앞에서 걸음을 멈추는 것을 보자 비로소 머리가 맑아지기 시작했다. 나는 눈 속에서 약간 거리를 둔 채 서 있었다. 심장이 하도 뛰어서 숨도 쉬기 힘들었고 발은 땅에 얼어붙었다. 그녀는 느릅나무 밑에 서서 나를 쳐다보았다.

아무 이유도 없이 거기까지 나를 데려오지는 않았을 것이다. 내가 말하거나 해야 할 일이 있을 것 같았다. 하지만 그게 무엇인지 어떻게 알까? 마님이나 랜퍼드 씨에게 해가 되는 일은 생각도 해본 적 없지만, 왠지 뭔가 끔찍한 일이 그들을 기다리고 있는 것 같았다. 그녀는 그게 무엇인지 알고 있었다. 할 수 있다면 나에게 말해주려는 것이다. 물어본다면 대답해줄지도 모른다.

그녀에게 말을 걸어볼 생각을 하니 기절할 것 같았지만, 용기를 내 그녀를 향해 몇 미터 거리를 간신히 나아갔다. 걸어가는데 문 열리는 소리가 들리고 랜퍼드 씨가 다가오는 모습이 보였다. 그는 마님이 그날 아침 그랬듯이 얼굴색이 좋고 활기차 보였다. 그를 보자 다시 혈관에 피가 돌기 시작했다.

"아, 하틀리, 무슨 일이냐? 지금 막 네가 오솔길을 따라 걸어오는 걸 보았어. 눈 속에 발이라도 박혔나 보려고 나왔다." 그는 멈춰 서서 나를 빤히 쳐다보았다. "뭘 보고 있는 거니?"

나는 느릅나무 쪽으로 돌아섰다. 그의 시선이 나를 따라왔지만 거기에는 아무도 없었다. 아무리 보아도 오솔길은 텅 비어 있었다.

무력감이 나를 덮쳤다. 그녀는 사라져버렸고 뭘 원하는지 짐작조차 할 수 없었다. 그녀의 마지막 모습이 나를 뼛속까지 찌르는 듯했다. 그러나 나에게 말해주지는 않았다! 갑자기 그녀가 거기 서서 나를 바라보고 있을 때보다 더 외로운 기분이 들었다. 마치 짐작도 할 수 없는 비밀의 무게를 나 혼자 오롯이 지도록 놔두고 떠나버린 것만 같았다. 눈이 내 주위로 큰 원을 그리며 떨어졌고 땅이 내게서 멀어졌다······.

약간의 브랜디와 랜퍼드 씨 집의 따뜻한 불기운 덕분에 나는 곧 정신을 차렸다. 나는 당장 브림프턴가로 돌아가겠다고 고집을 부렸다. 어두워지고 있었고, 마님이 나를 찾으실까 걱정됐다. 랜퍼드 씨에게는 산책하러 나왔다가 그의 대문 앞을 지나던 중 현기증이 났다고 설명했다. 그 말도 거짓은 아니었다. 하지만 그 말을 하면서 거짓말쟁이가 된 기분이었다.

저녁 식사를 위해 브림프턴 부인이 옷 갈아입는 것을 도와주고 있는데, 그녀가 내 얼굴이 창백하다면서 어디가 아프냐고 물었다. 두통이 있다고 대답하자 마님은 오늘 저녁에는 다시 나를 찾지 않을 테니 일찍 쉬라고 했다.

서 있기도 힘든 것이 사실이기는 했다. 그러나 내 방에서 홀로 저녁을 보내기는 죽어도 싫었다. 나는 아래층 식당에 앉아 버틸 수 있는 데까지 버텼다. 그러다 9시가 되자 위층으로 기다시피 올라갔다. 너무 지쳐서 베개에 머리를 댈 수만 있다면 무슨 일이 일어나도 상관없을 정도였다. 다른 식구들도 뒤이어 잠자리에 들었다. 주인님이 집에 없을 때는 다들 일찍 자고 일찍 일어났다. 10시 전에 블라인더 부인의 방문 닫히는 소리가 들리고 곧 웨이스 씨의 방문도 닫혔다.

눈에 덮여 바람 소리 하나 들리지 않는 아주 고요한 밤이었다. 일단 침대에 누우니 기분이 좀 나아져 집 안에서 들려오는 이상한 소음에 조용히 귀를 기울였다. 아래층에서 다시 문이 열렸다 닫히는 소리가 들렸다. 정원으로 통하는 유리문일지도 몰랐다. 일어나서 창밖을 엿보았다. 그러나 달도 없는 밤이어서 밖에는 창틀을 때리는 눈발 말고는 아무것도 보이지 않았다.

침대로 돌아와 깜박 잠이 들었던 모양이다. 미친 듯이 울리는 종소리에 벌떡 일어났다. 정신을 차리기도 전에 침대에서 뛰쳐나와 옷을 주워 입었다. 이제 일이 닥치려나보다. 나는 혼잣말로 중얼거렸다. 그러나 무슨 의미인지는 나도 몰랐다. 손에 풀을 바른 것 같았다. 옷을 입기가 너무 힘들었다. 마침내 방문을 열고 복도를 내다보았다. 내 촛불 빛이 닿는 한에서는 이상한 것은 보이지 않았다. 숨 가쁘게 걸음을 재촉했지만, 큰 홀로 통하는 문을 여는 순간 심장이 멎는 듯했다. 에마 색슨이 계단 꼭대기에 서서 어둠 속을 굽어보고 있었다.

잠시 움직일 수 없었다. 그러나 손이 미끄러지며 문이 쾅 닫히고 그녀의 모습은 사라졌다. 동시에 아래 계단에서 또 다른 소리가 들려왔다. 집 대문의 열쇠를 살금살금 돌리는 듯한 소리였다. 나는 브림프턴 부인의 방으로 달려가 문을 두드렸다.

아무 대답이 없기에 다시 두드렸다. 이번에는 누군가 방에서 움직이는 소리가 들렸다. 빗장이 풀리고 마님이 내 앞에 나타났다. 놀랍게도 마님은 잠옷으로 갈아입지 않은 상태였다. 마님은 놀란 얼굴로 나를 보았다.

"무슨 일이니, 하틀리?" 마님이 목소리를 낮추어 속삭였다. "몸이 아프니? 이 시간에 여기는 웬일이니?"

"아프지 않아요, 마님. 하지만 제 방의 종이 울렸어요."

그 말에 마님은 얼굴이 새하얘지더니 금방이라도 쓰러질 듯했다.

마님이 날카롭게 말했다. "네가 잘못 안 거다. 난 종을 울리지 않았어. 꿈이라도 꾼 게지." 마님이 그런 투로 말하는 것은 처음 들었다. "잠자리로 돌아가렴." 마님은 내 앞에서 문을 닫으며 말했다.

그러나 마님이 말하는 동안 다시 아래층에서 소리가 들렸다. 이번에는 남자의 발걸음 소리였다. 그제야 진실을 알았다.

"마님, 집 안에 누군가 있어요." 나는 마님을 밀어젖히며 말했다.

"누가?"

"주인어른인 것 같아요. 아래층에서 발소리가 들렸어요."

마님의 얼굴에 무시무시한 표정이 떠올랐다. 마님은 한마디도 못 하고 내 발밑에 쓰러졌다. 나는 무릎을 꿇고 마님을 들어 올리려 했다. 마님의 호흡으로 보아 단순히 기절한 게 아니었다. 마님의 머리를 들어 올리는데 계단을 올라와 홀을 가로지르는 빠른 발걸음 소리가 들려왔다. 문이 활짝 열렸고, 여행복 차림의 브림프턴 씨가 눈 녹은 물을 뚝뚝 흘리며 서 있었다. 그는 내가 마님 곁에 무릎 꿇고 앉은 모습을 보고는 깜짝 놀라 뒤로 물러섰다.

"이게 대체 무슨 일이야?" 그가 외쳤다. 그의 얼굴은 평소보다 덜 붉었지만 이마에 붉은 반점이 나타나기 시작했다.

"마님께서 기절하셨어요."

그는 웃음을 터뜨리더니 나를 밀어냈다. "하필 이런 때 쓰러지다니 안됐군. 방해해서 미안하지만."

나는 그의 행동에 경악하며 몸을 일으켰다.

"주인어른, 제정신이세요? 뭐하시는 거예요?"

"친구를 만나러 왔지." 그는 옷방으로 가려는 듯했다.

그 말에 심장이 마구 뛰었다. 내가 무슨 생각을 했는지, 무엇이 두려웠는지는 모르겠다. 그러나 벌떡 일어나 그의 옷소매를 붙잡았다.

"주인어른, 제발 마님을 좀 살펴봐주세요!"

그는 거칠게 내 손을 털어냈다.

"이제 끝을 봐야겠군." 그는 옷방 문을 잡았다.

그때 안에서 작은 소리가 들렸다. 작은 소리였지만 그 역시 들었다. 그는 문을 활짝 열어젖혔다. 그러나 곧 뒤로 물러섰다. 문지방에 에마 색슨이 서 있었다. 그녀의 뒤로는 온통 어둠뿐이었지만 나는 그녀를 똑똑히 보았다. 그도 보았다. 그는 그녀로부터 얼굴을 가리려는 듯 양손을 들었다. 내가 다시 보았을 때 그녀는 사라지고 없었다.

그는 모든 힘이 다 빠져나간 듯 꼼짝 않고 서 있었다. 정적 속에서 마님이 갑자기 몸을 일으키더니 그에게 시선을 고정했다. 그러고는 다시 쓰러졌다. 나는 죽음의 경련이 그녀의 몸을 훑고 지나가는 것을 보았다…….

우리는 사흘째 되는 날 눈보라 속에서 마님을 매장했다. 마을에서 오기에는 너무 궂은 날씨여서 교회에는 사람이 거의 없었다. 마님에게는 가까운 친구가 많지 않았다. 랜퍼드 씨는 마님의 시신을 통로로 나르기 직전, 마지막 순간에 온 사람들 중에 섞여 있었다. 물론 가족의 친구이니 검은 옷을 입고 있었다. 그렇게 창백한 얼굴을 한 신사는 본 적이 없었다. 그가 내 곁을 지나갈 때 지팡이에 살짝 기대 있는 것을 눈치챘다.

이마에 붉은 반점이 번지는 것으로 보아 브림프턴 씨도 이를 알아챘을 것이다. 장례식 내내 그는 여느 조문객처럼 기도문을 따라 읽는 대신 랜퍼드 씨에게 시선을 고정했다.

장례식이 끝나고 묘지로 갈 때 랜퍼드 씨는 사라지고 없었다. 가엾은 마님의 시신이 땅속에 묻히자마자 브림프턴 씨는 문에서 제일 가까이 있는 마차에 뛰어올라 우리 중 누구에게도 말하지 않고 떠나버렸다. 나는 그가 외치는 소리를 들었다. "역으로." 우리 하인들만 집으로 되돌아왔다.

해설

말할 수 없는 것을 말하기

    이 선집에 실린 네 편의 단편은 '공포물'이라는 하나의 장르로 묶였지만 각각의 색깔은 다소 다르다. 〈석류의 씨〉와 〈하녀의 종〉은 유령의 등장으로 초자연적인 분위기를 자아내지만, 〈편지〉와 〈빗장 지른 문〉에는 그런 요소가 거의 없다. 그러나 네 편의 작품엔 표면 아래 숨겨진, 정체를 알 수 없는 존재가 불러일으키는 불안과 공포가 일관되게 나타난다. 〈석류의 씨〉와 〈하녀의 종〉에서는 유령이란 존재로, 〈편지〉에서는 낭만적인 러브 스토리로 포장된 두 남녀의 관계 아래에 깔린 편지의 진실로, 〈빗장 지른 문〉에서는 점잖고 교양 있는 신사가 오랜 세월 숨겨온 살인의 비밀로 표현된다. 어두운 비밀은 평온하게 흘러가는 일상 속에 잠복해 있으며, 이는 언제든 평화로운 생활을 무너뜨릴 수 있는 위협적 요소로 불안과 공포를 일으킨다.

미지의 영역에 대한 공포와 불안은 고딕소설의 가장 중요한 요소 중 하나다. 호러스 월폴의 《오트란토 성》(1764)에서 기원한 고딕소설은 음산한 중세의 성이나 수도원 등 고립된 장소를 배경으로, 유령과 같이 논리적으로 설명할 수 없는 초자연적 대상을 주로 다루었다. 고딕소설은 독자들의 큰 사랑을 받으며 양적인 면에서 폭발적인 성장을 거듭했지만, 근대 사회의 일상을 충실하게 재현하는 것을 목표로 하는 형식적 사실주의의 기준을 충족하지 못한다는 이유로 문학성 면에서는 폄하와 무시의 대상이 되기도 했다.

그러나 고딕소설의 초자연적 특성은 여성 작가들에겐 오히려 여성의 불안과 공포를 표현하는 효과적 수단이 됐다. 여성들은 사회적 약자이자 소외된 계층으로서 신체적·정서적 위협에 노출되기 쉬우므로 불안과 공포를 더 자주 경험하고 예리하게 감각할 수밖에 없었다. 행동반경이 제한되고 유용한 정보에 접근하기 어렵기 때문에 취약하고 불안정한 상황에 놓이기 쉬웠다. 그러므로 고딕소설에서 악한이나 유령에게 위협당하는 젊은 여성이 자주 등장하는 것은 현실의 공포가 반영된 결과라고 볼 수 있다. 18세기부터 19세기까지 앤 래드클리프 등 여성 작가들의 고딕소설이 큰 인기를 끌었고, 브론테 자매나 제인 오스틴 등 유명 작가들도 고딕소설의 형식을 적극 차용했다. 20세기 초, 물질주의에 찌들어 쾌락을 좇으면서도 여성에게는 엄격한 행동 규범을 따르도록 요구한 위선적인 미국의 상류사회를 날카롭게 해부했던 이디스 워튼에게, 이러한 고딕소설의 특성은 여성의 경험을 표현할 새로운 도구가 되었을 것이다. "고딕소설의 정신은 말할 수 없는 것을 말하는 것"이라는 워튼의 말은, 그녀가 여성 작가로서 고딕소설의 잠재력을 충분히 인식하고 있었음을 보여준다.

이디스 워튼은 1862년 뉴욕의 상류층 집안에서 태어났다. 그녀의 부모는 부동산, 선박 운수업, 은행업으로 부를 쌓은 명사들이었다. 유복했던 어린 시절의 경험은 유한계급의 생활상을 생생하게 묘사한 작품을 쓰는 데 많은 도움을 주었다. 워튼의 어머니는 딸이 작가가 되기를 원하지 않았고, 책을 가까이하기보다는 상류층 여성으로서의 예법을 익히도록 교육했다. 그녀는 학교 같은 공식 기관이 아닌 가정교사를 통해 집에서 교육받았다. 워튼은 1885년 자기보다 열두 살 위인 보스턴의 은행가 에드워드 로빈스 워튼과 결혼했다. 그러나 남편은 워튼의 문학적·예술적 관심사에 공감하지 못하는 사람이었고, 둘 사이에는 아이도 없었다. 워튼은 자신의 결혼에 대해 "감옥의 자물쇠가 잠기는 소리를 들었다"라고 표현했다. 재능 있고 꿈 많은 여성의 삶에 결혼이 영원한 족쇄가 되는 공포는 그녀의 단편들 곳곳에서도 드러난다. 이러한 불만족스러운 결혼 생활은 1894년 처음 발병한 신경쇠약의 한 원인이 되었다. 워튼은 신경쇠약과 우울증을 극복하기 위해 유럽을 여행하면서 작품을 집필했다. 남편과는 오랜 별거 끝에 1913년 이혼했고, 이후 작가로서 활발히 활동했다. 1921년 풀리처상을 비롯해 여러 차례 상을 받으며 작가로서의 능력을 인정받았다.

워튼은 작가로서 인기와 명예를 다 누렸지만, 그렇게 되기까지는 여성에게 관습적 역할을 강요하는 가부장제 사회의 압력을 이겨내야 했다. 이러한 사회적 제약은 작가로 살아가려는 그녀에게 끊임없는 불안감을 주었다. 워튼은 자서전에서 어린 시절 병에 걸렸다가 회복하던 중 유령 이야기를 다룬 책을 읽었다가 큰 충격을 받았고, 그때부터 이유를 알 수 없는 공포에 시달렸다고 말했다. 유령 이야기를 다룬 책이 방에 있기만 해도 잠을 잘 수 없었고, 서재에 그 책이 있다는 사실만으로도 무서워 가끔 책을 태워버려야 할 정도였다고 한다. 감수성이 예민하고 상상력이 풍부한 어린아이가 느꼈던 막연한 공포는 성인이 되면서 점차 사라졌지만, 워튼은 글쓰기를 통해 여성이 대면해야 하는 공포의 근원과 실체를 계속해서 추적한다. 유령 이야기를 무서워했던 워튼은 아마도 글쓰기가 주는 카타르시스를 통해 이런 기이하고 공포스러운 집착으로부터 벗어나고자 했는지도 모른다.

일반적으로 고딕소설의 주제가 표면 아래 숨겨진 사실을 드러내는 것이라고 할 때, 네 편의 단편은 각기 다른 방식으로 이것을 보여준다. 〈석류의 씨〉는 1931년 《새터데이 이브닝 포스트》에 처음 발표되었다. 이 작품에서 주인공인 샬럿

애슈비가 추적하는 비밀은 표면상으로는 의문의 편지를 보내는 여성의 정체이지만, 이 비밀을 좇는 과정은 가부장제 사회에서 남편의 사랑을 받으며 만족스럽게 살고 있는 듯한 샬럿이라는 여성의 삶의 실체를 낱낱이 드러낸다. 결혼과 함께 샬럿은 집 안이 유일한 활동 영역이 되면서 주부로서의 안정과 보호를 보장받는 동시에 자유를 잃는다. 변호사인 남편은 온종일 바쁘게 바깥을 돌아다니지만, 샬럿은 그가 어떤 일을 하고 어떤 사람들을 만나고 다니는지 알 수 없고 알려고 해서도 안 된다. 의문의 편지는 샬럿에게 이 금지된 영역을 자꾸 엿보게 만든다. 샬럿이 의심과 질투심을 느끼는 것은 당연한 일이지만, 남편은 그런 감정을 풀어주기는커녕 어리석은 생각에 빠져 있다며 아내를 나무란다. 그녀에게는 편지를 읽는 것이 금지되어 있으며, 그러한 금지는 곧 공포와 불안을 낳는다. 결국 샬럿은 편지를 뜯어보지만, 비밀은 여전히 해소되지 않는다. 편지는 아마도 남편의 죽은 전처에 의해 쓰였을 것이고, 그리스 신화에서 석류의 씨가 상징하는 것으로 미루어보아 남편은 죽은 전처를 따라 명부로 갔으리라 추측되지만, 어디까지나 추측일 뿐 마지막까지 속 시원히 밝혀지는 것은 없다. 샬럿에게 내려진 제약과 금기 들이 사라지지 않는 한 그녀가 처한 불확실하고 갑갑한 상황 역시 그대로일 뿐이다.

이러한 모호성, 양가성, 그리고 열린 결말은 워튼의 고딕소설을 나타내는 주요한 특징이다. 〈하녀의 종〉에도 이러한 특징들이 잘 드러난다. 이 작품은 1902년 《스크리브너스 매거진》에 처음 발표되었다. 소설의 중심에는 공포의 근원이자 '말할 수 없는 존재'로서 에마 색슨의 유령이 있다. 하인들은 그녀의 존재에 대해 침묵하고, 에마 색슨조차 단 한 번도 입을 열어 주인공인 하녀 하틀리에게 자신에 대해 말하지 않는다. 하틀리는 집 안의 분위기나 다른 하인들이 흘린 말 혹은 에마의 암시적인 행동을 통해 유령에 관한 비밀을 추측해 나갈 따름이다. 그리고 이 유령이 상징하는 브림프턴가의 어두운 비밀의 핵심에는 브림프턴 씨의 폭력과 성적 억압, 정서적·육체적 학대가 있다. 그러나 이런 비밀은 소설의 마지막까지 명쾌하게 설명되지 않는다. 에마 색슨의 죽음에 브림프턴 씨가 관련되어 있으리라 짐작되지만, 이야기는 유령의 복수로 인한 권선징악의 실현이 아니라 그의 폭력의 또 다른 피해자인 브림프턴 부인의 갑작스러운 죽음으로 종결된다. 브림프턴 부인은 다정한 랜퍼드 씨와 특별한 관계를 유지하는 것으로 일탈을 꾀하기도 했지만, 이마저 남편에 의해 좌절되고 만다. 〈편지〉에서처럼 결말은 여전히 열려 있다. 〈하녀의 종〉은 유령 이야기의 외피를 쓰고 있지만, 소설의 진정한 공포는 에마 색슨의 유령으로부터가 아니라 브림프턴 부인이 처한 고립과 유폐의 상황에서 발생한다. 이는 사랑 없는 결혼 생활과 폭력적인 남편으로부터 벗어날 길이 죽음밖에 없는 가부장제 사회에서의 여성의 처지를 보여주며, 에마 색슨이나 하틀리 역시 이런 공포를 말할 수도, 그로부터 벗어날 수도 없다.

〈빗장 지른 문〉은 1909년 《스크리브너스 매거진》에 발표되었다. 이 소설은 주인공이 남성이라는 점에서 다른 세 작품과 다르다. 유령 같은 초자연적 요소가 나오지는 않지만, 미제 살인 사건의 미스터리를 다룬다는 점에서 이야기의 전반에 어둡고 공포스러운 분위기가 감돈다. 주인공인 휴버트 그래니스는 오래전 부유한 사촌을 독살하고 그의 유산을 상속받아 간절히 바라던 경제적 안정을 얻고 극작가로서의 꿈을 이룰 발판을 손에 넣는다. 그러나 그의 꿈을 가로막는 진짜 장애물은 경제적인 문제가 아니라 그의 재능 부족이다. 수십 년에 걸친 노력에도 그는 극작가로서 성공하지 못한다. 결국 극도의 열패감에 빠진 나머지 자신이 저지른 살인을 세상에 털어놓음으로써 일생에 단 한 번이라도 사람들이 자신의 이야기에 귀 기울이게 만들겠다는 열망에 사로잡힌다. 그에게 살인은 평생 헛된 시도와 실패만 거듭했던 자신이 단 한 번 완벽하게 거둔 성공의 경험이다. 그렇기에 그는 필사적으로 자신이 무언가에 성공한 적 있음을 인정받으려 하지만, 이러한 노력이 거듭 좌절되면서 광기 속으로 빠져들어간다. 이 이야기는 초자연적 요소의 힘을 빌리지 않고서도 워튼의 공포물이 갖는 특징들을 잘 보여준다. 소설은 내내 그래니스의 주장이 사실인지 아닌지를 불확실하게 그린다. 그의 주장을 뒷받

침할 확실한 증거가 없고, 결국 정신병원으로 들어가는 그의 모습은 화자로서의 신뢰성을 떨어뜨린다. 워튼은 독자가 그를 믿지 못하게 될 마지막 즈음에 가서야 기자의 입을 통해 그의 주장이 사실이라고 결론지어준다. 그러나 그 근거를 제시하지 않기 때문에 이러한 반전에도 미스터리는 여전히 남아 있다. 살인을 고백해서라도 자신의 존재를 세상에 확인시키고 싶어 하는 그래니스의 집요한 실존주의적 욕망이 계속해서 거부당하고 좌절되는 모습은 인간의 보편적 공포나 불안과도 맞닿아 있다.

〈편지〉는 1910년 《센추리 매거진》에 발표된 작품이다. 이 작품은 네 편 중에서 공포물이나 고딕소설의 요소가 가장 적은 편이다. 그러나 이 작품에서도 표면 아래 숨겨진 비밀이 소설의 중핵을 이룬다. 그 비밀은 주인공이자 가정교사로서 생계를 꾸려가는 가난한 처녀 리지 웨스트의 삶을 송두리째 무너뜨릴 만한 파괴력을 가졌기에 그녀는 더 피할 수 없는 마지막 순간까지 이를 눈감으려 한다. 그 비밀은 바로 다정하고 매력적이지만 무책임하고 가벼운 남자 디어링의 실체를 드러내는 편지들이다. 그러나 사실 편지들이 폭로하는 디어링의 비밀은, 인정하지 않았을 뿐 이미 그녀가 다 알고 있었던 사실이다. 앞서 설명한 작품과 마찬가지로 〈편지〉는 리지가 피할 수 없는 진실 앞에서 어떤 태도를 취할지 확실히 결론 내리지 않고 모호하게 끝난다. 자기기만 없이 냉혹한 삶의 진실을 직시한다면, 어떤 형태의 삶도 쉽게 지탱하기 어려울 것이다. 리지의 삶이 유지되기 위해서는, 어떤 진실은 말할 수 없는 것이 되어 끝내 감추어져야 한다. 〈편지〉는 그러한 삶의 모순을 역설적으로 드러낸다.

네 편의 단편에서 '말할 수 없는 것'에 대한 탐색은 다양한 방식으로 이루어진다. 이 '말할 수 없는 것'은 때로는 여성에게 침묵을 강요하는 가부장제 사회의 억압이기도 하고, 자신의 존재를 인정받고 싶어 하는 실존주의적 욕망이기도 하며, 자기 눈을 가린 채 외면했던 진실이기도 하다. 삶의 근저에 '말할 수 없는 것'이 자리 잡고 있다는 모호한 느낌은 유령이라는 상징적인 존재로 표현되지 않더라도 깊은 불안과 공포를 자아낸다. 워튼은 그러한 감정을 끝까지 떨쳐낼 수 없는 집요하고 불가해한 것으로 남겨놓지만, 그녀의 글쓰기는 이러한 불안과 공포를 불러올 수밖에 없는 삶의 조건들에 깊이 천착하며 끊임없는 탐색과 성찰의 기회를 준다.

송은주

휴머니스트 세계문학 003

석류의 씨

1판 1쇄 발행일 2022년 2월 7일
1판 2쇄 발행일 2022년 4월 11일

지은이 이디스 워튼
옮긴이 송은주

발행인 김학원
발행처 (주)휴머니스출판그룹
출판등록 제313-2007-000007호(2007년 1월 5일)
주소 (03991) 서울시 마포구 동교로23길 76(연남동)
전화 02-335-4422 **팩스** 02-334-3427
저자·독자 서비스 humanist@humanistbooks.com
홈페이지 www.humanistbooks.com
유튜브 youtube.com/user/humanistma **포스트** post.naver.com/hmcv
페이스북 facebook.com/hmcv2001 **인스타그램** @boooook.h

편집주간 황서현 **편집** 이은서 이성근 김선경 **디자인** 김태형
조판 이희수com. **용지** 화인페이퍼 **인쇄** 청아디앤피 **제본** 민성사

ISBN 979-11-6080-788-2 04840
        979-11-6080-785-1 (세트)